Mercedes Cab

Blanca Sol

(Novela Social)

edición crítica de
Oswaldo Voysest

⊶ - STOCKCERO - ⊷

Foreword & notes © Oswaldo Voysest
of this edition © Stockcero 2007
1st. Stockcero edition: 2007

ISBN: 978-1-934768-01-3

Library of Congress Control Number: 2007936156

Set in Linotype Granjon font family typeface
Printed in the United States of America on acid-free paper.

Published by Stockcero, Inc.
2307 Douglas Rd. Ste 400
Miami, FL 33145
USA
stockcero@stockcero.com

www.stockcero.com

Mercedes Cabello de Carbonera

Blanca Sol

(Novela Social)

Índice

MERCEDES CABELLO DE CARBONERA Y LA CUESTIÓN DEL NATURALISMO EN EL PERÚ: PAUTAS HACIA UNA INTERPRETACIÓN DE BLANCA SOL

INTRODUCCIÓN

Mercedes Cabello de Carbonera (1842-1909) es acaso la figura literaria más destacada en el Perú que ha sido relegada al olvido. A ella, junto con Clorinda Matto de Turner, se les considera las iniciadoras de la corriente realista en el Perú (ver sección más abajo). En tanto que Clorinda Matto ha sido ampliamente leída y estudiada, particularmente por su novela *Aves sin nido*, las obras de Mercedes Cabello no sólo se han estudiado muy poco, sino que también carecen de ediciones modernas. Es sólo ahora, casi cien años después de su muerte, que empieza a surgir un verdadero interés por esta pionera de la novela peruana y a salir ediciones modernas y estudios serios.

En todo caso de imperdonable olvido surge el interrogante de por qué se relega a un personaje tan importante a la preterición y *desmemoria*. En el caso de Mercedes Cabello, Ismael Pinto ha sugerido que este fenómeno se debe a que la autora de *Blanca Sol* no se plegó a ninguna de las ideologías dominantes de su época y a que ninguno de los representantes de ellas la acogiese. Añade además que su objeción a la educación femenina en los colegios de monjas, presentada en particular en su artículo «Los exámenes» basado en un discurso de clausura que presentó y publicó en *El Comercio* en enero de 1898, la había condenado, incluso antes de su ingreso al manicomio, al silencio por parte de aquellos mediocres defensores de la educación religiosa (31-34)[1]. No

---

[1]   Pinto subraya en el primer capítulo de su documentado libro sobre Mercedes Cabello que no hubo después del deceso de la autora de *Blanca Sol* ninguna de las acostumbradas notas necrológicas que destacasen «la importancia de la fallecida» (31). Señala que aparte de la escueta nota que publica *El Comercio* informando de su fallecimiento no es hasta 19 años después de su muerte que alguien (Carlos Parra del Riego) publica un artículo significativo («Mercedes Cabello de Carbonera» en *Mundial* del 4 de mayo de 1920) sobre la autora peruana. Esto no es enteramente cierto, pues Teresa González de Fanning, quien también criticó a Cabello de Carbonera en vida, publica un texto de mediana extensión en *El Comercio* el jueves, 4 de noviembre de 1909 titulado «Mercedes Cabello de Carbonera». El artículo resalta los logros de la autora de *Blanca Sol* mencionando haber contribuido a «dar lustre a las letras peruanas con el cerebro luminoso y profundo» (149). Concluye con un llamado en honor a su memoria: «¡Paz en su tumba! ¡Justicia y honor a su memoria!» (151).

cabe ninguna duda que las heterogéneas ideas de Mercedes Cabello chocaron con el ambiente conservador limeño. Asimismo, la autora peruana no era una mujer que se cohibía rebatir lo que encontraba repugnante en la sociedad. Cabello de Carbonera se atrevió a enfrentarse a una sociedad hostil e ignorante sin dejarse intimidar.

Sin embargo, también es cierto que si poco después de su muerte (o incluso antes, como sugiere Pinto) las «oscuras y reaccionarias fuerzas» (15) impusieron un cerco de mutismo en torno a la autora de *Blanca Sol*, no quita que una generación después hubiese podido rescatarla de las cicateras rivalidades y envidias de su generación. Acaso el contexto socio-histórico en el Perú de los decenios después de la muerte de Mercedes Cabello también pueda aclarar la razón por la que se ha rezagado a esta novelista.

Es de sobra sabido el papel que ha tenido la ficción en América Latina de comunicar, configurar y establecer una manera de pensar, así como de crear pautas de comportamiento y servir de portavoz de ideas políticas y sociales. Desde los inicios de la vida republicana en nuestro continente, se ha presentado una feroz persecución y censura de las instituciones y escritores que osaban oponerse a la visión dominante de una época específica. En el Perú de principios del siglo XX, era un ataque contra las instituciones académicas y la prensa. En vista de este estado de cosas, Vargas Llosa sugiere en su libro *La utopía arcaica* que el carácter subjetivo de la literatura –la fabricación de realidades que imitan pero a la vez rehacen y se rebelan contra la realidad objetiva– se convierte para muchos en cierto momento en la realidad objetiva. En otras palabras, poco a poco se arraiga la idea que la misión y función de la literatura es pintar y documentar las verdades acerca de (en este caso) el Perú «profundo» (20).

Es fácil ver como esta idea de una literatura comprometida proveniente del ensayo de Jean-Paul Sartre *Qu'est-ce que la littérature?* se convierte en paragón para los escritores y críticos literarios de las décadas subsiguientes a la muerte de Mercedes Cabello. Acaso no sea difícil imaginar que una escritora como Cabello de Carbonera, que se ciñe también a la crítica social pero completamente ajena a todo tinte del proyecto marxista de sus críticos y escritores posteriores, no tenga a los ojos de éstos la autoridad moral y cívica que ha de conferirle su papel de escritora y, por ende, quizás no muy merecedora de su atención.

DATOS BIOGRÁFICOS

Mercedes Cabello de Carbonera nació el 17 de febrero de 1842 en Mo-
quegua, lugar donde transcurrió su temprana juventud[2]. Proveniente de una
familia culta y cuyo padre y tío se graduaron en Francia, la autora de *Blanca
Sol* tuvo a su alcance la nutrida biblioteca que acopiaron estos parientes. Su
formación empieza en la escuela de primeras letras y luego con profesores
particulares donde llega a aprender el francés, lo cual le permitirá leer de
primera mano obras que muchos de sus contemporáneos peruanos ignoraban.

Al parecer llega a Lima en 1864 y vive dos años con su tío Pedro Mariano
Cabello, quien ocupaba el cargo de cosmógrafo mayor de la República y fue
el penúltimo en el Perú en ocuparlo[3]. En 1866 se casa con Urbano Carbonera
Villanueva, médico también moqueguano que había llegado a Lima antes que
ella y donde había logrado cierta importancia en su carrera. Tuvieron un matrimonio sin hijos y seguramente infeliz por la excesiva afición al juego del
Dr. Carbonera y sus frecuentes visitas a prostitutas. Cuando la autora peruana
empieza a alzar vuelo en el mundo literario limeño, el Dr. Carbonera no la
acompaña, «no aparece, ni directa ni indirectamente, en ninguna de las men-
ciones que los distintos medios hacen de las varias actividades, actuaciones y
presentaciones públicas de Cabello de Carbonera» (Pinto, 221).

Urbano Carbonera se instala definitivamente al sur de Lima en Chincha
en 1879 dejando a su esposa en Lima así como su carrera de médico con con-
sultorio para terminar en dicha localidad de boticario. Mientras tanto, Mercedes Cabello empieza a escribir y publicar artículos sobre diversos temas y a
asistir a las veladas organizadas en casa de la escritora argentina Juana Ma-
nuela Gorriti.

Tras la muerte de su esposo en 1885, empieza también a publicar novelas
que aumentan el prestigio nacional e internacional que ya había ganado. Las
ideas heterogéneas y progresistas de Mercedes Cabello le ganan no pocos enemigos en el medio conservador peruano de aquella época. Así, el discurso de
clausura que ella pronunció en el liceo de mujeres «Teresa González de
Fanning» con motivo de los exámenes finales de fin de curso (y como se ha
señalado, publicado luego en el diario *El Comercio*) no fue bien recibido ni
por la directora de ese plantel (Elvira García y García) ni por los defensores
de la educación religiosa. Su ataque contra la educación femenina en los colegios de monjas le ganó amargas enemistades y ataques, que acaso contribuyeron a opacar su figura poco antes de su muerte y también después de ella.
En este discurso Cabello de Carbonera subraya que de este tipo de colegios

---

2   Conocidos y reputados estudiosos e historiadores han incurrido inexplicablemente en
     errores acerca de la fecha de nacimiento de la autora peruana mencionando el 7 y 17 de
     febrero de 1845 o 1849. Para más detalles acerca de este error ver el libro de Pinto (41-
     46) y mi prólogo a *El conspirador*.

3   Para más detalles acerca de este cargo ver la ponencia titulada «Los cosmógrafos ma-
     yores del Perú» de Jorge Ortiz Sotelo presentada en las VII Jornadas del Inca Garcilaso
     en España en 1997 (http://derroteros.perucultural.org.pe/textos/derrotero7/montilla.doc).

«sale la mujer vacía, vanidosa y rezadora inconsciente que lleva la más horrorosa anarquía al hogar paterno». Añade que «de esos colegios de monjas salen las mujeres ociosas, egoístas, que aman los salones más que el propio hogar»[4].

Para pasada la mitad de la década del noventa, Mercedes Cabello empieza a mostrar los primeros síntomas de la sífilis contraída de su marido, que a la larga la llevaría al manicomio –insomnio, delirios de grandeza, dificultad en la memoria, personalidad y afecto[5]. De regreso a Lima de su corto viaje a Chile y Argentina, se intensifican sus síntomas y peleas en medio de una acerba hostilidad y la familia de su hermano decide internarla en el manicomio del Cercado el 27 de enero de 1900[6]. Muere el 12 de octubre de 1909 de parálisis general progresiva[7].

---

4   *El Comercio* del 15 de enero de 1898 (citado en Pinto, 789).

5   Un ejemplo de estos síntomas se ve en una carta a la literata chilena Edelmira Cortez que publicó en 1898 en un periódico de Valparaíso a su llegada a Chile: «Yo vengo a Chile con la mente llena de ideales, de proyectos, de sueños sublimes; yo vengo a Chile con mi nacionalización a trueque de que acepte mi proyecto de paz perpetua y universal, que pondré a sus pies. Yo pediré la devolución de Tarapacá, con la garantía del desarme de la Argentina y un jurado o tribunal jurídico que será el árbitro en las cuestiones de límites y en la administración de los productos de Tarapacá, que se dividirán por término de 25 años en partes iguales entre mi patria, a la que renuncio por lo ingrata e indigna de mí, y la gloriosa patria de usted» (citado en Pinto, 771).

6   La decision de la familia de internar a la autora peruana en el manicomio se debió finalmente a un conato de incendio de su casa en un rapto de locura. En una carta fechada el 7 de febrero de 1900 a Pedro Figueroa, Ricardo Palma le cuenta este incidente: «Siento darle triste noticia sobre Mercedes Cabello de Carbonera, por quien Ud. me pregunta. Desde hace más de un mes se encuentra la infeliz en el manicomio. Aunque ella tiene modesta fortuna, la familia ha creído peligroso conservarla en la casa, pues en uno de sus ataques intentó incendiarla, y la han colocado como pensionista en el establecimiento que funciona sostenida por la Sociedad de Beneficiencia. Yo soy uno de los Subinspectores del manicomio, y sufre infinito mi espíritu cada vez que veo o hablo con nuestra desventurada amiga. Desde dos años antes de su viaje a Chile y Argentina, ya recelaba yo de la sanidad de su cerebro. Lo peor es que la principal de sus manías –delirio de grandezas– es una de las que declara la ciencia médica de casi imposible curación» (*Epistolario general (1892-1904)*, págs. 331-32).

7   La hoja de antecedentes médicos de Mercedes Cabello señala que antes de ingresar al manicomio hacía cuatro o cinco años que abusaba del cloral, el cual se usaba en la época para combatir el insomnio. Tocante a los primeros síntomas de enajenación consta delirios de grandeza; en la categoría de «cambio de afectos, sentimientos, ideas, lenguaje, locomoción[, f]unciones nerviosas, de nutrición y relación» se consigna «[d]eseo de figurar, idea de matrimonio, locomoción vacilante, apetito bueno, sueño perdido»; y en los síntomas de orden intelectual se dice «[i]lusiones y alucinaciones. Cree hablar con personas que están distantes y a veces con los espíritus. Ideas de persecución». Hago constar mi agradecimiento al Dr. Patricio Ricketts, quien gentilmente me concedió una entrevista en julio de 1993 para compartir conmigo su labor «detectivesca» en torno a la enfermedad de los últimos años de Mercedes Cabello y luego en junio del 2000 cuando me facilitó una copia de los antecedentes médicos de la autora de *Blanca Sol*. Para más información ver: el libro de Pinto (en particular el último capítulo de su libro); «Mercedes Cabello de Carbonera: pionera de la novela en el Perú» de Valentín Ahón; «Mercedes Cabello de Carbonera y *El Comercio*» de Héctor López Martínez; César Miró, «El trágico fin de Mercedes Cabello»; y el libro de Augusto Ruiz Zevallos, *Psiquiatras y locos: entre la modernización contra los Andes y el nuevo proyecto de modernidad* (págs. 77-82).

MERCEDES CABELLO EN LA HISTORIA LITERARIA PERUANA[8]

Antes de examinar las ideas de la autora peruana y el tema del naturalismo literario, es necesario reparar en el examen de la historiografía literaria
para mejor entender sus ideas y la visión ideological que subyace en ellas[9].

La crítica unánimemente coincide en señalar a Mercedes Cabello como
la iniciadora del realismo/naturalismo en la literatura peruana. José de la Riva
Agüero es autor del primer estudio historiográfico de la literatura peruana[10]
en el cual destaca el naturalismo de la autora. Su juicio, sin embargo, no es
nada favorable. Afirma que Mercedes Cabello «cultivó (no muy diestramente
por cierto) la novela naturalista». De *Blanca Sol* recalca «la inhabilidad en la
trama y en el estilo», pero dice que «es un trozo de realidad muy sentido, estudiado a conciencia». Prosigue su duro ataque calificando esta novela de
«ensayo de novela» que parecía una buena promesa que «desgraciadamente,
[...] no se cumplió». En el párrafo y medio que le dedica a la autora, es de
igual modo inclemente con sus otras novelas. Según Riva Agüero, *Las consecuencias* es «vulgar e insulsa» y *El conspirador* es una «obra caricaturesca» que
dice ser «remedio excelente contra el insomnio, agobiador ejercicio de paciencia para el infeliz que se ha visto obligado a leerla» (216)[11].

Es necesario tener en cuenta la óptica de Riva Agüero sobre la literatura
peruana para poder entender, en parte, su negativa valoración de la obra de
Mercedes Cabello. Para Riva Agüero, el Perú carecía de una literatura ori-
ginal de rasgos propios distintos a otras literaturas. Señalemos que su tesis fue
escrita en 1905 y, aunque obra de juventud o –como dice Mariátegui– precisamente por serla, «traduce viva y sinceramente el espíritu y el sentimiento
de su autor» (262). Delata, por ejemplo, su criterio «civilista» y su «espíritu
de casta de los 'encomenderos' coloniales»: un españolismo, colonialismo y
aristocratismo de fondo político (Mariátegui, 261-62).

La literatura peruana forma parte de la castellana. Esta es verdad in-

---

8   Esta sección en su casi totalidad y parte de la siguiente así como porciones de la sección
     final de este estudio provienen de mi artículo titulado «El naturalismo de Mercedes Ca-
     bello de Carbonera: un ideario ecléctico y de compromiso» publicado en *Revista His-
     pánica Moderna.*

9   Sería interminable remitirnos a todas las historias literarias, tanto peruanas como his-
     panoamericanas, que aluden, caracterizan o describen la obra de Mercedes Cabello. Op-
     tamos sólo por la historiografía peruana, ya que de ésta se trata, o más bien, de donde
     viene la visión comúnmente aceptada. Asimismo, entre las historias que existen, discu-
     timos también únicamente las más conocidas o de mayor influencia en la crítica. En cierta
     medida, parte del material y la organización de esta sección deben a las ideas que Juan
     Armando Epple expone en su artículo «Mercedes Cabello de Carbonera y el problema
     de la 'novela moderna' en el Perú».

10   Se considera esta tesis para el bachillerato de letras (*Carácter de la literatura del Perú in-
     dependiente*) como el primer estudio historiográfico en el Perú a causa de su coherencia
     y solidez en la exposición y el análisis pese a pecar a menudo de impresionismo y de es-
     píritu tradicionalista.

11   Luis Alberto Sánchez afirma que la razón por la cual Riva Agüero ataca de manera tan
     inmisericorde a la autora de *Blanca Sol* es porque en esta novela Mercedes Cabello alude
     directamente a una familiar de Riva Agüero (213).

concusa, desde que la lengua que hablamos y de que se sirven nuestros literatos es la castellana. [...] No sólo es la literatura del Perú con toda evidencia *castellana*, en el sentido de que el idioma que emplea y la forma de que se reviste son y han sido castellanas, sino *española*, en el sentido de que el espíritu que la anima y los sentimientos que descubre, son y han sido, si no siempre, casi siempre los de la raza y la civilización de España. [...] La literatura del Perú es *incipiente*. Se encuentra en el período de formación; mejor dicho, de iniciación. De ahí proviene que abunden en ella los ensayos y las copias, y que prodigiosamente escaseen las obras *definitivas*, las de valor intrínseco y absoluto, desligado de la consideración del medio y de la época. [...] Consecuencia del precedente carácter es que en la literatura del Perú, como en todas las hispano-americanas, *predomine la imitación sobre la originalidad*. Y es natural. La imitación precede a la invención y con la imitación se inician siempre las literaturas. (220-25)

Su evidente prejuicio lo muestra la cita de arriba y lo dicho anteriormente. Sin embargo, contrariamente a Mariátegui, quizás no le reprocharíamos este espíritu monárquico de clase teñido de motivaciones políticas en su postura antihistoricista y sus impugnaciones sociales. Le reprocharíamos, con respecto al naturalismo en el Perú y en Hispanoamérica y, concretamente, tocante a Mercedes Cabello, dos cosas. Primero, el caso omiso que hace de las ideas netamente americanas por las que abogaba la autora de *Blanca Sol* y que intentaba poner en práctica en su obra narrativa. Segundo, el injustificable olvido del Modernismo. Aunque es cierto que en el Perú solamente hacia 1910 se impone un grupo de escritores genuinamente modernistas, resulta imperdonable, no obstante, pasar por alto la influencia y peculiaridad del movimiento modernista «que no fue estrictamente la continuación de una escuela poética europea y que más bien, habiendo surgido en tierras americanas, tuvo imitadores y prosélitos en la vieja metrópoli española» (Delgado, 7).

Otro amigo de Riva Agüero, Ventura García Calderón, en una antología histórica de literatura peruana dedicada a aquél (*Del romanticismo al modernismo*) incluye a Mercedes Cabello y presenta una valoración más positiva de la obra de dicha autora. Al discutir la novela romántica en el Perú de subidos tonos políticos, García Calderón afirma que «es preciso llegar a Mercedes Cabello de Carbonera para tener la verdadera novela peruana, arte y casi nunca libelo» (280). También afirma lo siguiente:

Inaugura en el Perú la novela social de George Sand, a no ser que le atribuyamos como legítimo maestro a Emilio Zola, porque despoja como éste a sus cuadros vividos de todo personalismo, de todo lirismo lloroso y declamador, para contemplar el mundo como un vergonzoso lazareto o una vasta sala de anatomía. Se complace en seguir, miseria por miseria, las sucesivas etapas de una decadencia –la de un político en *El conspi-*

rador, la de una familia en *Blanca Sol*, la de un jugador en *Las consecuencias*.

Quedan en ella siempre, como en Zola, la irreductible tristeza, el pesimismo mordaz de un romántico que disfraza su tristeza bajo el rigor de
las leyes científicas. La humanidad allí descrita es viciosa, torpe, mezquina. El juego (*Las consecuencias*), la ambición (*El conspirador*), el deseo
de parecer (*Blanca Sol*), son los móviles únicos de un mundo de fan-
toches, malo y triste. La ruina final, epílogo común, se adivina desde el
comienzo, por ser simplemente el postulado de una tesis que se quiere
probar. Pero Mercedes Cabello, tal vez por el medio sencillo y bonachón
que analizaba, no recargó su realidad de impureza y maldades como el
maestro naturalista. (281) [12]

Aunque lo que dice García Calderón es más o menos exacto, no lo es, sin
embargo, esa tristeza disfrazada «bajo el rigor de las leyes científicas» o la
falta de personalismo, por ejemplo. García Calderón no repara en el vivo interés que manifestaba la escritora a lo largo de su vida por una reivindicación
(especialmente en la educación) de la mujer. Sólo la llama más adelante «fe-
minista empedernida» y dice que ella «afirmaba la superioridad de la mujer
peruana sobre el hombre» (281). Además alude al bovarismo de Blanca Sol
–alusión, por cierto, que recogerán otras historias literarias con la misma falta
de explicación– y a su vinculación con la condesa Pardo Bazán concluyendo
que «su naturalismo puede calificarse de realismo» (282-83). Tal como señala
J. A. Epple, dichas observaciones («intuiciones») carecen de una ampliación
más certera («Mercedes Cabello», 23).

Augusto Tamayo Vargas es el primer estudioso en dedicarle un libro
entero a la obra general de la escritora peruana. Este libro (*Perú en trance de
novela. Ensayo crítico-biográfico sobre Mercedes Cabello de Carbonera*), como en
el caso de Riva Agüero, fue también su tesis universitaria. Sin embargo, es un
ensayo bastante bien documentado con agudas y lúcidas observaciones. La
sección que le dedica a Mercedes Cabello en su obra historiográfica (*Literatura
peruana*) está compuesta casi literalmente de fragmentos de su libro. Con-
cuerda con los demás en el papel fundacional de Cabello de Carbonera de la
corriente realista en el Perú, pero además, tiene el mérito de incluir el apego
de la autora al positivismo así como su conocimiento de las obras realistas y
naturalistas europeas. Asimismo destaca rasgos que se insertan claramente en
esta corriente artística.

Es evidentemente Mercedes Cabello la que inicia una novela realista en
el Perú. Realizó tarea novelística sobre la base de constante ensayo. Y si
prescindimos de su contrariada vuelta al amor y a la oratoria escrita,
afirmó la técnica realista y observó atentamente características psicoló-
gicas y biológicas que dan idea de una maduración del sentido novelado.

12 Luis Alberto Sánchez señala que, pese a que manifiesta una simpatía menos desdeñosa
que la de Riva Agüero, García Calderón suprime a Mercedes Cabello de su antología
oficial de 1938 de la literatura peruana para dar paso a escritores inéditos o de menor talla
y reputación (213).

> Ya es el complejo del esclavo negro de *Las consecuencias*. Ya el firme e impactante aspecto de una *Blanca Sol*, que supera la moral dentro de su fracaso. Si meramente estuviera contagiada de dolor o de romántico plan rebelde, Mercedes Cabello no habría marcado los precisos contornos de nuestros «conspiradores» y «jefes supremos»; ni habría aislado, como lo hace, el plano familiar del Perú y el plano político. [...] Donde encontramos sus imperfecciones es a través de aquel citado gesto pedantesco[13]. Fue una trabajadora de la novela. Trajo un bagaje de prejuicios románticos que, por otra parte, también colmaron las páginas naturalistas de su tiempo. Y su poca técnica «formal» demostró muy a las claras su escenario y los hilos que movían sus fantoches. Y, a pesar de ello, la apreciamos poseedora de un efectivo lenguaje narrativo. (*Literatura peruana*, 556-57)

Son indiscutibles muchos de los aciertos valorativos de Tamayo Vargas, sin embargo, como muchos, evita la espinosa tarea de demarcar claramente la diferencia, específicamente en Mercedes Cabello, entre lo que él llama realismo y lo que se ha venido a calificar como el naturalismo de la autora peruana. Al parecer, este estudioso peruano resuelve (o evita) el problema con el título que le da a la sección donde incluye a Mercedes Cabello, «Positivismo y realismo».

Por otra parte, Tamayo Vargas hace muy bien en aludir al contexto modernista y su relación con la autora de *El conspirador*. Desafortunadamente, elabora muy poco y deja al lector con la curiosidad y con una idea muy vaga.

> Continuando en su cruzada de «realismo Americano», Mercedes Cabello cambió ideas al respecto, y a través de la revista Iris, con Clemente Palma –promesa entonces, realidad cumplida años más tarde. En los dos se orientaba una clara determinación de crear el arte y la literatura de América, no como expresión decidida de fronteras, sino como necesario producto de nuestro continente, pero Palma apuntaba ya un nuevo signo literario, el modernismo. Con él surgía la nueva generación modernista de Chocano, López Albújar, Barriga, que desde los claustros sanmarquinos y desde las columnas periodísticas iniciaban el proceso popular contra Cáceres y la rebelión literaria contra el dogmatismo cientificista, en aras de un arte basado en consideraciones estéticas. (*Literatura peruana*, 564).

La historia de Luis Alberto Sánchez (*La literatura peruana. Derrotero para una historia cultural del Perú*) es quizás la más ampliamente leída y la que ostenta de mayor autoridad entre el gran público. Sin embargo, como ha señalado Carlos García-Bedoya Maguiña, esta obra adolece de inexactitudes y deficiencias hasta en el plano meramente informativo, lo cual resulta a veces en una obra poco confiable (97). Con respecto a Mercedes Cabello incurre en

---

13   El «citado gesto pedantesco» se refiere a una cita que había transcrito Tamayo Vargas del libro de Ventura García Calderón –no citado, sin embargo, con exactitud– en el cual éste asevera que en Mercedes Cabello se dejaba «ver con frecuencia su vocación de pedantería» (*Del romanticismo al modernismo*, 280).

errores sobre las fechas de publicación de sus obras. No obstante, Sánchez presenta buenas observaciones sobre las obras de esta autora además de discutir someramente sus ideas literarias. La llama «la primera gran novelista peruana» (VI, 207) y exalta su «vario prodigio de escribir novelas realistas en un medio dominado aún por el eco romántico; de romper el enclaustramiento de la mujer; de abordar problemas políticos arrostrando la ira de los aludidos» (208).

El pensamiento de Sánchez se arraiga en supuestos de origen positivista. Con esto en mente, asimila de los sistemas de análisis literario de Sainte Beuve y de Taine la notable importancia prestada al paisaje (medio) y a la psicología social o racial, a lo que se podría agregar «una arbitrariedad valorativa con frecuencia irritante» (García-Bedoya Maguiña, 13). De este modo, divide el Perú no sólo en las tres clásicas regiones naturales (costa, sierra, selva), sino que también traza divisiones longitudinales que determinan temperamentos peculiares de su población (norte/reflexivos; sur/polémicos; centro/irónicos y críticos). Estas sugestivas divisiones, en realidad, aportan poco rigor científico y son a lo más ingeniosas especulaciones (Delgado, 9-10). La siguiente cita le atribuiría, quizás erróneamente, remilgos limeños a Mercedes Cabello en vez de una verdadera convicción de ideas.

> Atrae en ella sobre todo, el valor, la audacia, el desembarazo, la libertad para ocuparse de lo que quiere y según quiere, lo cual no obsta para que sea una escritora recatada, que, no obstante su adhesión voluntaria y confesa a la escuela de Medán, huye ciertos problemas, por ejemplo, los sexuales, dejándose dominar por prejuicios enteramente limeños. (VI, 208)

Por último, Mario Castro Arenas ha escrito un libro (*La novela peruana y la evolución social*) que pretende trazar la evolución de la novela peruana en relación a la situación social del Perú. En este estudio afirma que dos rasgos dominan en la obra de Mercedes Cabello: el realismo y el antilimeñismo. Castro Arenas, sin embargo, cae en la trampa de no poder definir claramente en qué escuela o movimiento literario encaja la obra de Cabello de Carbonera. Al principio la califica de «neo-naturalismo» (85), pero más adelante asegura que es naturalista neta.

> A pesar de sus censuras renovadas contra el naturalismo francés, la señora Cabello inaugura formalmente el naturalismo en el Perú, con *Blanca Sol* y *El conspirador*. Es naturalista porque extrae de la realidad humana y social sus personajes novelísticos, sin afeites, apenas retocados de literatura. Si niega la evidente relación entre su Blanca Sol y una linajuda, poderosa limeña de finales del siglo diecinueve, lo hace por una prudente estrategia; no por motivos literarios. [...]
> Es naturalista la modalidad narrativa de la señora Cabello porque, su-

perando los falsos prejuicios moralistas de sus primeras novelas, disec-
ciona caracteres negativos, analiza mujeres endemoniadas y hombres de
alma sórdida, describe cuadros sociales deprimentes, observa en suma
el lado feo, oscuro, revulsivo, de la condición humana y la sociedad.
Es, también, naturalista, la señora Cabello porque en éstas sus dos novelas de madurez alienta un nítido propósito de corrección social.
Habría que aplicar a la señora Cabello este juicio de Thibaudet sobre
Zola: «Es preciso no ver en su pesimismo un pesimismo radical, a la
manera de Taine, sino un pesimismo relativo, que acaba en el idealismo
social y creencia en el progreso».
Es, en definitiva, naturalista la autora de *Blanca Sol* por su ingenua creencia en la novela considerada como ciencia. (92-93)

De esta cita se desgajan dos ideas problemáticas. No sólo es cuestionable
e inexacto asociar el naturalismo literario con todo tema escabroso y escandaloso pesimismo, sino que también lo que dice de la obra de Mercedes Cabello es incorrecto. El prólogo a *Blanca Sol*, por ejemplo, desmiente esa
llamada delectación en lo sórdido que se le atribuye al naturalismo. La autora
manifiesta que estudia los vicios sociales que pueden ser frenados e incluso
corregidos y no ciertas pasiones que son insalvables a causa de ese sentido fatal
que las acompaña.

Los juicios valorativos sobre la obra de Mercedes Cabello varían, pero
todos coinciden en señalarla como la propulsora de la corriente realista en el
Perú. La manera en que se entiende el naturalismo parece estar determinado
por la óptica tradicional del movimiento europeo. Cuánto se aparta y cómo
lo interpreta la autora peruana se ocupan las siguientes secciones.

ZOLA Y LA DOBLE VERTIENTE DEL NATURALISMO EUROPEO

Es sabido que el romanticismo tuvo una influencia decisiva en la evolución de la literatura decimonónica en Hispanoamérica así como en ciertas
obras de principios del siglo XX. Tal fue la fuerza de su arraigo que en algunos casos, por ejemplo, se logra mezclar con la estética modernista, la cual
surgía precisamente como reacción contra las manifestaciones de un «romanticismo trasnochado», según las palabras de González Prada (27). Esta
cualidad proteica del romanticismo hace que en algunos casos y en algunas
etapas de su evolución aparezca no como una orientación contraria a otras
tendencias sino como complemento, como parte de una fase de una misma
forma.

Éste no es únicamente un fenómeno hispanoamericano. José Miguel Oviedo ha señalado que en Europa también se ve, en autores como Stendhal, Dickens y Balzac, estas fases intermedias donde se imbrican las formas románticas y el realismo. En Hispanoamérica, con el surgimiento de novelas de carácter naturalista se empieza lentamente a eliminar la idealización romántica del paisaje y de la sociedad, pero no siempre la del personaje (138-39).

En el caso del naturalismo peruano, éste no logra completamente librarse de la herencia romántica. Sin embargo, la preocupación por las apariencias objetivas de la realidad social llevan a autores a incorporar la concepción de la literatura que postulaba el naturalismo francés —la novela como estudio social— para adecuarlo al contexto peruano. Es así como Mercedes Cabello, tomando como base la idea implícita en el positivismo de la perfectibilidad del ser humano, se apropia de este elemento y lanza una cruzada en favor de la moralización de la sociedad peruana que —a los ojos de ella— estaba entregada al materialismo y degradación de los valores espirituales[14].

Para entender como se insertan las ideas de Mercedes Cabello acerca de la novela en el marco mayor de la época, será preciso primero examinar de modo mínimo y general el naturalismo de Zola.

El naturalismo literario es producto directo del pensamiento positivista y cientifista francés de mitades del siglo XIX. El marcado aspecto científico y documental del naturalismo es un legado de la filosofía determinista de Hipólito Taine (1828-1893), cuyas ideas acerca de la interdependencia de factores físicos y psicológicos que influyen en el desarrollo humano así como la aplicación de principios de investigación científica al estudio de la literatura, del arte y de la historia fueron de capital importancia para Zola al formular su doctrina naturalista. Para Taine, la novela debía ser una suerte de caso humano, ampliamente documentado con hechos que pudieran explicar los antecedentes y las circunstancias de los personajes. Su famosa sentencia («la race, le milieu, et le moment») sobre la formación del carácter afianza el determinismo filosófico que caracteriza al naturalismo.

De este modo, dos palabras claves, *observación* y *experimentación*, emergen en Zola como base de su método novelístico. El autor francés declara que el método consiste en seleccionar una situación y dotar a los personajes con temperamentos conflictivos, los cuales son, en todos los casos, el resultado de la herencia y el medio. Luego, por la acumulación de detalles procede a una demostración lógica en la cual prueba que, dados esta situación y estos temperamentos, la lucha deberá conducir a un solo e inevitable resultado. Por lo tanto, la obra del escritor naturalista, aparte de ser reproducción fiel de la naturaleza, necesita —por decirlo así— los métodos científicos.

Si Zola pretendía explicar el naturalismo literario de esta manera era para darle mayor dignidad: servía para insertarlo en un marco filosófico más

---

14   Esta idea se elabora más adelante.

amplio, pero también –al hacer hincapié en el lado teórico– se presentaba como un problema filosófico y no literario. Sin embargo, trazar el desarrollo de desórdenes humanos como científico (o médico) es negar la intervención del artista como tal. Por eso los naturalistas llamaron sus novelas «documentos humanos», que no debían leerse como novelas (ya que esto implicaría ser producto de la imaginación) sino como estudios que «nacen directa y naturalmente de la vida» (Baguley, 52)[15]. Zola había insistido en que lo fundamental era el método. No se trataba simplemente de escribir acerca de temas de depravación sexual o alcoholismo; ser naturalista implicaba la aplicación del «método experimental».

Sin embargo, se presentan por lo menos dos problemas con esta explicación del naturalismo. Por una parte, no sorprende que Zola haya escrito la gran parte de sus teorías sobre el naturalismo precisamente por la época en que aparecieron sus novelas más escandalosas: *L'Assommoir* (*La taberna* –1877 y *Nana* –1880). Lo cierto es que no se trata de la aplicación de un método en el terreno «neutral» de las ciencias (como pretende afirmar Zola), sino que la teoría (el «método experimental») ha sido el resultado de las prácticas novelísticas del autor.

Por otro lado, en Zola hay una insistencia a lo largo de su vida artística en encontrar el equilibrio entre el «método analítico» y el «temperamento» (Mitterand, 26). En su ensayo «Le Naturalisme au théâtre» (1881) apunta que «los escritores naturalistas son […] aquellos cuyo método de estudio abraza lo más de cerca posible la naturaleza y la humanidad, en tanto que permite, claro está, que el temperamento particular del observador se manifieste libremente […] en sus obras como mejor le parezca» (t. XI, 386). Probablemente Zola no se daba cuenta de lo contradictorio (o al menos heterogéneo) de sus conceptos al asociar la verdad de los hechos con la libertad del temperamento (Mitterand, 27). Esto implica una posición paradójica que hace ver el naturalismo zolesco como un tipo de género literario «cientista» junto a una justificación científica del individualismo artístico de rezago romántico.

Por lo tanto, la representación de seres sometidos a fuerzas externas acarrea consigo la censura y el «temperamento» del autor, que se desgajan de su discurso. El propio Zola afirmaba que al actuar sobre el medio (*milieu*) la novela naturalista podía alcanzar un fin moral e incluso terapéutico. Si se acusa al naturalismo hispanoamericano de moralizante, será preciso señalar que la doble vertiente de representación y evaluación estaba ya presente en la novela francesa del siglo XIX.

---

15   Las traducciones de citas en otros idiomas son mías a no ser que la bibliografía indique lo contrario.

NATURALISMO Y ECLECTICISMO EN MERCEDES CABELLO

En el Perú, luego de la retirada de las tropas chilenas en 1884, el país quedó sumido en una espantosa crisis análoga al período inmediatamente después de la independencia. El país no sólo estaba devastado económica, social y políticamente sino también moralmente. Sumado a este desolador panorama dos sucesos vinieron a ahondar la crisis de conciencia nacional: el contrato Grace de 1886, por el cual se cedió los ferrocarriles del Estado a un consorcio extranjero; y la revolución popular de 1895, que pretendía sofocar un rebrote de militarismo, pero que a la larga dio cabida a una nueva fase de política conservadora.

Sin embargo, frente a una realidad tan deprimente, el escritor peruano cobra una responsabilidad social quizás no vista desde los albores de la independencia. En este sentido, la figura de Manuel González Prada es indudablemente la más conocida y la de mayor influencia. González Prada denuncia el pasado peruano y se presenta como el vocero de la nueva generación que reclama a gritos una renovación cultural y social completa. La meta de este escritor peruano es provocar un movimiento de reacción cultural e intelectual en el Perú contra lo que él ve como los grandes problemas del país: el academismo servil y la imitación, y la ceguera social enajenada de toda justicia humana. Por eso afirma que el escritor «es a la política como el bisturí a la carne fungosa, como el desinfectante al microbio» (110). Su misión es moral, pues su deber es defender a los oprimidos: «el escritor defiende al oprimido contra el opresor; en las horas de más envilecimiento de los pueblos y de tiranía de los poderes hace oír una voz de humana justicia» (109).

La labor de González Prada se centra en la creación de una literatura netamente nacional conforme a las realidades del país. Para Augusto Tamayo Vargas, dos fueron los nortes de esta generación encabezada por González Prada: la diatriba político-social y la noción de escuela científica y positivista que se manifiesta en la literatura como el realismo (*Literatura peruana*, 583).

Siguiendo a González Prada, Mercedes Cabello cree que el papel del escritor es mostrarle a la sociedad sus vicios y defectos, pero únicamente con miras a corregirlos. Así nos dice en el prólogo a *Blanca Sol*: «la novela no sólo debe limitarse a la copia de la vida sino también a la idealización del bien». Del mismo modo que González Prada describía la literatura peruana como caracterizada por «congestión de palabras, anemia de ideas» (103), Cabello de Carbonera arremete contra los que ella llama «versificadores», malos imitadores que desprestigian a los poetas. «[C]on el nombre de *poemas*, nos dan esas *milongas* literarias tan largas como insípidas y vacías» («Poetas y versificadores», 405)[16].

---

16   Recordemos también los famosos *chispazos* de Arona en esta misma vena. Su poema «La
     odisea del alma», por ejemplo, ataca al poeta Numa Pompilio:
         «Al leer, Numa, el idilio
     De tu poema famoso,
     Pido al retruécano auxilio,
     Y en vez de Numa Pompilio
     Te llamo Numen Pomposo» (215).

Pero acaso la mayor contribución de Mercedes Cabello sea en el debate en torno a la novela. Desde que empieza a publicar artículos acerca de figuras literarias, tendencias y obras hasta poco antes de que empiecen a manifestarse los síntomas de la sífilis que la llevarían al manicomio y a la tumba, Mercedes Cabello se distingue por una preferencia estética de visos románticos con un realismo de *término medio*, lo cual la lleva a sentar bases para su propia producción literaria. En un artículo de 1887 titulado «La novela realista», la autora de *Blanca Sol* presenta esa posición ecléctica acerca de la novela que más tarde elaboraría con más detalle en su conocido ensayo *La novela moderna* (1892).

El artículo presenta un fuerte sabor al lado sentimental del romanticismo y ahí que condene el naturalismo por hacer caso omiso de lo que ella califica tiene de noble «el corazón del hombre, los sentimientos de que ella [la escuela romántica] es fiel intérprete» (213). Sin embargo, aclara que no descarta completamente el naturalismo, pero sí dice tener dudas en aceptarlo:

> Y para que no se crea que por sentimentalismo o por exagerada adhesión a opuestos principios no aceptamos la escuela a la cual pertenecen novelistas de la talla de los Zola, los Flaubert, los Belot y demás corifeos del naturalismo, que con el nombre de novela trascendental se cultiva hoy en Francia; confesaremos ingenuamente lo que en ella encontramos de útil e importante, y diremos también, por qué a pesar de estas cualidades no debemos aceptar la novela naturalista. (211-12)

Afirma que el realismo no es «sólo como lo comprenden ciertos autores», pues entonces «sería preciso creer que la literatura no desempeña la misión de enseñar el bien y corregir las costumbres, sino la de pervertir el corazón de la juventud» (212). Insiste en la importancia del sentimiento en la literatura no sin antes hacer una defensa del positivismo y la ciencia. La ambigüedad de su posición se acentúa cuando afirma que busca «el realismo en sentimientos nobles y en afectos elevados» (212), y cree que un escritor puede ser sentimental a pesar de «ser tan materialista como Augusto Comte, tan ateo como Büchner y tan positivista como M. Littré [...] No importa que los materialistas definan todas las impresiones por la palabra sensaciones» (212).

No obstante esta aparente discordancia conceptual, es importante tener presente factores no sólo estrictamente literarios sino también culturales e históricos que tomen en cuenta su condición de mujer en una época en que se le negaba a la mujer una participación en la cultura nacional.

En la década de los años setenta en el siglo XIX, surge en el Perú una generación de mujeres escritoras que formaron «un movimiento femenino que se insertó en el campo cultural —especialmente el literario— desde el cual proyectaron hacia otras esferas de la realidad social» (Villavicencio, 54). Para estas mujeres, el positivismo, que era sinónimo de «ser moderno», como ha señalado Tauzin Castellanos (79), se presentaba como el modelo que reemplazaría el sistema de valores y creencias anteriores, que para muchos había culminado en la desastrosa derrota en la Guerra del Pacífico (1879-1884). Asimismo, excluidas las mujeres de los campos donde el positivismo podía tener aplicaciones prácticas con «un método de investigación aferrado a la experimentación» (Tauzin Castellanos, 80), mujeres como Mercedes Cabello se dieron con la tarea de examinar la vida cultural y social del Perú a la luz de las teorías positivistas.

En este contexto, un ángulo femenino envuelve el enfoque de la nueva estética de Cabello de Carbonera y, por lo tanto, conforme a los planteamientos de Comte, postula civilizar y moralizar en base a la situación específica del Perú y América Latina. Así se lo comunica al chileno Juan Enrique Lagarrigue en una carta-libro que publica dirigida a éste. Para la autora de *Blanca Sol*, si París fue la cuna del positivismo, América será su centro de acción. Y añade que «América lleva en este punto la gran superioridad de hallarse libre de las leyes del atavismo que fatalmente encadenan a los pueblos a un orden de ideas impuesto contra la incontrastable fuerza de la transmisión hereditaria» (*La Religión*, 10).

Es esta visión profética de América, así como una crítica al materialismo reinante que se imponía en la sociedad peruana, lo que la lleva a establecer no sólo reformas sociales a favor de una sociedad más humana, sino que también cree imperativo elaborar una filosofía del arte narrativo ya que, como nos dice en el prólogo a *Blanca Sol*, piensa que «la novela está llamada a colaborar en la solución de los grandes problemas que la ciencia le presenta». Es esta idea la que domina su ensayo *La novela moderna* (1892)[17], trabajo que busca precisar la finalidad y peculiaridad estética de la novela en la sociedad hispanoamericana de fines de siglo.

Mercedes Cabello plantea su ensayo desde una perspectiva de movimientos estéticos (romanticismo y naturalismo) que se oponen y cuyo choque entre éstos debe superarse en vista de las nuevas realidades históricas. En su afán por polarizar las tendencias llega a igualar la querella anterior entre clásicos y románticos a la que ella ve entre el romanticismo y el naturalismo. De este modo, ve sólo los extremos de los dos movimientos: «En tanto el romanticismo ha dañado los corazones por exceso de ficción e idealismo, la escuela naturalista los ha dañado por carencia de ideales, por atrofia del sentimiento y supresión completa del ser moral» (21).

En la crítica que emprende contra las dos escuelas, las rechaza tanto por razones de esencia como por factores de índole personal e ideológica. Su negativa contra el romanticismo no se debe realmente a que era un movimiento en decadencia, sino a que el romanticismo en el Perú se había constituido «la expresión ideológica de un proyecto social» que había fracasado. Sin embargo, Mercedes Cabello aún comparte algunos de esos valores de aquel romanticismo —valores que afirman «una concepción esencialista, ahistórica del

---

17   Antes de publicarse en libro en 1892, este ensayo había sido premiada con la Rosa de Oro (primer premio) en el certamen hispanoamericano de la Academia Literaria del Plata en Argentina, y había aparecido en partes en *El Perú Ilustrado* en 1891 (Año V): N° 232 (17 de octubre, págs. 4373, 4375); N° 233 (24 de octubre, 5013-5015, 5017, 5019); N° 234 (31 de octubre, 5053, 5055, 5057); N° 235 (7 de noviembre, 5093, 5095).

hombre, cuyo modelo no podrá estar en la realidad concreta del Perú de ese período, pues la contradice dolorosamente, sino en literaturas de otras latitudes y otros períodos» (Epple, 34).

El naturalismo, por su parte, es aun más problemático puesto que los postulados del padre del naturalismo apuntan a un cuestionamiento radical de las bases tradicionales de la sociedad. Por ello no lo puede aceptar como concepción cosmológica ni como motor social porque implicaría una reformulación de los supuestos sociales basados, no en valores e ideas «esencialistas» y «ahistóricas» de validez universal, como quizás querría la autora peruana, sino en el mundo concreto[18].

No obstante, el naturalismo presenta la noción de la novela como *estudio social* y este aspecto del naturalismo lo incorporará la autora peruana. De esta manera para Mercedes Cabello, «el naturalismo, fórmula estética ligada al positivismo», podrá emplearse como «método de representación literaria, pero al servicio de una noción preestablecida del hombre y la sociedad» (Epple, 34).

Así propone en *La novela moderna* una solución conciliatoria, una fórmula estética destinada a superar el antagonismo de las dos escuelas. Para Mercedes Cabello el realismo de Balzac es el término medio idóneo porque «él lleva sus lentes de poderosa potencia, no para mirar, como Zola, el cuerpo desnudo estremeciéndose lujuriosamente, o la fatalidad guiando a toda una generación de irresponsables; sino para contar las palpitaciones del corazón y estudiar las sacudidas pasionales que con irresistible fuerza agitan el espíritu humano» (37). Lo cierto es que por encima de los condicionamientos sociales y las realidades culturales, para la autora de *Blanca Sol* lo que define al hombre es su naturaleza moral y espiritual, y es la misión de la literatura ocuparse de esta esfera y hacer el análisis moral de la sociedad.

Este dualismo «esencialista» de espíritu-materia estructurará su obra literaria (y lo vemos en particular en *Blanca Sol*); de ahí que su «estudio social» se ciña a la parte *espiritual* de aquella sociedad que parece haber olvidado su tradicional nobleza aristocrática. Con esta idea como su norte, Mercedes Cabello pintará un mundo que se mueve y evoluciona no según sus condicionamientos económicos ni sus contradicciones sociales y políticas, sino según «los impulsos, nobles o degradados, de las pasiones» (Epple, 36-37)[19].

---

18.   Zola nos dice: «El republicano naturalista tiene en cuenta el medio y las circunstancias; él no trabaja sobre una nación como sobre la arcilla, pues se trata de una nación que tiene vida propia, una razón de existencia, cuyo mecanismo es necesario estudiar antes de utilizarlo. Las fórmulas sociales, como las fórmulas matemáticas, poseen una rigidez a la cual no se puede someter a un pueblo de un día para otro; y la ciencia política, tal como existe hoy en día, es justamente para conducir un país por los senderos más cortos y más prácticos al estado gubernamental hacia el cual lo impele su impulsión natural aumentada por la impulsión de hechos» («La République et la littérature» en *Œuvres complètes*, X, pág. 1387). Recordemos asimismo su famosa sentencia, «La República será naturalista o no será» (1380).

19.   Cornejo Polar, en relación a la ecléctica solución de Mercedes Cabello en *La novela moderna*, escribe: «Es claro que este orden conceptual no armoniza bien con la decisión de mantener en pie aspectos sustantivos de la metafísica romántica, en especial sus principios cristianos, por lo que, en definitiva, el eclecticismo propuesto por la autora de *El conspirador* se parece peligrosamente a una feble solución de compromiso» (101).

LAS EDICIONES DE *Blanca Sol*

Blanca Sol aparece publicada por primera vez en folletín en el periódico *La Nación* de Lima el lunes, 1 de octubre de 1888. No sabemos a ciencia cierta cuántas entregas hubo de esta edición, ya que sólo hemos podido consultar hasta la sexta (6 de octubre de 1888) —la Biblioteca Nacional del Perú sólo posee las primeras seis entregas. Sin embargo, ya para fines de enero de 1889, la obra aparece en libro por primera vez publicada por la Imprenta de Torres Aguirre. Ese mismo año aparece la segunda edición en libro con un prólogo de la autora[20], el cual se repetirá en las siguientes ediciones. Esta edición presenta graves errores de paginación que se repetirán también en la cuarta edición, aunque en lugares y páginas distintos a la segunda edición.

Pinto y Tamayo Vargas hablan de una tercera edición[21], que yo no he podido ubicar. La cuarta edición en libro aparece en 1894 publicada por Carlos Prince y esta edición repite idénticamente el texto de la segunda, lo cual hace sospechar que la tercera edición en libro también es idéntica a estas dos.

Es importante notar con Pinto que este éxito de librería de la obra era algo inusitado para la época y cuatro ediciones en libro era algo digno de asombro, y mucho más en un país como el Perú que por esa época estaba definiendo su literatura nacional. Sin embargo, acaso aun más merecedor de admiración es que era una mujer escritora la que destacaba por este éxito.

ESTA EDICIÓN

La presente edición se basa en el texto de la segunda edición en libro, el cual, como se ha mencionado, se repite idéntico en las ediciones posteriores. El criterio que ha guiado esta decisión obedece a la inclusión del prólogo de la autora, así como la repetición del mismo texto en las ediciones posteriores aún en vida de la autora. Sin embargo, en esta edición se han cotejado las ediciones disponibles para corregir errores, esclarecer dudas y brindar al lector y al estudioso una edición crítica con notas aclaratorias y relevantes.

En esta edición se ha modernizado la ortografía y la puntuación, se ha cambiado el uso del laísmo y el leísmo y se han corregido errores de imprenta y solecismos. Se ha seguido asimismo los criterios editoriales actuales en cuanto al uso de las mayúsculas, el acento ortográfico, la raya y el guión, para mencionar sólo los más importantes. Igual método se sigue al citar variantes de las otras ediciones, donde *silenciosamente* corrijo los errores y erratas. En todo, sin embargo, se ha respetado la división de párrafos y la sintaxis de la autora.

Oswaldo Voysest
Beloit College
Agosto 2007

---

20 Pinto sugiere que este prólogo, junto con algunos cambios en el capítulo XIV de la novela, sirven para apaciguar el escándalo que provocaba la obra debido a que todos sabían a qué persona real de la sociedad limeña hacía alusión el personaje epónimo.

21 Tamayo Vargas pone 1890 como la fecha de esta edición.

BIBLIOGRAFÍA

OBRAS CITADAS

Ahón, Valentín. «Mercedes Cabello de Carbonera: pionera de la novela en el Perú». *El Comercio*. 14 abril 1991, secc. C: 3.

Arona, Juan de. *Sonetos y chispazos*. Lima: Imprenta del Teatro, 1885.

Baguley, David. *Naturalist Fiction: The Entropic Vision*. Cambridge: Cambridge University Press, 1990.

Cabello de Carbonera, Mercedes. *La novela moderna*. Lima: Ediciones Hora del Hombre, 1948.

_____. «La novela realista». *La Revista Social* (edición extraordinaria). Año III, N° 106 (28 julio 1887): 211-13.

_____. «Poetas y versificadores». *El Perú Ilustrado*. Año 3, N° 116 (27 julio 1889): 405

_____. *La Religión de la Humanidad. Carta al señor D. Juan Enrique Lagarrigue*. Lima: Impr. de Torres Aguirre, 1893.

Castro Arenas, Mario. *La novela peruana y la evolución social*. 2ª ed. Lima: J. Godard, [1967?].

Cornejo Polar, Antonio. «Clorinda Matto de Turner: para una imagen de la novela peruana del siglo XIX». *Escritura*, Año 2, N° 3 (1977): 91-107.

Delgado, Washington. *Historia de la literatura republicana: nuevo carácter de la literatura en Perú independiente*. Lima: Ediciones Rikchay Perú, 1980.

Epple, Juan Armando. «Mercedes Cabello de Carbonera y el problema de la 'novela moderna' en el Perú». *Doctores y proscritos. La nueva generación de latinoamericanistas chilenos en U.S.A.* Ed. Silverio Muñoz. Minneapolis: Institute for the Study of Ideologies and Literature, 1987. 23-48.

García-Bedoya Maguiña, Carlos. *Para una periodización de la literatura peruana*. Lima: Latinoamericana Editores, 1990.

García Calderón, Ventura. *Del romanticismo al modernismo: prosistas y poetas peruanos*. París: Sociedad de Ediciones Literarias y Artísticas, 1910.

González de Fanning, Teresa. «Mercedes Cabello de Carbonera» en *El siglo XX en el Perú a través de El Comercio*. Tomo I (1901/1910). Lima: Edición de «El Comercio», 1991. págs. 149-51.

González Prada, Manuel. *Páginas libres/Horas de lucha*. Caracas: Biblioteca Ayacucho, 1976.

López Martínez, Héctor. «Mercedes Cabello de Carbonera y *El Comercio*». *El Comercio*. 1 mayo 1991, secc. A: 3.

Mariátegui, José Carlos. *Siete ensayos de interpretación de la realidad peruana*. La Habana: Casa de las Américas, 1973.

Miró, César. «El trágico fin de Mercedes Cabello». *Expreso*. 20 febrero 1995: 30.

Mitterand, Henri. *Zola et le naturalisme*. París: Presses Universitaires de France, 1986.

Ortiz Sotelo, Jorge. «Los cosmógrafos mayores del Perú». VII Jornadas del Inca Garcilaso. 1997 < http://derroteros.perucultural.org.pe /textos/derrotero7/montilla.doc >

Oviedo, José Miguel. *Historia de la literatura hispanoamericana: del romanticismo al modernismo*. Vol. 2. Madrid: Alianza Editorial, 2003.

Palma Ricardo. *Epistolario general (1892-1904)*. Ed. Miguel Ángel Rodríguez-Rea. Tomo VIII, vol. 2 de *Obras completas*. Lima: Universidad Ricardo Palma Editorial Universitaria, 2005.

Pinto Vargas, Ismael. *Sin perdón y sin olvido: Mercedes Cabello de Carbonera y su mundo*. Lima: Universidad de San Martín de Porres, 2003.

Riva Agüero, José de la. *Carácter de la literatura del Perú independiente*. Lima: Librería Francesa Científica Galland, 1905.

Ruiz Zevallos, Augusto. *Psiquiatras y locos: entre la modernización contra los Andes y el nuevo proyecto nacional de modernidad: Peru 1850-1930*. Lima: Instituto Pasado & Presente, 1994.

Sánchez, Luis Alberto. *La literatura peruana: derrotero para una historia cultural del Perú*. Vol. 6. Lima: Ediciones de Ediventas, 1965.

Tamayo Vargas, *Literatura peruana*. Vol. 2. Lima: PEISA, 1993.

_____. *Perú en trance de novela: ensayo crítico-biográfico sobre Mercedes Cabello de Carbonera*. Lima: Ediciones Baluarte, 1940.

Tauzin-Castellanos, Isabelle. «El positivismo peruano en versión femenina: Mercedes Cabello de Carbonera y Margarita Práxedes Muñoz». *Boletín de la Academia Peruana de la Lengua*. Vol. 27 (1996): 79-100.

Vargas Llosa, Mario. *La utopía arcaica: José María Arguedas y las ficciones del indigenismo*. México: Fondo de Cultura Económica, 1996.

Villavicencio, Maritza. *Del silencio a la palabra: mujeres peruanas en los siglos XIX-XX*. Lima: Ediciones Flora Tristán, 1992.

Voysest, Oswaldo. «El naturalismo de Mercedes Cabello de Carbonera: un ideario ecléctico y de compromiso». *Revista Hispánica Moderna* (Nueva York). Vol. 53, N° 2 (dic. 2000): 366-87.

_____. «Prólogo». *El conspirador (autobiografía de un hombre público)* de Mercedes Cabello de Carbonera. Lima: Kavia Cobaya Editores, 2001.

Zola, Emile. *Œuvres complètes*. Vols. 10, 11. París: Cercle du Livre Précieux, 1966.

OBRAS EN LIBRO DE MERCEDES CABELLO DE CARBONERA (PRIMERAS EDICIONES)[22]

1886 – *Sacrificio y recompensa.* Lima: Imprenta de Torres Aguirre.

1887 – *Los amores de Hortensia.* (Una historia contemporánea). Lima: Imprenta de Torres Aguirre.

1889 – *Blanca Sol* (Novela social). Lima: Imprenta de Torres Aguirre.

1889 – *Las consecuencias.* Lima: Imprenta de Torres Aguirre.

1892 – *La novela moderna. Estudio filosófico.* Lima: Tipografía de Bacigalupi & Cia.

1892 – *El conspirador.* (Autobiografía de un hombre público). Lima: Imprentade Torres Aguirre.

1893 – *La Religión de la Humanidad. Carta al señor D. Juan Enrique Lagarrigue.* Lima: Imprenta de Torres Aguirre.

1894 – *El conde León Tolstoy.* Lima: Imprenta de El Diario Judicial.

ESTUDIOS ACERCA DE MERCEDES CABELLO (NO INCLUIDOS EN LA SECCIÓN DE OBRAS CITADAS)

Arango-Ramos, Fanny. «Mercedes Cabello de Carbonera: historia de una verdadera conspiración cultural». *Revista Hispánica Moderna* (Nueva York). Vol. 47, N° 2 (dic. 1994): 306-24.

Batticuore, Graciela. «Lectoras en diálogo en América finisecular». *Feminaria Literaria.* Vol. 12 (junio 1997): 46-49.

Bendezú Aibar, Edmundo. «Mercedes Cabello». *La novela peruana: de Olavide a Bryce.* Lima: Editorial Lumen, 1992. págs. 81-98.

Cunha, Gloria da. *Pensadoras de la nación: antología de ensayos selectos.* Madrid/Frankfurt: Iberoamericana/Vervuert, 2006.

Escobar-Artola, Lilly E. «Clorinda Matto de Turner, Mercedes Cabello de Carbonera: motivos sociales y filosóficos en los comienzos de la novela peruana». Tesis de doctorado. Temple University, 1992.

Fox-Lockert, Lucía. «Mercedes Cabello de Carbonera». *Women Novelists in Spain and Spanish America.* Metuchen, N.J.: Scarecrow Press, 1979. págs. 147-55.

Gonzales Ascorra, Martha Irene. *La evolución de la conciencia femenina a través de las novelas de Gertrudis Gómez de Avellaneda, Soledad Acosta de Samper y Mercedes Cabello de Carbonera.* New York, NY: Peter Lang; 1997.

22   La novela *Eleodora* se cita en muchos estudios y obras de historiografía acerca de Mercedes Cabello, incluso dando fecha de edición e imprenta —es cierto, hubo tres ediciones en España y dos en el Perú. Sin embargo, yo no he podido ubicar la obra en libro y sólo he consultado el texto que se publicó en la revista de *El Ateneo de Lima* en 1887.

González-Muntaner, Elena. «Literatura femenina en el Perú decimonónico. La cuestión del naturalismo y el feminismo en la obra de Mercedes Cabello de Carbonera». Tesis de doctorado. Florida International University, 2002.

Guerra Cunningham, Lucía. «Mercedes Cabello de Carbonera: estética de la moral y los desvíos no-disyuntivos de la virtud». *Revista de Crítica Literaria Latinoamericana*. 26 (1987): 25-41.

Guiñazú, María Cristina. «La mujer en/de la vida pública en el siglo XIX: un estudio de *Blanca Sol*». *Cuadernos de Aldeeu*. Nº 21 (2005): 35-50

LaGreca, Nancy Anne. «Feminism and Identity in Three Spanish American Novels, 1887-1903». Tesis de doctorado. University of Texas, Austin, 2005.

Lewis, Bart L. «Art, Society and Criticism: The Literary Theories of Mercedes Cabello de Carbonera and Clorinda Matto de Turner». *Letras Femeninas* Vol. 10, Nº2 (1984): 66-73.

Martínez-San Miguel, Yolanda. «Sujetos femeninos en *Amistad funesta* y *Blanca Sol*: el lugar de la mujer en dos novelas latinoamericanas de fin de siglo XIX». *Revista Iberoamericana*. Vol. 62, Nº 174 (enero-marzo 1996): 27-45.

Masiello, Francine. «Melodrama, Sex, and Nation in Latin America's Fin de Siglo». *Modern Language Quarterly*. Vol. 57, Nº 2 (junio 1996): 269-78.

Matthews, Cristina, «The Masquerade as Experiment: Gender and Representation in Mercedes Cabello de Carbonera's *El Conspirador. Autobiografía de un hombre público*». *Hispanic Review*. Vol. 73 Nº4 (2005 Autumn): 467-89

Mazquiarán de Rodríguez, Mercedes. «Mercedes Cabello de Carbonera». Ed. Diane Marting. *Spanish American Women Writers: A Bio-Bibliography Source Book*. Wesport, Conn.: Greenwood Press, 1990. págs. 94-104.

Miller, John C. «Clorinda Matto de Turner y Mercedes Cabello de Carbonera: Societal Criticism and Morality». Eds. Yvette E. Miller & Charles M. Tatum. *Latin American Women Writers: Yesterday and Today*. Pittsburgh: Latin American Literary Review Press, 1975. págs. 25-32.

Nagy-Zekmi, Silvia. «Silencio y ambigüedad en *Blanca Sol* de Mercedes Cabello de Carbonera ». Ed. Luis Jiménez. *La voz de la mujer en la literatura hispanoamericana fin-de-siglo*. San José, Costa Rica: Universidad de Costa Rica; 1999. págs. 49-59

Peluffo, Ana. «Bajo las alas del ángel de caridad: indigenismo y beneficencia en el Perú republicano». *Revista Iberoamericana*. Vol. 20, Nº 206 (enero-marzo 2004): 103-15

_____. «Las trampas del naturalismo en *Blanca Sol*: prostitutas y costureras en el paisaje urbano de Mercedes Cabello de Carbonera». *Revista de Crítica Literaria Latinoamericana*. Año 28, Nº 55 (2002): 37-52.

Portugal, Ana María. *Mercedes Cabello o el riesgo de ser mujer*. Lima: CENDOC, 1987.

Saver, Laura Judith. «Un análisis de la influencia filosófica de Manuel González Prada en Clorinda Matto y Mercedes Cabello». Tesis de doctorado. University of Colorado, Boulder, 1984.

Tauzin-Castellanos, Isabelle. «Politique et hérédité dans *El conspirador* de Mercedes Cabello de Carbonera (1892)». *Bulletin Hispanique*. Vol. 95, Nº 1 (1993): 487-99.

Torres-Pou, Joan. «Positivismo y feminismo en la producción narrativa de Mercedes Cabello de Carbonera». Eds. S. Cavallo, L. Jiménez, & O. Preble-Niemi. *Estudios en honor de Janet Pérez: el sujeto femenino en escritoras hispánicas*. Potomac, MD: Scripta Humanistica; 1998. págs. 245-56.

Voysest, Oswaldo. «Clorinda Matto and Mercedes Cabello: Reading Emile Zola's Naturalism in a Dissonant Voice». *Excavatio*. Vol. 11 (1998): 195-201.

_____. «Fashion and Characterization in Mercedes Cabello's *Blanca Sol* and Emile Zola's *La Curée*: Tailored Differences». *Excavatio*. Vol. 10 (1997): 112-29.

Ward, Thomas. «Rumbos hacia una teoría peruana de la literatura: sociedad y letras en Matto, Cabello y González Prada». *Bulletin of Hispanic Studies*. Vol. 78, Nº 1 (enero 2001): 89-101.

Zalduondo, María Magdalena. «Novel Women: Gender and Nation in Nineteenth-Century Novels by Two Spanish American Women Writers». Tesis de doctorado. University of Texas, Austin, 2002.

Blanca Sol

(Novela Social)

UN PRÓLOGO QUE SE HA HECHO NECESARIO [1]

Siempre he creído que la novela social es de tanta o mayor importancia que la novela pasional[2].

---

[1]   Este prólogo no aparece en la versión de folletín publicada en *La Nación* y tampoco en la primera edición en libro de 1889. Ismael Pinto sugiere que este prólogo lo escribe la autora peruana ante la presión del medio limeño que sabía quien era el personaje en el cual se basaba Blanca Sol. Como afirma Augusto Tamayo Vargas, «[e]l personaje reproducido a través de la frívola y limeñísima Blanca Sol no fue un enigma. Todos sabían a quien se refería» (*Perú en trance de novela. Ensayo crítico-biográfico sobre Mercedes Cabello de Carbonera*. Lima: Ediciones Baluarte, 1940. pág. 53). Según Pinto, una frase en particular en el capítulo XIV (ver más adelante en esta edición) apuntaba claramente a un personaje de carne y hueso del medio limeño. El prólogo serviría como una manera de distanciarse de las acusaciones de chismografía panfletaria y de afirmar que la novela recogía elementos de la vida real para transformarlos en un universo ficticio anclado en verdades del mundo que pintaba. En cuanto al personaje verídico de Blanca Sol, se trata de Rosa Orbegoso, nieta del general Luis José Orbegoso, quien fue presidente del Perú y uno de los próceres de la Independencia. Ella se casa con Felipe Varela y Valle y de esta unión uno de sus hijos es Luis Varela y Orbegoso, quien fue jefe de redacción del diario *El Comercio* entre 1908 y 1919 y quien escribía con el seudónimo «Clovis» (ver las páginas 286-87 del libro de Pinto y para más detalles el diario limeño *El Nacional* del 31 de marzo de 1876).

[2]   Es importante aclarar exactamente lo que entiende Mercedes Cabello por novela social y novela pasional. Según lo que sigue del prólogo, parece que la caracterización que hace la autora peruana de cada subgénero obedece a ese eclecticismo del que se ha servido a lo largo de su vida artística —la confluencia de elementos de carácter diverso para formar un entendimiento propio e independiente de una realidad o tendencia. En un sentido estricto, la novela pasional o sentimental abarca dos tipos de novelas. Uno, cuyo desarrollo parte del siglo XV y tiene como antecedentes la *Elegia di madonna Fiammetta* de Boccaccio y la *Historia de duobus amantibus Eurialo et Lucretia* de Eneas Silvio Piccolomini (del primer cardenal y luego papa Pío II), de carácter introspectivo, autobiográfico y con elementos alegóricos en el que el amor se entiende a la manera aristotélica: la pasión que ofusca el entendimiento hasta hacer creer que lo bueno es malo. La otra denominación se aplica a novelas con ingredientes sensibleros y lacrimógenos que aparecen en Inglaterra en el siglo XVIII y corresponden al período que algunos llaman prerromanticismo.
La novela social, en este caso, es aquella de raigambre positivista-naturalista que surge en el siglo XIX y conceptúa de la novela una función cognoscitiva (es decir, que es capaz de conocer) para proponer distintas concepciones del hombre y la sociedad. Los autores latinoamericanos emplearán este tipo de novela para explorar un conjunto de problemas sociales que afectan a las capas marginadas, lo que se vino a llamar la «cuestión social». Lo que plantea Cabello de Carbonera en este prólogo no se ciñe a la visión normativa de estos dos subgéneros, sino que se esboza como una interpretación personal de lo que algunos años más tarde desarrollará en su ensayo *La novela moderna*.

Estudiar y manifestar las imperfecciones, los defectos y vicios que en sociedad son admitidos, sancionados y con frecuencia objeto de admiración y de estima, será sin duda mucho más benéfico que estudiar las pasiones y sus consecuencias.

En el curso de ciertas pasiones, hay algo tan fatal, tan inconsciente e irresponsable como en el curso de una enfermedad, en la cual conocimientos y experiencias no son parte a salvar al que, más que dueño de sus impresiones, es casi siempre víctima de ellas. No sucede así en el desarrollo de ciertos vicios sociales, como el lujo, la adulación, la vanidad, que son susceptibles de refrenarse, de moralizarse y quizá también de extirparse, y a este fin dirige sus esfuerzos la novela social.

Y la corrección será tanto más fácil cuanto que estos defectos no están inveterados[3] en nuestras costumbres, ni inoculados en la transmisión hereditaria.

Pasaron ya los tiempos en que los cuentos inverosímiles y las fantasmagorías quiméricas[4] servían de embeleso[5] a las imaginaciones de los que buscaban en la novela lo extraordinario y fantástico como deliciosa golosina.

Hoy se le pide al novelista cuadros vivos y naturales y el arte de novelar ha venido a ser como la ciencia del anatómico: el novelista estudia el espíritu del hombre y el espíritu de las sociedades, el uno puesto al frente del otro, con la misma exactitud que el médico el cuerpo tendido en el anfiteatro. Y tan vivientes y humanas han resultado las creaciones de la fantasía, que más de una vez Zola[6] y Daudet[7] en Francia, Camilo Lemoinnier[8] en Bélgica y Cambaceres[9] en la Argentina hanse visto acusados de haber trazado retratos cuyo parecido el mundo entero reconocía, en tanto que ellos no hicieron más que crear un tipo en el que imprimieron aquellos vicios o defectos que se proponían manifestar.

Por más que la novela sea hoy obra de observación y de análisis, siempre le estará vedado al novelista descorrer[10] el velo de la vida particular para exponer a las miradas del mundo, los pliegues[11] más ocultos de la conciencia de un individuo. Si la novela estuviera condenada a copiar fielmente un modelo, sería necesario proscribirla como arma personal y odiosa.

---

3   *Inveterado*: arraigado, establecido.

4   *Fantasmagorías quiméricas*: fantasías fabulosas y sin fundamento en la realidad.

5   *Embeleso*: encanto, seducción, hechizo.

6   Émile Zola (1840-1902), escritor francés y líder del movimiento naturalista en Francia. Autor del ciclo de veinte novelas agrupadas bajo el título *Les Rougon-Macquart: histoire naturelle et sociale d'une famille sous le Second Empire* (*Los Rougon-Macquart: historia natural y social de una familia bajo el Segundo Imperio*)

7   Alphonse Daudet (1840-1897), escritor francés cuya obra mezcla la fantasía y el retrato realista de la vida cotidiana, especialmente de la región de Provenza. Una de sus obras más célebres es *Lettres de mon moulin* (*Cartas desde mi molino*).

8   Camille Lemonnier (1844-1913), autor belga de obras naturalistas como *Happe-chair* (*Engullecarne*).

9   Eugenio Cambaceres (1843-1888), escritor argentino que introduce el naturalismo en Argentina con novelas como *Poupourri* (1881) y *Música sentimental* (1884).

10   *Descorrer*: retirar, descubrir.

11   *Pliegue*: resquicio, abertura

No es culpa del novelista, como no lo es del pintor, si después de haber creado un tipo, tomando diversamente, ora sea lo más bello, ora lo más censurable que a su vista se presenta, el público, inclinado siempre a buscar semejanzas, las encuentra, quizá sin razón alguna, con determinadas personalidades.

Los que buscan símiles como único objetivo del intencionado estudio sociológico del escritor, tuercen malamente los altísimos fines que la novela se propone en estas nuestras modernas sociedades.

Ocultar lo imaginario bajo las apariencias de la vida real, es lo que constituye todo el arte de la novela moderna.

Y puesto se trata de un trabajo meditado y no de un cuento inventado, precisa también estudiar el determinismo hereditario[12], arraigado y agrandado con la educación y el mal ejemplo; precisa estudiar el medio ambiente en que viven y se desarrollan aquellos vicios que debemos poner en relieve con hechos basados en la observación y la experiencia. Y si es cierto que este estudio y esta experiencia no podemos practicarlos sino en la sociedad en que vivimos y para la que escribimos, también es cierto que el novelista no ha menester[13] copiar personajes determinados para que sus creaciones, si han sido el resultado de la experiencia y la observación, sean todo un proceso levantado[14] en el que el público debe ser juez de las faltas que a su vista se le manifiestan.

Los novelistas, dice un gran crítico francés, ocupan en este momento el primer puesto en la literatura moderna. Y esta preeminencia se les ha acordado, sin duda, por ser ellos el lazo de unión entre la literatura y la nueva ciencia experimental; ellos son los llamados a presentar lo que pueda llamarse el proceso humano, foliado[15] y revisado para que juzgue y pronuncie sentencia el hombre científico.

Ellos pueden servir a todas las ciencias que van a la investigación del ser moral puesto que, a más de[16] estudiar sobre el cuerpo vivo el caprichoso curso de los sentimientos, pueden también crear situaciones que respondan a todos los movimientos del ánimo.

Hoy que luminosa y científicamente se trata de definir la posibilidad de la irresponsabilidad individual en ciertas situaciones de la vida, la novela está llamada a colaborar en la solución de los grandes problemas que la ciencia le presenta. Quizá si ella llegará a deslindar[17] lo que aun permanece indeciso y oscuro en ese lejano horizonte en el que un día se resolverán cuestiones de higiene moral.

---

12 El naturalismo literario francés afirma que hay tres factores claves que determinan el comportamiento humano y son, por ende, una manifestación de la condición humana. Uno de ellos es el determinismo hereditario, el cual tiene que ver con la causalidad irrompible que acaece en nuestra vida por causa de nuestra herencia genética. Los otros dos son el entorno social (e.g. pobreza, opulencia) y el momento histórico (la época histórica que nos toca vivir).

13 *Haber menester*: necesitar

14 *Proceso levantado*: procedimiento mediante el cual se busca la responsabilidad de un acto procediendo judicialmente contra alguien.

15 *Foliar*: numerar los folios de un libro.

16 *A más de*: además de

17 *Deslindar*: aclarar

Y así mientras el legislador se preocupa más de la corrección que jamás llega a impedir el mal, el novelista se ocupará en manifestar que sólo la educación y el medio ambiente en que vive y se desarrolla el ser moral deciden de la mentalidad que forma el fondo de todas las acciones humanas.

El novelador puede presentarnos el mal con todas sus consecuencias y peligros y llegar a probarnos que si la virtud es útil y necesaria, no es sólo por ser un bien ni porque un día dará resultados finales que se traducirán en premios y castigos allá en la vida de ultratumba; sino más bien porque la moral social está basada en lo verdadero, lo bueno y lo bello y que el hombre como parte integrante de la Humanidad[18] debe vivir para el altísimo fin de ser el colaborador que colectivamente contribuya al perfeccionamiento de ella.

Y el novelista no sólo estudia al hombre tal cual es: hace más, nos lo presenta tal cual debe ser. Por eso, como dice un gran pensador americano: «El arte va más allá de la ciencia. Ésta ve las cosas tales cuales son, el arte las ve además como deben ser. La ciencia se dirige particularmente al espíritu; el arte sobre todo al corazón.»

Y puesto que de los afectos más que de las ideas proviene en el fondo la conducta humana, resulta que la finalidad del arte es superior a la de la ciencia.

Con tan bella definición, vemos manifiestamente que la novela no sólo debe limitarse a la copia de la vida, sino además a la idealización del bien.

Y aquí llega la tan debatida cuestión del naturalismo y la acusación dirigida a esta escuela de llegar a la nota pornográfica, con lo cual dicen parece no haberse propuesto sino la descripción y también muchas veces el embellecimiento del mal.

No es pues esa tendencia la que debe dominar a los novelistas sudamericanos, tanto más alejados de ella cuanto que, si aquí en estas jóvenes sociedades, fuéramos a escribir una novela completamente al estilo zolaniano[19], lejos de escribir una obra calcada[20] sobre la naturaleza, nos veríamos preci-

---

18   El uso de mayúscula por parte de Mercedes Cabello para la palabra «humanidad» (y más adelante para palabras como «ciencia», «redención», «paraíso» y «verdad científica») tiene su origen en la filosofía de Auguste Comte (1798-1857), quien afirma que puesto que el hombre por naturaleza es un ser religioso que vive para los demás, necesita creer en algo. Con esto presente, el filósofo francés forma una religión cuyo culto no es Dios sino el Gran Ser o la Humanidad, entendida ésta como el conjunto de hombres que viven y contribuirán al orden y progreso de ella. Con la muerte de su amante Clotilde de Vaux, Comte sufre una crisis personal, que hace patente la insuficiencia en su filosofía del aspecto religioso y sentimental. Los últimos años de su vida se dedicará a corregir esta deficiencia «no modificando sus ideas positivistas, pero [sic] supliendo el positivo con cierta efusión del corazón. Para ello trató Comte de encontrar o fundar una nueva religión que pudiera estar de acuerdo con los principios fundamentales del positivismo; mas como su filosofía niega toda deidad o espíritu invisible, y no admite más que la humanidad, hizo a la humanidad objeto de un nuevo culto» (http://www.filosofia.org/enc/eha/e050640.htm). De ahí que en su *Cathéchisme positiviste* diga que «la Humanidad sustituye definitivamente a Dios, sin olvidar jamás sus servicios provisionales» («l'Humanité se substitue définitivement à Dieu, sans oublier jamais ses services provisoires» (Comte, A. *Catéchisme positiviste ou sommaire exposition de la religion universelle*. París: Librairie Garnier, 1900. pág. 381).

19   En el castellano actual se prefiere el adjetivo *zolesco* para designar todo lo relativo al escritor Zola.

20   *Calcado*: copiado.

sados a forjar[21] una concepción imaginaria sin aplicación práctica en nuestras costumbres. Si para dar provechosas enseñanzas la novela ha de ser copia de la vida, no haríamos más que tornarnos en malos imitadores copiando lo que en países extraños al nuestro puede que sea de alguna utilidad, quedando aquí en esta joven sociedad completamente inútil esto cuando no fuera profundamente perjudicial[22].

Cumple es cierto al escritor, en obras de mera recreación literaria, consultar el gusto de la inmensa mayoría de los lectores, marcadamente pronunciado a favor de ciertas lecturas un tanto picantes y aparentemente ligeras, lo cual se manifiesta en el desprecio o la indiferencia con que reciben las obras serias y profundamente moralizadoras.

Hoy se exige que la moral sea alegre, festiva sin consentirle el inspirarnos ideas tristes ni mucho menos llevarnos a la meditación y a la reflexión.

Es así como la novela moderna con su argumento sencillo y sin enredo[23] alguno, con sus cuadros siempre naturales tocando muchas veces hasta la trivialidad, pero que tienen por mira si no moralizar cuando menos manifestar el mal, ha llegado a ser como esas medicinas que las aceptamos tan sólo por tener la apariencia del manjar de nuestro gusto.

Será necesario pues en adelante dividir a los novelistas en dos categorías colocando a un lado a los que, como decía Cervantes, escriben papeles para entretener doncellas, y a los que pueden hacer de la novela un medio de investigación y de estudio en que el arte preste su poderoso concurso a las ciencias que miran al hombre desligándolo de añejas[24] tradiciones y absurdas preocupaciones.

El Arte se ha ennoblecido, su misión no es ya cantar la grandiosidad de las catedrales góticas ni llorar sobre la fe perdida hoy tal vez para siempre; y en vez de describirnos los horrores de aquel infierno imaginario, describirnos el verdadero infierno, que está en el desordenado curso de las pasiones. Nuevos ideales se le presentan a su vista; él puede ser colaborador de la Ciencia en la sublime misión de procurarle al hombre la Redención que lo libre de la ignorancia y el Paraíso que será la posesión de la Verdad científica.

Mercedes Cabello de Carbonera

---

21 *Forjar*: idear, concebir
22 Estas ideas las desarrolla la autora peruana en su obra *La novela moderna*.
23 *Enredo*: complicación
24 *Añejo*: antiguo

- I -

La educaron como en Lima educan a la mayor parte de las niñas[25]:
mimada, voluntariosa, indolente, sin conocer más autoridad que la
suya, ni más limite a sus antojos[26], que su caprichoso querer.

Cuando apenas su razón principió a discernir, el amor propio y la vanidad
estimuladas de continuo fueron los móviles de todas sus acciones, y desde las
acostumbradas e inocentes palabras con que es de uso acallar el llanto de los
niños y refrenar sus infantiles desmanes[27], todo contribuyó a dar vuelo a su
vanidad formándole pueril[28] el carácter y antojadiza la voluntad. Y hasta
aquellos consejos que una madre debe dar el día que por primera vez va su
hija a entrar en la vida mundanal, fueron para ella otros tantos móviles que
encaminaron por torcida senda sus naturales inclinaciones. Procura –habíale
dicho la madre a la hija cuando confeccionaba el tocado del primer baile al
que iba a asistir vestida de *señorita*– que nadie te iguale ni menos te sobrepase
en elegancia y belleza para que los hombres te admiren y las mujeres te en-
vidien, éste es el secreto de mi elevada posición social[29].

Su enseñanza en el colegio al decir de sus profesoras fue sumamente aven-
tajada y la madre. abobada[30] con los adelantos de la hija, recogía premios y
guardaba medallitas sin observar que la sabiduría alcanzada era menor que
las distinciones concedidas[31].

---

25   En la edición en folletín de *La Nación* y en la primera edición de la novela sigue un punto
      después de esta frase («La educaron como en Lima educan a la mayor parte de las niñas.
      Mimada, voluntariosa, indolente, sin...»).

26   *Antojo*: deseo o capricho de carácter transitorio.

27   *Desmán*: exceso, desorden.

28   *Pueril*: infantil, propio de un niño.

29   En la versión de *La Nación* y la primera edición en libro este párrafo es un tanto dife-
      rente: «Cuando apenas...infantiles desmanes; todo, hasta los consejos que su orgullosa
      madre la dio, cuando arreglando prolijamente su tocado de baile iba por vez primera a
      entrar en la vida mundanal: —Procura – dijo la madre a la hija— ser siempre la más
      lujosa y que nadie te iguale en elegancia, para que los hombres te admiren y las mujeres
      te envidien; esto constituye el secreto de mi encumbrada posición social; todo contribuyó,
      pues, a dar vuelo a su vanidad, formándole pueril el carácter y antojadiza la voluntad».

30   *Abobado*: atontado, que parece bobo.

31   La versión de *La Nación* y la primera en libro varían de esta manera en este párrafo:
      «...guardaba medallitas, en testimonio de la sabiduría alcanzada en el colegio».

Todas las niñas la mimaron y la adularon disputándose su compañía como un beneficio, porque, al decir de sus amigas Blanca era picante, graciosa y muy alegre.

Además de lo que le enseñaron sus profesoras, ella aprendió prácticamente muchas otras cosas que en su alma quedaron hondamente grabadas[32]. Aprendió, por ejemplo, a estimar el dinero sobre todos los bienes de la vida[33], «hasta vale más que las virtudes y la buena conducta», decía ella en sus horas de charla y comentarios con sus amigas. Y a arraigar esta estimación contribuyó grandemente el haber observado que las Madres[34] (olvidé decir que era un colegio de monjas) trataban con marcada consideración a las niñas ricas y con menosprecio y hasta con acritud[35] a las pobres. —Y éstas pagan con mucha puntualidad sus mesadas[36]– observaba Blanca. De donde dedujo que el dinero no sólo servía para satisfacer las deudas de la casa, sino además para comprar voluntades y simpatías en el colegio.

Ella, entre las educandas y profesoras, disfrutó de la envidiable fama de hija de padres acaudalados sin más fundamento que presentarse[37] su madre los domingos, *los días de salón,* lujosamente ataviada llevando vestidos y sombreros estrenados y riquísimos, los que ella sabía que donde hizo su madre no había podido pagar por falta de dinero. De ésta otra deducción: que la riqueza aparente valía tanto como la verdadera[38].

Después *del salón*, sus amigas comentaban con entusiasmo el buen gusto y las ricas telas que usaba su madre y las niñas pobres mirábanla[39] con ojos envidiosos. Las ricas *como ella* formaban corro[40] y disputábanse ansiosas su amistad.

Un día una de las niñas, la más humillada por la pobreza con que ella y su madre vestían, le dijo: —Oye Blanca, mamá me ha dicho que la tuya se pone tanto lujo porque el señor M. le regala vestidos. —Calla, cándida –observó otra– si es que la mamá de Blanca no paga a los comerciantes y vive haciendo *roña*[41], eso lo dicen todos[42].

Blanca tornose encendida como la grana y con la vehemencia propia de su carácter, saltó al cuello de una de las niñas (de la que dijo que su madre les

---

32   Las versiones de *La Nación* y la primera en libro presentan aquí una ligera variante: «...otras cosas que quedaron en su alma hondamente grabadas».

33   En las dos primeras versiones aparecidas de *Blanca Sol* se dice «...sobre todas las cosas de la vida».

34   En *La Nación* y en la primera edición en libro aparece lo siguiente: «...sus amigas. Y esta estimación tuvo por fundamento en ella, el haber observado que las Madres...»

35   *Acritud*: dureza, acrimonia, aspereza.

36   *Mesada*: dinero que se paga todos los meses, en este caso, por concepto de matrícula.

37   Las primeras dos versiones impresas de *Blanca Sol* tienen «el presentarse su madre los domingos».

38   En *La Nación* y la primera edición se dice lo siguiente: «...y riquísimos, los que su madre no había podido pagar por falta de dinero; de donde hizo esta otra deducción: que la riqueza...».

39   En *La Nación* y la primera edición en libro se lee *la miraban* en vez de *mirábanla*.

40   *Corro*: grupo de personas que forman un círculo.

41   *Roña*: treta, farsa, engaño.

42   En las primeras dos ediciones impresas este párrafo forma parte del anterior.

hacía *roña* a los comerciantes) y después de darle de cachetes y arrancarle los cabellos, escupiole en el rostro diciéndole[43]: —¡Toma! pobretona sucia, si vuelves a repetir eso, te he de matar.

Sus amigas la separaron a viva fuerza y desde ese día fue enemiga acérrima[44] de aquella[45] niña. En cuanto a la que dijo ser el señor M. el que la regalaba los vestidos a su madre, ella no lo encontró tan grave como lo de la *roña*. Y luego, ¿qué había de malo en que el señor M. que era tan amigo de mamá le regalara los vestidos? Cuando ella fuera *grande* también había de buscar amigos que le obsequiaran del mismo modo[46].

En las horas de recreo, y en las muchas robadas a las de estudio, sus amigas referíanle cosas sumamente interesantes. La una decíale que una hermana suya había roto con su novio por asuntos de familia[47] y su hermana *de pique*[48] se iba a casar con un viejo muy rico que le procuraría mucho lujo y la llevaría al teatro, a los paseos y había de darle también coche propio. ¿Qué importa que sea viejo? Mamá ha dicho que lo principal es el dote y así cuando el viejo muera se casará con un joven a gusto de ella.

Blanca saboreaba con ansia estos relatos: imaginábase estar ella en lugar de la joven que había de tener coche propio y llegar a lucir ricos vestidos[49] en teatros, bailes y fiestas y ella, como la joven en cuestión, decidíase por el viejo con dinero mejor que por el novio *pobre*.

Algunas veces estas historietas venían seguidas de acaloradas discusiones. Muchas niñas opinaban que el joven *(con tal que fuera buen mozo)* era preferible con su pobreza al rico, si había de ser viejo. Blanca fue siempre de la opinión contraria. Y a favor de la riqueza del futuro marido, ella argumentaba manifestando todo el caudal de experiencia adquirida en esa vida ficticia impuesta por las necesidades en completo desequilibrio con las limitadas rentas de la familia, necesidades que para los suyos fueron eterna causa de sinsabores y contrariedades[50].

Cuando su madre llegaba a conocer algunos de estos precoces juicios de su hija, reía a mandíbulas batientes[51] y exclamaba: —Sí esta muchacha sabe mucho.

Y no se diga que la madre de Blanca fuera alguna tonta o mentecata[52] de las que las niñas del colegio clasificaban en el número de las que le deben al

---

43 Las leves variantes con las dos primeras ediciones son las siguientes: «Blanca se puso encendida como una grana…escupiole en la cara diciéndole».
44 *Acérrimo*: obstinado, tenaz.
45 Las dos primeras versions traen *esta* en vez de *aquella*.
46 *La Nación* y la primera edición en libro dicen «…obsequiaran vestidos».
47 En las primeras dos ediciones: «La una decíale que tenía una hermana cuyo novio había roto con ella por asuntos de familia».
48 *De pique*: Expresión coloquial que en este caso significa rápidamente.
49 En *La Nación* y en la primera edición en libro dice «y había de lucir ricos vestidos».
50 En las primeras dos ediciones en este párrafo: «Muchas niñas eran de opinión que el joven». También se omite lo siguiente de este párrafo: «Y a favor de la riqueza del futuro marido, ella argumentaba… eterna causa de sinsabores y contrariedades».
51 *Reír a mandíbulas batientes*: reír estrepitosamente a carcajadas.
52 *Mentecato*: necio, tonto.

santo[53]; no, era una señora muy sensata, pero que por desgracia estaba empapada en ciertas ideas que la llevaban a pensar como su hija[54].

Blanca hacía desternillar de risa[55] a sus amigas cuando, subida sobre una silla, remedaba[56] al señor N. el predicador del colegio, que con su acento francés, más que francés *patois*[57], les decía: *Es necesario hijitás miás vivir en el santu timur de Dios, purque*[58] *en el mundo tinemos dimuños por adentro y dimuños por afuera.* Y luego, como el señor N. ella les explicaba a las niñas que los demonios de adentro eran nuestras malas pasiones y los demonios de afuera eran las tentaciones del mundo. Jamás Blanca paró mientes[59] en estas tentaciones y si retuvo las palabras en la memoria era sólo para *costearles* la risa a sus compañeras, que no se cansaban de repetir: —No hay quien tenga la gracia de Blanca.

Ella vivía muy contenta en el colegio, sólo si se fastidiaba por las *horas tan largas de capilla* a las que también al fin concluyó por acostumbrarse, y ya ni el cansancio del arrodillamiento, ni la fatiga de espíritu, que antes sintiera, presentáronsele después; pero ¡cosa más rara! acontecíale ahora en la capilla que la imaginación traviesa y juvenil emprendía su vuelo y con abiertas alas iba a perderse en un mundo de ensueños, de amores, de esperanzas, de todo menos de cosas que con sus rezos o con la religión se relacionaran[60]. ¿Sería ella víctima de alguno de los *dimuños* de que hablaba el Señor N?

¡Vaya! Si parecía en realidad tentación del enemigo[61], a tal punto que el monótono murmullo formado por madres y educandas cuando rezaban como es de uso a media voz los rosarios y demás oraciones parecía contribuir a dar mayor impulso a su imaginación, sin que por esto dejara ella de rezar en alta voz. Así adquirió la costumbre de la oración automática, sin el más pequeño vestigio de unción[62], sin imaginarse jamás que las oraciones tuvieran[63] otro fin que llenar el templo de ruidos como podía haberse llenado de otra cosa cualquiera.

La madre de Blanca se asombraba de que su hija, encerrada en el colegio,

53 *Deberle al santo*:
54 Acaso habría sido más lógico decir que Blanca «estaba empapada en ciertas ideas que la llevaban a pensar como su» madre.
55 *Desternillar de risa*: «Reírse mucho, sin poder contenerse». (*Diccionario de la Real Academia Española (RAE)*.
56 En las ediciones de *La Nación* y la primera en libro se pone *principiaba a remedar* por *remedaba*.
57 *Patois*: En este contexto se entiende por el acento de una serie de dialectos regionales hablados en Francia, Italia y Suiza.
58 A partir de la segunda edición en libro se escribe *porque*, pero me parece que lo que tienen las primeras dos ediciones (*purque*) comunica mejor la manera de hablar del predicador francés.
59 *Parar mientes*: considerar oreflexionar acerca de algo.
60 Las primeras dos ediciones invierten la posición del verbo: «de cosas que se relacionaran con sus rezos o con la religión».
61 En *La Nación* y en la primera edición en libro se pone «en realidad cosa del enemigo».
62 *Unción*: devoción, piedad.
63 En las primera dos ediciones impresas se emplea el indicativo *tenían* en vez del subjuntivo.

estuviera tan ilustrada en asuntos que no debiera conocer y diera cuenta de
la crónica escandalosa de los salones mejor que ella que, como decían las niñas,
vivía en el mundo. Pero aquello no dejaba de tener su fácil explicación. Cada
niña relataba de su parte lo que había oído en su casa, y así formaban todas
ellas la historia completa de los escándalos sociales[64].

Eso sí, era un contento ver como al fin de año salía del colegio cargada de
premios y distinciones que regocijaban a la amorosa madre imaginándose ver
a su hija portento[65] de sabiduría y modelo de buenas costumbres[66].

Diez años estuvo Blanca en el colegio. Cuando salió corría el año de 1860,
lo que prueba que no fue educada en el nuevo colegio de San Pedro en el cual
reciben hoy las niñas educación verdaderamente religiosa, moral y muy cumplida.

Su madre no hallándose satisfecha con lo aprendido en el colegio, acudió
a un profesor de piano para que perfeccionara a su hija en el difícil arte de
Mozart y Gottschalk[67]; pero bien pronto las invitaciones, las recepciones, las
fiestas, las modas absorbieron todo su tiempo y se entregó por completo a este
género de vida[68].

Los enamorados de sus lindos ojos, más que los pretendientes de su blanca
mano, sucedíanse con gran asombro de las mamás con hijas feas de *problemático* dote que decían indignadas: —¿Pero qué le encuentran a Blanca Sol?
Quitándole la lisura[69] y el disfuerzo[70] no queda nada, si parece educada entre
las *cocottas*[71] francesas.

Exageraciones y hablillas de mamás envidiosas y por cierto las únicas envidias y las únicas maledicencias excusables: ellas son hijas del santo amor maternal que como todos los amores verdaderos es ciego y apasionado.

Porque si bien es cierto que Blanca, joven vivaracha[72], picaresca en sus
dichos y aguda en sus ocurrencias, tenía toda la desenvoltura de una gran coqueta, distaba mucho entonces de ser el tipo de la *cocotte* francesa.

La censura se cebaba[73] no sólo en su conducta, sino también hasta en su
vestido. Verdad es que ella gustaba mucho llevar trajes de colores fuertes,

---

64 *La Nación* y la primera edición en libro presentan las siguientes variantes en este párrafo:
«...colegio[,] supiera muchas cosas que no debía saber y conociera la crónica escandalosa
de los salones...» Las dos últimas oraciones de este párrafo han sido añadidas a partir
de la segunda edición en libro.

65 *Portento*: prodigio.

66 Este párrafo formaba parte del anterior en los textos de *La Nación* y de la primera edición
en libro. Aquí termina la primera entrega de *Blanca Sol* que aparece en *La Nación* el
lunes, 1 de octubre de 1888 (Año II, Núm. 420).

67 Louis Moreau Gottschalk (1829-1869), compositor y pianista americano.

68 Este párrafo formaba parte del anterior en los textos de *La Nación* y de la primera edición
en libro.

69 *Lisura*: en el Perú se refiere a gracia, donaire.

70 *Disfuerzo*: peruanismo que quiere decir afectación, melindre, amaneramiento, dengue.

71 *Cocotta*: se refiere a *cocotte*, término francés para designar una especie de cortesana de
costumbres libres.

72 *Vivaracho*: travieso, jovial, listo.

73 *Cebarse*: encarnizarse, ensañarse.

raros, de formas caprichosas y muchas veces extravagantes, pero siempre se distinguía por el sello de elegancia y buen gusto que imprimía a todas sus galas.

Una cinta, una flor, un tul prendido al pecho, sabía ella darles el *chic* inimitable de su artístico gusto.

Blanca decía «que se privaba[74] de risa» cuando alguna de sus amigas le imitaba sus modas «sin agregar nada de su propio cacumen[75]». Y las que eran *cursis*[76] ¡cuánta risa no le daban a ella! Y estas risas muchas veces fueron imprudentes y estrepitosas en presencia de la mamá o del hermano de la burlada.

Las ofendidas, que al fin fueron muchas, diéronle el dictado de *malcriada* y *criticona*, pero ella despreciaba a las «cándidas» y se alzaba de hombros con burlona sonrisa. Este modo de ser le trajo[77] el odio de algunas y la censura de todas.

Decían que Blanca al bajar del coche o al subir el peldaño de una escalera se levantaba con garbo[78] y lisura el vestido para lucir el diminuto pie y más aún la torneada pantorrilla. ¡Mentira! Blanca se levantaba el vestido para lucir las ricas botas de cabritilla[79] que por aquella época costaban muy caro y sólo las usaban las jóvenes a la moda de la más refinada elegancia. Gustaba más excitar la envidia de las mujeres con sus botas de *abrocadores con calados* traídas directamente de París que atraer las miradas de los hombres con sus enanos pies y robustas pantorrillas.

Decían que Blanca, con su descocada[80] coquetería, había de descender a pesar de su alta alcurnia[81], hasta las últimas esferas sociales.

Señalaban[82] a un gran señor dueño de pingüe[83] fortuna como el favorecido por las caricias de la joven, las cuales dizque[84] él pagaba con generosas dádivas[85] que llenaban las fastuosas exigencias de la joven y su familia.

A no haber poseído esa fuerza poderosa que da la hermosura, el donaire y la inteligencia, fuerzas suficientes para luchar con la saña envidiosa y la maledicencia cobarde que de continuo la herían, Blanca hubiera caído desquiciada[86] como una estatua para pasar oscurecida y triste al número de las que con mano severa la sociedad aleja de su seno.

---

74   *Privarse*: quedar sin sentido (usado en sentido figurativo en este caso).
75   *Cacumen*: agudeza, ingenio.
76   *Cursi*: presunción u ostentación de refinamiento.
77   Las dos primeras ediciones impresas ponen *atrajo* en vez de *trajo*.
78   *Garbo*: elegancia, galanura, gracia.
79   *Cabritilla*: «Piel curtida de cualquier animal pequeño, como un cabrito, un cordero, etc.» *(DRAE)*.
80   *Descocado*: atrevido, descarado.
81   *Alcurnia*: linaje, origen, estirpe.
82   En las dos primeras ediciones impresas aparece *Se señalaba* por *Señalaban*. Este párrafo también formaba parte del anterior.
83   *Pingüe*: abundante, cuantioso.
84   *Dizque*: al parecer.
85   *Dádiva*: obsequio, regalo.
86   *Desquiciado*: desatinado, desequilibrado.

- II -

No obstante ser esa mujer educada más para la sociedad que para sí misma, no por eso dejó de sentir las atracciones de la naturaleza.

La edad, el instinto y tal vez otras causas desconocidas fueron levantando lentamente la temperatura ordinaria de su sangre y las ansiedades de su corazón y al fin tuvo su preferido y su novio.

Fue éste un gallardo joven que brillaba en los salones por su clara inteligencia y su expansivo carácter, por la esbeltez[87] de su cuerpo y la belleza de su fisonomía, por la delicadeza de sus maneras y la elegancia de sus trajes. En su trato con la joven mostrábale profundo cariño y extremada delicadeza. Como se decía que prosperaba extraordinariamente en sus negocios, Blanca juzgó que era el hombre predestinado para procurarla cuanto ambicionaba y lo amó con la decisión y la vehemencia propias de su carácter.

La madre de Blanca demostrábale con frecuencia que una fortuna por formar no vale lo que una fortuna ya formada y trataba de alejarla de sus simpáticos sentimientos y, con gran contentamiento de la madre, la hija fue de esta misma opinión.

Contribuyó no poco en estas positivistas[88] reflexiones de Blanca, el haber visto que la suerte principiaba a serle adversa a su novio; varios de sus negocios que él con mejores esperanzas emprendiera no llegaron a feliz término. En poco tiempo se vio adeudado[89] y enredado en desgraciadas empresas y Blanca informada por él mismo de las dificultades y las luchas que sostenía, en vez de consolarlo y alentarlo se dio a considerar que si su novio le ofrecía mucho amor, en cambio le ofrecía pocas esperanzas de fortuna.

Estas crueles reflexiones tradujéronse luego en alejamiento y frialdad de parte de ella y contribuyeron a perturbar más y más al desgraciado amante que al fin desatendió sus negocios y sufrió considerables pérdidas. Y Blanca que presenciaba las angustias financieras de su familia, llegó a esta fría ob-

---

87   *Esbeltez*: delgado y de figura proporcionada.
88   *Positivista*: práctico, materialista, utilitario.
89   *Adeudado*: con muchas deudas.

servación[90]: —El amor puede ser cosa muy sabrosa cuando llega acompañado de [91]lucientes soles[92] de oro, pero amor a secas, sábeme a pan duro con agua tibia. Yo necesito, pues, novio con dinero y en último caso tomaré dinero con novio; de otra suerte, con toda mi belleza y mis gracias iré a desempeñar el papel de oscura ama de llaves.

Y sin más vacilaciones, ni cavilosidades[93], ella, con la impasibilidad de un Vocal[94] de la Corte Suprema, desahució[95] a su amoroso y antiguo novio diciéndole que esta su resolución sería inapelable. Tanto más inapelable debía ser cuanto que acababa de presentarse un nuevo pretendiente que lucía un par de millones de soles heredados, que a los ojos de la hermosa Blanca brillaron con resplandores de seductora felicidad. Este era don Serafín Rubio.

Con tan cruel desengaño, el antiguo y apasionado novio de la joven se dio a la pena y en el colmo de su desesperación fulminó[96] su cólera contra Blanca con los más hirientes denuestos[97] y acerbos improperios[98] llamándola pérfida, traidora, infame, desleal; pero ella, que al tomar esa su firme resolución había previsto la tempestad, rió desdeñosamente diciendo: —Después de los rayos y los truenos sale el *sol color de oro*.

Para consolar a su desventurado novio y quizá también para consolarse a sí misma, un día golpeándole con gracia y lisura el hombro díjole: —Calla cándido, cuando yo sea la esposa de Rubio, podré darte toda la felicidad que hoy ambicionas.

A lo que él, indignado y furioso, haíale contestado: —¡Infame! si yo no hubiera sido caballero, serías hoy mi querida. ¿Recuerdas aquella noche que tú, acompañada de una criada, fuiste loca de amor a buscarme a mis habitaciones? ¿Recuerdas que temiendo que alguien te hubiera visto y mancillara[99] tu honra no consentí que dieras un paso adelante de la puerta de entrada? ¡Ay! ¿y es así como pagas mi amor, mis sacrificios y toda suerte de consideraciones y respectos...?

Blanca alzose de hombros e hizo *¡pihst!* y acompañando esta especie de

---

90   Desde el principio del capítulo II hasta esta última frase («esta fría observación») no se incluye en la edición de *La Nación* y en la primera en libro. En vez presentan parte del principio del capítulo V de las ediciones posteriores: «Blanca llegó a ser lo que en Lima se llama una gran señora por más que la gente murmuradora dijera que sólo había grandeza en sus defectos y quizá también en sus vicios.
      Su matrimonio con el señor Serafín Rubio fue tejido de picarescas perfidias y risibles escenas que el mundo entero comentaba.
      Decíase que después de haber contraído serio y formal compromiso de matrimonio con un joven tan rico en afectos como pobre en dineros, ella, discurriendo perspicuamente habíase dicho»

91   En las primeras dos ediciones dice «de algunos lucientes soles de oro».

92   *Sol*: moneda nacional del Perú.

93   *Cavilosidad*: reflexión. En las dos primeras ediciones dice *temores* por *cavilosidades*.

94   *Vocal*: «*Persona que tiene voz en un consejo, una congregación o junta*» (DRAE).

95   *Desahuciar*«Quitar a alguien toda esperanza de conseguir lo que desea» (*DRAE*)

96   *Fulminar*: estallar.

97   *Denuesto*: insulto, injuria.

98   *Acerbo improperio*: áspera o incisiva afrenta, insulto.

99   *Mancillar*: ofender, manchar.

silbo con una mueca llena de gracia y coquetería agregó: —Eres un hombre intratable, me pareces un chiquillo de cuatro años. Oye, escúchame, el amor debe acomodarse a las circunstancias y no tener exigencias feroces, inconsideradas que concluirán por matar nuestra felicidad.

—¡Ah! –dijo él– yo sólo aspiro, sólo anhelo que cumplas tus compromisos y seas mi esposa.

—Ven, hablemos razonablemente, supongamos que yo cumpliera mi compromiso y fuera tu esposa, ¿crees que pudieras ser feliz, si al día siguiente te vinieran los acreedores, el uno con las cuentas de la modista por dos mil soles, otro con las del florista por quinientos soles, las de Delpí y Lacroix por más de tres mil soles, las del pulpero[100] de la esquina por quinientos soles, las del...?

—¡Calla! calla, tienes una aritmética aterradora –contestó desesperado el novio de Blanca.

—Déjame concluir, aún me falta lo principal. Figúrate que al día siguiente, pueden venir a arrojarnos de la casa en que vivimos, que la hemos hipotecado[101] en treinta mil soles y la sentencia del juez, de remate[102] de la finca, está ya ejecutoriada y si no se ha cumplido es porque con los empeños[103] de mamá y los míos hemos alcanzado por las influencias del señor...

—Está bien no quiero saber más, me basta con lo que me dices. ¡Adiós!

—Espera, a ti también te debemos...

—A mí sólo me debes la felicidad que un día me prometiste.

—Sí, te debemos los diez mil soles que...

—Has destrozado mi alma. ¡Ah! ¡infame...![104]

—Tu deuda será la primera que yo haga pagar por Rubio.

—Nada me debes. Adiós para siempre.

Y el romántico novio de Blanca salió de la casa resuelto a no volver jamás.

Ella mirándolo con indefinible expresión de amorosa pena y gozosa esperanza repitió entre recitando y cantando esta linda cuartetilla[105]:

> Que las bellas ¡vive Dios!
> Por cada cual no las deje
> Deben sin que las aqueje
> En su lugar poner dos.

---

100 *Pulpero*: propietario de una tienda donde se venden comestibles, bebidas, etc.

101 *Hipotecado*: asegurado un crédito con un contrato que sujeta los bienes inmuebles al pago de la deuda contraída.

102 *Remate*: venta pública de bienes.

103 *Empeño*: esfuerzo.

104 Aquí termina la segunda entrega de *Blanca Sol* en *La Nación* del martes, 2 de octubre de 1888.

105 *Cuartetilla*: cuarteta, «[c]ombinación métrica que consta de cuatro versos octosílabos» (*DRAE*).

- III -

Toda esta descarnada[106] relación de las deudas de la casa era expresión fiel de la verdad. La madre de Blanca y dos tías solteronas con más campanillas que una procesión de pueblo vivían en fastuoso lujo sin contar con otra renta que el producto de un pequeño fundo rústico administrado por un hermano natural de la señora, que muy imprudentemente decía que el tal fundo no le daba a su lujosa hermana ni para los alfileres. Y esta renta que no alcanzaba, según el decir de su administrador, ni para alfileres debía llenar las exigencias de cuatro mujeres, que no juzgaban factible suprimir uno solo de sus gastos cual si a mengua tuvieran[107] ajustar su rumboso[108] lujo a sus exiguas[109] entradas, y los préstamos a interés crecido se sucedían uno tras otro sin llegar jamás a cancelar sus deudas que de más en más iban creciendo.

Blanca era de las cuatro la más derrochadora y exigente.

Cuando algún acreedor cansado de esperas y evasivas llamaba a la madre ante los tribunales de justicia, los empeños e influencias de sus amigos cansaban al reclamante que al fin érale forzoso conformarse con ofertas, las que Blanca apoyaba diciendo para sí: —Ya me casaré con algún hombre rico que pague todas nuestras deudas.

Paseos, saraos[110], banquetes, visitas todo ese movimiento que forma la atmósfera en que viven y se agitan las personas de cierta posesión social, sucedíanse en casa de Blanca sin que ninguna de las cuatro mujeres que componían la familia tuviera en cuenta que para sostener esta falsa situación necesitaban dinero, mucho dinero. Pero ¡qué hacer! No era posible renunciar a esa vida que no sólo cuadraba a sus gustos e inclinaciones, sino que también contribuía a realzar el lustre de su elevada posición social.

Al fin llegó el novio con dinero o, como Blanca decía, el dinero con novio.

---

106   *Descarnado*: «[c]rudo o desagradable, expuesto sin paliativos» *(DRAE)*
107   *Cual si a mengua tuvieran*: como si cuando no se tiene tuvieran que.
108   *Rumboso*: ostentoso, aparatoso.
109   *Exiguo*: insuficiente, escaso, reducido, pequeño.
110   *Sarao*: «Reunión nocturna de personas de distinción para divertirse con baile o música» *(DRAE)*

D. Serafín Rubio, que acababa de heredar de su avaro padre un par de millones de soles adquiridos a fuerza de trabajo y economía, fue la víctima elegida para pagar las deudas de Blanca Sol.

No obstante, fuerza es que paladinamente[111] digamos que ni sus ambiciosas aspiraciones ni el positivismo de su calculadora inteligencia fueron parte a acallar las fantasías femeniles de su alma de veinte años.

Empapada en las aristocráticas tradiciones de su orgullosa familia, se daba a pensar y consideraba con profundo disgusto la oscura procedencia de la fortuna de su novio y la no menos oscura procedencia de su nacimiento.

El padre de D. Serafín fue un soldado colombiano del ejército libertador traído al Perú por el gran Bolívar en su campaña contra la dominación española. Casado en Lima con una mujer del pueblo, llegó a adquirir inmensa fortuna debido a sus hábitos de economía llevados hasta la avaricia.

Como las alimañas[112], los avaros tienen pocos hijos, así el señor Rubio padre como buen avaro por no dar mucho no dio vida a más de un hijo.

Éste fue D. Serafín.

Este nombre algo raro le vino de amorosa exclamación de su madre un día que lo vio dormido.

—¡Ah! qué lindo es, si parece un serafín[113], había dicho la madre.

—Pues se llamará Serafín, contestó el padre.

—Y será un serafín rubio, observó la madre.

He aquí como un hombre feo de cara, rechoncho de cuerpo y con más condiciones para llamarse Picio vino por casual combinación a llamarse Serafín Rubio.

Entre las encopetadas[114] abuelas de las amigas de Blanca no faltaba alguna de esas que son como el archivo de un escribano donde puede irse con avizores ojos[115] a registrar la ilegitimidad de ciertas aristocracias limeñas, y entre éstas decíase que el señor Rubio padre había allegado su inmensa fortuna principiando por vender cintas y barajitas eu una tendezuela[116] de la calle de Judíos en la cual él desempeñaba el triple papel de patrón, dependiente y criado.

Este pasado, si bien podía enorgullecer a un hombro sensato que viera en él el trabajo honrado y la austera economía que nuestras instituciones republicanas enaltecen, no halagaba la vanidad de Blanca, que sólo alcanzaba a encontrarle sabor plebeyo muy distante de la rancia[117] aristocracia de su elevado linaje.

Pero ¡qué hacer!, decía Blanca, no es posible conciliarlo todo, y se daba a pensar que dinero y aristocracia eran difíciles de hermanar en los difíciles tiempos que a la sazón[118] corrían.

---

111 *Paladinamente*: claramente, públicamente.
112 *Alimaña*: animal dañino para la caza menor [.]
113 *Serafín*: a veces un sinónimo de *ángel*, aunque en sentido estricto se refiere al nombre de los espíritus que forman el segundo coro de los ángeles.
114 *Encopetado*: presumido, altanero.
115 *Avizores ojos*: sobre aviso.
116 *Tendezuela*: despectivo de tienda.
117 *Rancio*: tradicional, antiguo.
118 *A la sazón*: en aquel tiempo.

Para colmo de infortunios, D. Serafín era de poca simpática figura.

Rechoncho de cuerpo, de hombros encaramados[119] como si quisieran sublevarse de verse condenados a llevar una cabeza que, si bien era grande en tamaño, era muy pequeña en su contenido.

Ojos de color indefinible, lo que daba lugar a que Blanca pensara que si los ojos son espejo[120] del alma, la de D. Serafín debía ser alma incomprensible. Afirmábase más en esta persuasión al notar en él ciertas anomalías de carácter que para ella, de poco observadora inteligencia, no pasaron, empero desapercibidas, y estas genialidades ella se contentó con llamarlas «rarezas de D. Serafín». Y sondeando las profundidades del espíritu de su novio, decía como dice el marino después de haber sondeado el océano: —¡No hay cuidado! puedo aventurarme sin temor.

D. Serafín tenía las vehemencias tímidas, si así puede decirse, del que con la conciencia de su escasa valía quiere en desagravio[121] ejercer su derecho de maldecir de los que con su ineludible superioridad humillaban su pobre personalidad.

Y para no dejar incompleto el retrato físico del novio de Blanca, diré que su pelo también como sus ojos de color indefinible, ni negro ni castaño, enderezábase con indómita[122] dureza dejando descubierta la estrecha frente y el achatado cráneo signos frenológicos de escaso meollo[123]. Las patillas, espesas, duras y ásperas por haberlas sometido prematuramente a la navaja cuando él temió ser como su padre barbilampiño[124], formaban un marco alrededor de los carrillos[125], los que un si es no es mofletudo[126] se ostentaban rozagantes[127] con su color ligeramente encendido, lo que sin disputa denotaba la buena salud y el temperamento sanguíneo de D. Serafín.

La nariz ni grande ni pequeña, eso sí un tantico carnosa y colorada, diríase por lo poco artístico de sus líneas colocada allí tan sólo para desempeñar el sentido del olfato.

Su voz tenía modulaciones atipladas[128] y algunas veces fuera de la gama de toda entonación natural, esto sólo cuando la cólera u otra pasión violenta lo acometía con inusitado[129] ímpetu.

Sus manos, aunque siempre mal cuidadas, eran finas denotando que si su sangre no era azul su educación había corregido los defectos de su nacimiento.

Pero de todas estas incorrecciones ninguna disgustaba tanto a Blanca como la pequeña estatura de D. Serafín. Ella era de la misma opinión de

---

119 *Encaramado*: levantado.

120 A partir de la segunda edición en libro la palabra *espejo* está en plural.

121 *Desagravio*: recompensa, reparo de un daño a la persona ofendida.

122 *Indómito*: que no se puede o se deja domar; indoblegable, ingobernable, indomesticable.

123 *Meollo*: inteligencia, sensatez, juicio.

124 *Barbilampiño*: «[d]icho de un varón adulto: [q]ue no tiene barba o le crece muy escasamente» *(DRAE)*

125 *Carrillo*: mejilla.

126 *Mofletudo*: carrillos muy abultados.

127 *Rozagante*: vistoso.

128 *Atiplado*: aflautado, agudo.

129 *Inusitado*: poco usual.

Arsène Houssaye[130] que dice que al apoyarse una mujer en su amante debe poder él besarla en la frente, pero ¡oh desgracia! D. Serafín al lado de Blanca apenas si alcanzaba a besarla en la punta de la nariz.

En sus horas de dulce fantasear cuando dejaba correr su imaginación por los dorados horizontes de lo porvenir, Blanca miraba con cierta amargura esos defectos que por desgracia no alcanzaban a desaparecer ni en los momentos en que ella se sentía más deslumbrada por los resplandores del oro[131].

Cuando hablaba de esto ocultaba su disgusto diciendo con chispeante gracia que su novio era una letra de cambio[132] mal escrita, pero con buena firma.

Blanca a pesar de sus muchos defectos sabía conquistarse simpatías por su carácter de ordinario alegre, muchas veces dulce, compasivo; también era decidora[133], locuaz, expansiva, llena de chispa por más que no siempre fuera la chispa del ingenio que alumbra sin quemar y corrige sin herir. Sus amigos, aun aquellos que eran blanco de sus sátiras, perdonábanle esa flagelación de sus palabras y conceptos en gracia de su donairosa chispa y gracejo[134] en el decir.

Cuando sus cálculos ni lo apremiante de sus deudas aún no la habían llevado hasta la temeraria resolución de hacer del mísero D. Serafín el objetivo de sus ambiciones de mujer a la moda, fue él la víctima hacia donde ella dirigió sus más hirientes y amargas sátiras[135].

Decía que D. Serafín era como los camarones: feo, chiquito, colorado, pero *rico*.

No sabremos decir si por haber oído o por haber leído la *Fisiología del matrimonio* de Balzac[136] decía que D. Serafín pertenecería algún día al número de los *predestinados* que como los santos pintados merecía llevar una aureola, la cual sin duda se la imaginaba que debía ser de algo tan feo que no se atrevía a mencionar. Decía que los méritos de D. Serafín debían valorizarse con relación a sus escudos[137] y no a su persona.

Más de una vez estas sátiras llegaron a oídos de su rendido y amoroso pretendiente sin que él se atreviera a darles otra contestación que la socarrona[138] sonrisa del que dice: —Necesito soportarlo todo.

Es que D. Serafín, si bien era lerdo[139] de inteligencia y obtuso de ingenio,

---

130 Arsène Houssaye (1815-1896) poeta, crítico y novelista francés, que además incursiona en el teatro, la crítica e historia del arte, las memorias.

131 Aquí termina la tercera entrega de *Blanca Sol* en *La Nación* del miércoles, 3 de octubre de 1888.

132 *Letra de cambio*: documento mediante el cual se paga o envía una cantidad de dinero de una persona a otra.

133 *Decidor*: «[q]ue habla con facilidad y gracia» *(DRAE)*.

134 *Gracejo*: gracia, ingenio, donaire.

135 La edición de *La Nación* y la primera edición en libro presentan una leve variación en este párrafo: «...del mísero D. Serafín la víctima inmolada a [*sic*] sus ambiciones de mujer de moda, fue él el blanco hacia donde ella dirigió...».

136 Honoré de Balzac (1799-1850), escritor francés autor del monumental ciclo de obras reunidas bajo el título de *La Comédie humaine (Comedia humana)*. Obra de carácter heterogéneo, *Physiologie du mariage* es a la vez un ensayo, un tratado y un relato que aboga a favor de la mujer en una época cuando las leyes le eran desfavorables.

137 *Escudo*: dinero, en este caso. Fue por la época republicana temprana la unidad monetaria en el Perú.

138 *Socarrón*: burlón, irónico.

139 *Lerdo*: torpe, lento, tonto.

tenía en cambio la lengua ligera, aguda, hiriente como la de las víboras y hubiera podido devolver estas sátiras, si no con la misma agudeza y gracejo, con mucha mayor cantidad de ponzoña[140].

Pero él jamás se dio por aludido y soportó los dardos de las sátiras de Blanca esperando herirla a su vez con los dardos de Cupido.

D. Serafín poseía[141] ese cálculo frío, esa mirada certera y esa inexplicable sensatez del hombre de escasa imaginación y tranquilas pasiones que casi siempre acierta con mejor tino[142] que el hombre de verdadero talento.

Y discurriendo cuerdamente pensó que Cupido podía herir mejor con pesadas flechas de oro que con las flexibles y agudas flechas que de antiguo ha usado.

Después de tan sólido raciocinio abrió sus arcas y principió por pagar todas las deudas contraídas por Blanca, por su madre y las dos tías.

Decían las malas lenguas que también había pagado los diez mil soles que Blanca fue en deber a su novio, pero los que conocían el carácter caballeroso del joven dudaban de que él aceptara la devolución de dineros que jamás ningún hombre delicado puede aceptar.

Cuando llegaba el cumpleaños de la madre o de alguna de las solteronas tías de Blanca D., Serafín se portaba a lo príncipe y los ricos pendientes y los magníficos anillos de brillantes, ocultos en gigantescos ramos de flores, eran los presentes con que él daba testimonio de su buena amistad.

Las encopetadas solteronas, que se daban humos de ser delicadas como la sensitiva[143] y puras como azucenas[144], no dejaban de hacer sus melindres[145] y andarse en repulgos[146] para recibir tan valiosos regalos; pero parece que consultaron el asunto como *caso de conciencia,* con persona de respeto y autoridad. Y este sabio consejero díjoles que, puesto que las pretensiones del señor Rubio eran honradas y se encaminaban al santo matrimonio, sus regalos no podían empañar la excelsa y mirífica[147] personalidad de tan encumbradas señoras que por ende debían titularse[148] ya tías del joven pretendiente. No obstante de que este razonamiento llevaba trazas de ser un sofisma, las pudibundas[149] tías de Blanca aceptáronlo y tranquilizada su conciencia no tuvieron ya reparos en recibir los valiosos obsequios de D. Serafín[150].

De esta suerte, la especulación llevada hasta el más innoble tráfico fue puesta en juego por la madre, las tías y más aún por la misma Blanca.

---

140 *Ponzoña*: veneno, tósigo.
141 La edición de *La Nación* y la primera edición en libro añaden al principio de este párrafo *Es que* («Es que D. Serafín poseía»).
142 *Tino*: juicio, discreción, prudencia.
143 *Sensitiva*: género de plantas originarias de Centroamérica «cuyas hojuelas se doblan y caen si se las toca o sacude» (García-Pelayo y Gross, Ramón. *Pequeño Larousse Ilustrado*. Buenos Aires: Editorial Larousse, 1964).
144 *Azucena*: es una planta liliácea de flores grandes, blancas y muy olorosas. En sentido figurado, la palabra se usa para designar a una persona pura.
145 *Melindre*: afectación, artificio, remilgo, ñoñez.
146 *Repulgo*: escrúpulo, recelo.
147 *Mirífico*: admirable, maravilloso.
148 *Titularse*: llamarse.
149 *Pudibundo*: gazmoño, puritano, mojigato, santurrón.

Sin embargo, como el amor es ciego D. Serafín quedó encantado del desprendimiento[151] y la generosidad de la hermosa Blanca el día que tuvo con
ella el diálogo siguiente:

—Yo –decía ella– ambiciono encontrar por esposo un hombre que me
ame apasionadamente y que sea esclavo de mi voluntad.

—¿Nada más desea Ud.? –preguntó D. Serafín, trémulo de emoción y
de esperanza.

—¿Y que más se puede desear? El dinero es metal vil que brilla mucho
en la calle, pero que en la casa oscurece el verdadero brillo del amor.

D. Serafín arrojó un suspiro más largo que el resuello[152] de una ballena
diciéndose a sí mismo: —¡cuánto me había equivocado respecto a la nobleza
del alma de esta mujer!

—¿Y si hallara Ud. un hombre que la amara apasionadamente y fuera
esclavo de su voluntad y a más pusiera a sus pies dos millones de soles?

—¡Oh! yo no me casaría jamás con él.

—No se casaría Ud. con él –repitió D. Serafín tornándose mortalmente
pálido.

—No, porque el mundo entero y él mismo creerían que me había casado
por interés, por amor al dinero y no al novio.

—¡Quién puede creer eso conociendo su alma noble y generosa! –exclamó
D. Serafín en el tono más sincero que le fue dado emplear.

—¡Ah! ¡el mundo es tan ruin y las mujeres somos siempre víctimas de
sus juicios! –dijo Blanca con tristeza y fingiendo enternecerse hasta el llanto.

Y esta tristeza y este enternecimiento fueron suficientes para que D. Serafín pusiera mayor empeño en convencerla de que ella estaba equivocada en
sus juicios y exagerados temores[153]; y esta vez D. Serafín estuvo elocuente, elo-
cuentísimo, tanto que él quedó satisfecho de haber salvado las justas resistencias del noble carácter de la orgullosa joven convenciéndola que, caso que
ella se casara con un hombre que poseyera dos millones[154], nadie en el mundo,
y él menos que otro alguno, podría suponer que el vil interés manchara el
corazón de tan hermosa mujer.

Quince días después Blanca prometía su linda mano a su apasionado pretendiente que, ebrio, loco de amor, jurábale que sería toda la vida su más
sumiso [155]y amante esposo.

---

150   La edición de *La Nación* y la primera edición en libro presentan leves variantes en este
      párrafo: «...persona de respeto y autoridad, la cual persona díjoles que, puesto que...
      razonamiento llevaba trazas de silogismo, las pudibundas...».

151   *Desprendimiento*: desinterés, altruismo.

152   *Resuello*: respiración, aliento.

153   La edición de *La Nación* y la primera edición en libro omiten esta última frase (*de que
      ella estaba equivocada en sus juicios y exagerados temores*). El texto de estas ediciones lee así:
      «pusiera mayor empeño en convencerla; y esta vez D. Serafín...».

154   La edición de *La Nación* y la primera edición en libro varían en lo siguiente en esta última
      parte del párrafo: «...tanto que él quedó convencido de haber salvado las justas resis-
      tencias... la joven que, caso que ella se casara con un hombre...».

155   La edición de *La Nación* y la primera edición en libro añaden la palabra *esclavo*: «su más
      sumiso esclavo y amante esposo».

- IV -

Aunque Blanca Sol muy formalmente prometiera su mano a D. Serafín Rubio éste no estaba del todo tranquilo: conocía el carácter voluble[156], caprichoso y excéntrico de su futura esposa y cada día temblaba temiendo que ése fuera el que había de traerle inesperado cambio.

Largas horas se daba a pensar cómo era que Blanca, mujer caprichosa, fantástica, engreída[157] con su belleza y orgullosa con su elevada alcurnia[158], podía aceptarlo a él por esposo; a él que, aunque también blasonaba[159] de su noble prosapia[160] (muchos como D. Serafín blasonan de lo mismo), no dejaba de comprender que estaba muy lejos de ser el tipo que la ambiciosa joven podía aceptar dada la disparidad de gustos, de educación, de aspiraciones que entre ambos notaba él.

¿Será sólo por mi dinero? —se preguntaba a sí mismo. Y en este momento su frente se oscurecía y su fisonomía tomaba angustiosa expresión.

Otra reflexión acudía a su mente y esta era quizá la más cruel.

El primer amor de Blanca, un compromiso de más de cinco años, un novio con todas las condiciones del cumplido caballero, todo había sido sacrificado en aras de[161]... Aquí el pensamiento de D. Serafín, se detenía sin atreverse a decidir si era en aras del amor o del dinero.

Y luego reflexionaba que cuando una mujer da la preferencia a un hombre rico a quien no ama dejando el amor del amante pobre, es porque piensan realizar alguna combinación financiera–amorosa con la cual, ganará el[162] dinero del rico sin perder el amor del pobre y D. Serafín, que ni un pelo tenía de tonto, valorizaba con asombrosa exactitud su difícil y peligrosa situación.

---

156 *Voluble*: inconstante, caprichoso, variable, antojadizo, inestable.
157 *Engreído*: mimado, consentido.
158 *Alcurnia*: linaje, origen, estirpe
159 *Blasonar*: presumir, jactarse.
160 *Prosapia*: ascendencia, progenie, alcurnia.
161 *En aras de*: en honor a.
162 Aquí termina la cuarta entrega de *Blanca Sol* en *La Nación* del jueves, 4 de octubre de 1888.

Y si bien estaba abobado de amor, ni un momento perdió su buen criterio y más de una vez exhalando profundísimo suspiro solía decir: —Si yo pudiera alejar para siempre a ese hombre...

Y ese hombre ¿quién era? Nada menos que un apuesto[163] caballero de cuyas relaciones de parentesco se enorgullecía la madre, y no sólo la madre sino también las linajudas[164] tías de Blanca.

Para colmo de angustias, llegó un día en que su mala estrella llevolo a presenciar escenas de un realismo aterrador.

Una noche, por ejemplo, mientras él filosóficamente disertaba sobre temas de alta conveniencia social en compañía de la madre y las tías de Blanca oyó un ruido suave, apenas perceptible que no por eso dejó de producirle el mismísimo efecto que descarga de poderosa pila eléctrica.

¿Qué ruido era aquel que tan inesperada conmoción producía en los poco excitables nervios de la sanguínea naturaleza de D. Serafín? Diríase ruido de besos y murmullo de diálogo amoroso.

D. Serafín no pudiendo dominarse salió a la puerta del salón que comunicaba con el patio exterior de donde parecía venir aquel alarmante murmullo.

¡Qué horror!... ¿Es posible que tales cosas se vean en la vida...?

Si él hubiese sido hombre menos *prudente*, aquella noche la señorita Blanca hubiese presenciado un lance[165], un desafío... quizá si un asesinato.

¿Qué había visto D. Serafín?

Vio a Blanca reclinada amorosamente en el hombro de su novio, asida por éste en estrecho abrazo y mirando poéticamente la luna.

A pesar de que el cuadro era bellísimo y poético, D. Serafín lo encontró atroz, detestable, tanto que salió desesperado de la casa, y resuelto a no volver jamás.

Pero ¿cuál es el hombre que, cuando el termómetro del amor marca cien grados sobre cero, cumple su propósito de no ver más a su amada?

En honor de la verdad, diremos que D. Serafín sólo volvió a la casa llamado, atraído y casi rogado por la madre de Blanca, y muy decidido a no presenciar por segunda vez el espantoso cuadro que su amada al lado de su antiguo novio formaba.

Y como resultado de esta su firme resolución, un amigo de la casa dirigiose a donde el joven y a nombre del señor Rubio propúsole que fijara precio a su desistimiento a la mano de la señorita Blanca Sol con tal que el primer vapor que zarpara del Callao[166] lo llevara muy lejos de Lima.

El desgraciado joven en el colmo de la indignación dijo que no podía dar otra contestación que pedirle sus padrinos para arreglar un duelo a muerte.

Ya hemos visto de qué manera tan elocuente y sencilla convenció Blanca a su novio demostrándole que no le quedaba otro recurso que renunciar a su compromiso ofreciéndole ella en cambio futura y regalada felicidad.

---

163 *Apuesto*: gallardo, galán, guapo.
164 *Linajudo*: que se precia de ser noble o de gran linaje.
165 *Lance*: duelo, contienda.
166 *Callao*: el principal puerto marítimo del Perú.

Blanca le juró a D. Serafín por un puñado de cruces que aquella noche que él la vio abrazada amorosamente por su novio había sido violentamente cogida y estrechada muy a pesar suyo viéndose obligada a callar y no dar voces por temor al escándalo. D. Serafín si no creyó, fingió aceptar estas disculpas y pagó con creces[167] esta generosa conducta de Blanca Sol[168].

Una de sus mejores casas heredadas de su padre fue en pocos días convertida en espléndido palacio.

Veinte tapiceros, otros tantos grabadores, empapeladores, pintores, todo un ejército de obreros y artistas encargáronse de decorar la casa con lujo extraordinario[169].

Y este lujo que todos llamaban extraordinario, él lo conceptuó deficiente como manifestación de su amor a esta belleza que había descendido hasta él.

Toda la historia de Francia en sus épocas de mayor esplendor se encontraba allí representada. Había salón a lo Luis XIV, saloncito a lo Luis XVI, bouduoir[170] a la Pompadour, comedor del tiempo del Renacimiento.

Los espejos de Venecia, los mosaicos venidos del mismo París, los cuadros originales de pintores célebres, el cristal de Bohemia, toda una contribución en fin recogida del mundo artístico y del mundo industrial llegó a embellecer la que debía ser morada de la orgullosa Blanca Sol.

Lo que sobre todo maravilló a la familia y a las amigas fue el lujosísimo canastillo de novia que D. Serafín, contra la costumbre establecida, quiso regalar a Blanca, y digo[171] contra la costumbre por ser bien sabido que de antiguo está establecido en Lima que los padres de la novia la obsequien el ajuar[172].

Todo lo que el arte manufacturero ha producido de más delicado, de más perfecto, de más artístico, todo se encontraba en el ajuar de la novia.

Encajes de Inglaterra, de Chantilly, de Alenzón, de Malinas, de Venecia, paños de León, telas italianas, chinas y de todas partes del mundo; aquello fue una especie de exposición[173] en pequeño que maravilló a la familia y a las amigas de Blanca.

Ella estaba ebria de placer y de contento.

Lucir, deslumbrar, ostentar era la sola aspiración de su alma.

Ya no vería más la cara engestada[174], la expresión insultante y el aire altanero del acreedor que por la centésima vez llegaba a recibir siempre una

---

167   *Creces*: aumento

168   La edición de *La Nación* y la primera edición en libro omiten gran parte de este párrafo; solo se incluye la siguiente oración: «D. Serafín pagó con creces esta generosa conducta de Blanca Sol».

169   En la edición de *La Nación* y la primera edición en libro este párrafo forma parte del anterior.

170   *Bouduoir*: galicismo por camarín, saloncito.

171   En la edición de *La Nación* y la primera edición en libro el verbo está en el plural: «y decimos contra la costumbre».

172   *Ajuar*: «Conjunto de muebles, alhajas y ropas que aporta la mujer al matrimonio» (*DRAE*)

173   *Exposición*: representación pública de artículos de industria, artes o ciencias.

174   *Engestado*: poner determinado gesto, de mal aspecto en este caso.

excusa, un efugio[175] o a conceder un nuevo plazo, que era nueva humillación, cruel sarcasmo lanzado a su vida fastuosa y derrochadora.

Los amigos de D. Serafín quedaron asombrados al verlo derramar el dinero con largueza tal que dejaría atrás al más despilfarrado calavera[176]. Hasta entonces estaban ellos persuadidos que, si D. Serafín había heredado a su padre la fortuna, había también heredado sus hábitos de economía llevados hasta la avaricia.

Pero esos amigos no pensaron, sin duda, que de todas las pasiones el amor es la que mayores y más radicales cambios opera en el espíritu humano.

Pocos días antes del matrimonio la casa que debían ocupar los novios convirtiose en romería de los que ansiaban admirar las maravillas encerradas allí por la mano de un futuro marido.

Sus amigos, aquellos que con más envidia que afecto miraban esa prodigalidad de riquezas, no le escasearon al novio las sátiras y los burlescos equívocos.

No faltó quién, con tono de profunda amargura, dijera: —¡Ah si el señor Rubio resucitara, volvería a caerse muerto! Y para extremar la vida sujeta a toda suerte de privaciones del señor Rubio padre, cada cual refería un episodio o un suceso referente a este punto.

Y el lujo presente y la economía pasada y el amor del novio y la incierta fidelidad de la novia fueron el blanco donde todos creyeron que debían asestar[177] aun sangrientos dardos y malévolos comentarios.

Si los que de esta suerte censuraban ensañándose contra las prodigalidades de D. Serafín hubieran podido presenciar y valorizar la suprema dicha de su alma la primera noche de sus bodas cuando él, después de haber paseado a Blanca por todos los lujosos salones de la casa, llevola a la alcoba nupcial donde ella de una sola mirada abarcó y midió todo el lujo y esplendidez con que estaba decorada y volviéndose a él lanzose a su cuello ebria de alegría exclamando: —¡Oh qué feliz soy!–, si ellos hubiesen presenciado esta escena, lejos de censurarlo hubieran dicho, como en ese momento dijo él,: —El único dinero bien gastado es el que nos acerca a los brazos de la mujer amada.

Los primeros días de su matrimonio no cesaba de reflexionar como era posible que existieran hombres tan estúpidos que llamaran a este mundo valle de lágrimas[178]. ¡Infelices! Bien se conocía que no habían hallado una mujer que embelleciera su vida, una mujer como Blanca. No, la vida es edén delicioso, puesto que la posesión del ser amado llegaba a ser hermosa realidad.

Pero ¿era en verdad una realidad? ¿No estaría él soñando? Ser el esposo, el dueño, el amado de ella, de la altiva y orgullosa Blanca Sol... ¡Oh! ninguna dicha igualaba ni encontraba siquiera comparable a ésta.

Y D. Serafín con íntima y deleitosa satisfacción se detenía a considerar

---

175 *Efugio*: disculpa, rodeo, evasión, pretexto.
176 *Calavera*: persona de poco juicio.
177 *Asestar*: dirigir, propinar.
178 La edición de *La Nación* y la primera edición en libro presentan leves variantes en este párrafo: «reflexionar en cómo había hombres tan estúpidos que dijeran que este mundo es valle de lágrimas».

que[179] cuando él hablara de ella podía decirle familiarmente *ésta*; es decir, esta
mitad de mi ser, mitad de mi cuerpo, del cuerpo de él, del mísero que había
vivido en la casta abstinencia a que lo obligara la exigua[180] propina que su[181]
padre le daba ni siquiera para cigarros, sino para dulces, como a un chiquillo
de diez años obligándolo así al retraimiento de los amigos y de los placeres.
Y su naturaleza robusta y sanguínea habíase doblegado a duras penas ante
tan cruel necesidad.

Pero ¡ah! llegaba al fin el día de satisfacer todas sus ansias juveniles, todas
sus necesidades de hombre.

Allí al alcance de su mano estaría siempre ella, hermosa, seductora, complaciente con sus ojos de garza y sus labios atrevidamente voluptuosos.

Sí, ya él podía llamarla *suya, su mujer* y al pronunciar estas palabras su
alma bañábase en infinito deleite y su sangre se encendía en inextinguible voluptuosidad[182].

Qué lejos estaba él de pensar que a las mujeres, aun aquellas que se casan
por pagar deudas y comprar vestidos, les horroriza el matrimonio cuya sínte-
sis es un cuerpo entregado a la saciedad de un apetito.

Qué lejos estaba él de imaginarse que Blanca, aunque mujer calculadora,
vana y ambiciosa, era como las demás mujeres, esencialmente sentimental y
un tanto romántica y había de sentir como consecuencia repugnancia, asco para
este marido que no le ofrecía sino los vulgares transportes del amor sensual[183].

¿Pero qué sabía él de estas cosas? Si alguien le hubiera ido a perturbar en
medio de sus alegrías y embriagueces para poner ante sus ojos la realidad de
su situación, le hubiera tomado por un loco o por un impertinente.

Qué sabía él si las mujeres aman con el corazón y los hombres con los sentidos, si el amor del alma es para ellas cuestión de naturaleza y el amor del
cuerpo es para ellos cuestión de salud; y esta antítesis es abismo donde se
hunde la felicidad del matrimonio, el cual sólo el amor abnegado de la mujer
puede salvar[184].

Don Serafín era de esos hombres de quienes se ha dicho que el matrimonio los engorda.

Y sin metáfora, ocho días después sentía que comía con mayor apetito,
dormía con mejor sueño, reía con hilaridad interminable y, por consecuencia,
su cuerpo adquirió en tejido grasoso todo lo que perdió en agilidad y elegancia.

---

179   Esta frase se omite en la edición de *La Nación* y la primera en libro. Se lee de la siguiente
      manera: «Y cuando hablara de ella podía decirle familiarmente...». Este párrafo también
      forma parte del anterior en estas ediciones.

180   *Exiguo*: pequeño.

181   Aquí termina la quinta entrega de *Blanca Sol* en *La Nación* del viernes, 5 de octubre de
      1888.

182   Todos los párrafos anteriores incluyendo éste formaban un solo párrafo en la edición de
      La Nación y la primera en libro con el párrafo que empieza «Pero ¿era verdad una rea-
      lidad?».

183   En la edición de *La Nación* y la primera en libro, este párrafo y el anterior forman un
      solo párrafo.

184   Esta última frase («y esta antítesis es abismo donde se hunde la felicidad del matrimonio,
      el cual sólo el amor abnegado de la mujer puede salvar») se añade a partir de la primera
      edición en libro. La primera edición, no obstante, presenta una variante con respecto a
      las posteriores: «...es abismo que salva la felicidad del matrimonio debido sólo al amor
      abnegado de la mujer».

- V -

Blanca Sol llegó a ser lo que en Lima se llama una gran señora por más que la gente murmuradora dijera que sólo había grandeza de sus defectos y quizá también en sus vicios[185].

A pesar de su matrimonio sus amigos continuaron llamándola Blanca Sol sin jamás acordarse que era señora de Rubio.

Esta particularidad de conservar la mujer casada su nombre y apellido, peculiar sólo de nuestras costumbres, merece explicación.

Hay mujeres que al otro día de su matrimonio pierden su apellido y pasan a ser la señora de D. Fulano, como si su pequeña personalidad desapareciera ante la de su esposo. Otras hay que conservan toda la vida su apellido sucediendo muchas veces que el marido llega a no ser más que la adición de su mujer.

Así sucedió con Blanca. Ella no pasó a ser la señora de Rubio, pero sí ocurrió que al millonario D. Serafín lo designaran con frecuencia llamándole *el marido de Blanca Sol*.

Esta manera de ser de la mujer casada, que entre nosotros se establece con inexplicable espontaneidad sin que en el público nadie dé la señal ni se encuentre regla fija que seguir, parece no depender sino de la individualidad más o menos acentuada de ambos esposos.

Antes de su matrimonio, D. Serafín no fue más que *un partido*[186] codiciable por su dinero entre las niñas casaderas; cuando perdió esta cualidad forzoso era concederle la única que le quedaba: ser esposo de Blanca Sol.

Ella, por su parte, continuó su vida de soltera repartiendo su tiempo entre las fiestas, los saraos y las tertulias íntimas ya fuesen dadas en su casa o en la de alguna amiga suya.

Si alguna innovación quiso introducir en sus costumbres fue sólo la de ser lujosamente devota, con la devoción de la mujer del *gran mundo*, como ella decía.

---

185 Ya se ha notado que en la edición de *La Nación* y la primera en libro este párrafo abre el capítulo II.

Vivía persuadida de que la «gente de tono» debe proteger la religión y era muy dada a las prácticas religiosas del culto externo con sus ruidosas manifestaciones de aparatoso efecto. Creía que una señora como ella desempeña desairado[187] papel en sociedad si no es directora de asociaciones de las que se llaman de caridad o promotora de grandes fiestas de las que se llaman religiosas.

Ser virtuosa a la manera de la madre de familia que vive en medio de los dones de la fortuna rodeada de privaciones y zozobras[188] cuidando de la educación de sus hijos y velando por la felicidad de su esposo sin más fiesta religiosa que la plegaria elevada a Dios sobre la frente de su hijo dormido, sin más pompa que el óbolo[189] depositado en silencio en la mano del desgraciado, ni más templos que la alcoba jamás profanada ni aun con el pensamiento de la esposa fiel y la madre amorosa; ser de esta suerte virtuosa hubiera sido para Blanca algo que ella hubiese encontrado muy *fuera de tono*[190] y de todo en todo impropio a la mujer del *gran mundo*.

En las primeras épocas de su matrimonio, D. Serafín sufrió cruelísimos celos y desconfianzas horribles, pero así que vio a su esposa entregada a sus místicas devociones y ruidosas fiestas mundanales, sus celos se calmaron y disipáronse sus angustias.

En la época que la presentamos nuevamente, cinco hijos habidos en diez años vinieron a aumentar las felicidades de D. Serafín, que era tan tierno papá como afectuoso marido.

Blanca quejábase amargamente de esta fecundidad que engrosaba su talle e imperfeccionaba su cuerpo impidiéndole ser como esas mujeres estériles que dan todo su tiempo a la moda y conservan la independencia y libertad de la joven soltera.

La moda era diosa tiránica a la cual ella sacrificábale salud, afectos y todo lo más caro de la vida.

Para formarnos idea de esta su pasión, asistamos a una escena de Blanca con su modista.

Las doce del día daban en un rico reloj de sobremesa cuando entró muy deprisa Faustina, la criada de preferencia, para saber si la señora podía recibir a su modista que acababa de llegar y venía a probarle un vestido.

—Dile que pase adelante.

—Mi querida madama Cherí –dijo Blanca extendiendo la mano que la modista se apresuró a estrechar cariñosamente.

—Vengo a medirle el vestido de baile.

Blanca se puso de pie y, quitándose su rica bata de cachemir bordada, dejó descubiertos sus torneados y blanquísimos hombros.

La modista presentole un corpiño de raso[191] color pálido que se preparaba a medirle.

—Aguarde Ud., es necesario que me ajuste algo más el corsé.

---

186   *Partido*: En este contexto, una persona conveniente para casarse con ella.
187   *Desairado*: deslucido, ridículo.
188   *Zozobra*: ansiedad, preocupación, intranquilidad.
189   *Óbolo*: ayuda, donativo, limosna.
190   *Fuera de tono*: «inoportuno, desacertado, inapropiado» (D RAE).
191   *Raso*: tela de seda brillante.

A una señal de Blanca acercose Faustina y con admirable destreza logró que los extremos del corsé quedaran unidos dejando el flexible talle, delgado y esbelto como el de una sílfide[192].

Blanca mirose al espejo y sonrió con satisfacción sin notar que mortal palidez acababa de cubrir sus mejillas.

La modista principió su tarea de prender alfileres para entallar y ajustar al cuerpo el corpiño cuando con gran asombro vio que la señora Rubio, después de dar dos pasos adelante, cayó sin sentido.

—¡Dios mío! La señora se ha puesto mala, llame Ud. al señor Rubio –dijo dirigiéndose a Faustina.

—No puedo llamarlo, la señorita me ha prohibido que dé aviso al señor cuando ella tenga uno de estos desmayos.

—¿Y qué haremos? –preguntó angustiada madama Cherí.

—No es de cuidado –observó Faustina– como la señorita está de cinco meses de embarazo, el corsé ajustado le produce estos desmayos; ya yo estoy acostumbrada a ellos.

—¡Oh, qué horrible! exclamó asombrada la modista.

Como si ya fuera bien conocido el remedio, Faustina se acercó y cortó los abrochadores del corsé[193].

Después de propinarle algunos remedios y darle a oler algunas sales, Blanca abrió los ojos y miró en torno.

—¿Qué sucede? ¡Dios mío! –y aún desfallecida reclinó la hermosa cabeza en el hombro de madama Cherí.

Pero cual[194] si al volver a la razón hubiese pensado que no debía dar importancia a este pasajero accidente con el que ya estaba ella familiarizada, sacudió la cabeza, pasó repetidas veces la mano por la frente y sonriendo con gracia[195] dijo:

—Déme Ud. la mano para levantarme, no es nada, pasa luego.

Restablecida del todo de su corto[196] síncope[197], insistió con la modista en que le midiera nuevamente el corpiño.

—Necesito –decía– ver el escote. Ud. madama me cubre el pecho con más empeño que si fuera Ud. un marido celoso.

—¿Ha visto Ud. el último figurín?

—Sí, y veo que el escote se lleva abierto hasta cerca del talle.

Después de haber dado algunos recortes madama Cherí preguntó:

—¿Está bien así?

—¡Oh! mucho más, ahora se usa llevar la espalda toda descubierta.

—¿Así? –preguntó madama Cherí, dando con mano atrevida un tijeretazo que dejó descubiertas las mórbidas[198] espaldas de Blanca.

---

192 *Sílfide*: nombre que se le daba a ciertas ninfas del aire. En sentido figurado significa una mujer delgada y con gracia..

193 Este párrafo falta en la edición de *La Nación* y la primera en libro.

194 En la edición de *La Nación* y la primera en libro se pone *como* en vez de *cual*.

195 Aquí termina la sexta entrega de *La Nación* del sábado, 6 de octubre de 1888.

196 La primera edición en libro trae la palabra *largo* en vez de *corto*: «su largo síncope».

197 *Síncope*: desmayo, defallecimiento.

198 *Mórbido*: blando, delicado, suave.

—Eso es –y mirándose al espejo agregó:

—En la mujer casada es feísimo ese escote subido que apenas es soportable en una chicuela de quince años.

—Ya sabrá Ud. que los vestidos de baile se llevan sin mangas –dijo madama Cherí.

—Sí, y esta moda me viene a mí muy bien –y Blanca mirose el brazo que en ese momento llevaba desnudo.

—Sin duda lucirá Ud. los brazos más lindos y mejor torneados que hay en Lima.

Blanca guardó silencio y sonrió con satisfacción madama Cherí continuó diciendo:

—Esta moda de los corpiños sin mangas ha dado ocasión a grandes disgustos en muchos matrimonios; ya se ve pocos son los maridos que puedan mirar con paciencia que su esposa vaya luciendo lo que ellos creen debe ocultarse.

—¡Bah! –exclamó Blanca con desdeñoso tono–, qué sería de la moda si las mujeres fuéramos a sujetarnos a las exigencias de los maridos; todas anduviéramos vestidas de cartujas[199] ocultándonos hasta los ojos.

Blanca y la modista rieron alegremente.

—Felizmente mi buen marido conoce demasiado mi carácter y sabe que el día que me prohibiera lucir el pecho y los brazos sería capaz de lucir... Blanca se detuvo sin atreverse a terminar la frase. Luego agregó:

—No sé lo que iba a decir, pero sería muy capaz de cometer una estupenda locura.

Largamente hablaron ambas sobre arreglos y combinaciones de vestidos.

Blanca pidió a su modista seis vestidos serios, pero muy elegantes y lujosos. Esto era lo menos que creía necesitar para la asistencia a algunas fiestas religiosas de hermandades de las que era ella presidenta.

---

199 *Vivir como un cartujo*: (*fig.*) vivir lejos del trato social. Cartujo se refiere a una orden religiosa fundada por San Bruno en 1084.

- VI -

Sobre elegante mesa de rica madera tallada que formaba juego con el resto del mueblaje del dormitorio de Blanca, escribía un joven y luego se ocupaba en ordenar algunas esquelas[200] colocándolas bajo la cubierta con nombre y dirección.

A corta distancia y sobre lujoso diván veíanse esparcidos diversos objetos a primera vista de indefinible clasificación.

Blanca revisaba complacida esta, al parecer, aglomeración de fruslerías[201] dejando alguna vez escapar monosílabos y palabras como si dialogara consigo misma: —Todo está muy bien –decía– hasta hoy nadie ha hecho tanto; este año quedarán confundidas esas mezquinas presidentas, ya verán...

En este momento llegó Faustina y con acento de grande regocijo anunció:

—El señor Venturoso acaba de venir y quiere hablar con la señorita.

—¡Oh! qué felicidad, dile que pase al momento –y Blanca alborozada[202] y risueña dirigiose a la puerta a recibirlo.

—Mi querido padre –dijo estrechando con júbilo la mano de un sacerdote.

—Buenos días hija mía –contestó él y se dirigió a una silla que ella se apresuró a acercarle con gran solicitud.

—Aquí me tiene Ud., mi padre, ocupadísima en los arreglos para las distribuciones y la fiesta del *Mes de María*[203].

—Me complace verte entregada a ocupaciones que te enaltecerán a los ojos de la Virgen.

—Gracias, mi padre. Me propongo con gran entusiasmo este año que soy presidenta de la hermandad darle a nuestras distribuciones la pompa y el esplendor dignos de la asociación que presido.

—Me parece muy bien –dijo complacido el señor Venturoso.

—Mire Ud., mi padre –y Blanca tomando algunos de los objetos allí es-

---

200 *Esquela*: carta, invitación, misiva.
201 *Fruslería*: minucia, insignificancia, baratija.
202 *Alborozado*: radiante, satisfecho, alegre.
203 *Mes de María*: según la tradición católica, es el mes de mayo.

parcidos mostrábalos diciendo: —estas son las medallas que repartiré el último día de la fiesta.

—¡Oh, este es un lujo estupendo! —exclamó el señor Venturoso mirando algunas medallas adornadas con cintas y briscados[204] en forma de flores.

—De este modo –continuó diciendo– daremos a nuestra hermandad gran realce[205] y aumentará el número de las Hijas de María.

—En estos días, dijo Blanca, deben llegarme de París mil quinientas estampas de la Virgen que se repartirán en la puerta a los que nos den limosnas. También he mandado hacer un número crecidísimo de escapularios[206] y pastillas que repartiremos con profusión a todos los asistentes. Lo que es la música no dejará nada que desear; he contratado a las mejores artistas sin reparar en condiciones ni precios. En cuanto a los demás gastos, ya sabe Ud. que siempre me he portado a la altura de mi posición. Todo esto sirve de gran aliciente[207] para atraer la concurrencia[208] y dar mayor lucimiento a la fiesta.

El señor Venturoso guardó silencio contentándose con sonreír bondadosamente.

Blanca continuó diciendo:

—Supongo que ya estará Ud. preparando esos espléndidos sermones que el año pasado le han valido la reputación del primer predicador de la ciudad más religiosa de América.

—Algo se hace –contestó con modestia el señor Venturoso.

—¿Y qué le parecen estas esquelas que pienso pasar a todos mis amigos? –Y cogiendo una de las esquelas presentola mirando con interés el semblante del señor Venturoso.

Éste se colocó los anteojos y leyó la esquela cuyo objeto era invitar a sus amigos para que asistieran a las distribuciones y a la fiesta del mes de María.

La esquela traía una notita que decía: «La presidenta, señora Blanca Sol de Rubio, recibirá en la puerta las limosnas que sus amigos quieran darle».

Esta nota era una de las extravagancias de Blanca.

El señor Venturoso devolvió la esquela diciendo:

—No me parece mal. Ya sabes que todo lo que contribuya a dar mayor realce al culto de María alcanza siempre mi aprobación.

—Yo espero que con estas esquelas obtendremos la concurrencia de todo lo más selecto de la sociedad masculina, porque es preciso que sepa Ud. que he determinado que al que no concurra al Mes de María a darnos una limosna no lo invitaré jamás a mis tertulias semanales, que como Ud. sabe gozan de gran prestigio entre la juventud distinguida.

—¡Oh! esta es una medida atrevida –dijo sonriendo con dulzura el señor Venturoso.

—Es que las señoras necesitamos de todos estos artificios para atraer a los hombres al culto.

---

204 *Briscado*: hilo con seda y oro o plata.
205 *Realce*: brillo, esplendor.
206 *Escapulario*: objeto devoto compuesto de dos pedacitos de paño reunidos con cintas que se lleva sobre el pecho y las espaldas.
207 *Aliciente*: incentivo, estímulo.
208 *Concurrencia*: multitud, público.

—Es verdad. ¿Qué sería de nuestras ceremonias religiosas sin las mujeres? —exclamó con amargura el señor Venturoso.

—Sí, mi padre. Y este año espero qué no se quejará Ud. de nosotras.

—No, hija mía, nunca me he quejado de la religiosidad de la mujer limeña.

—¡Oh! es increíble el tiempo que nos quitan todos estos preparativos. Yo hace más de cinco días que no recibo visitas ni veo a mis hijos, ni atiendo a mi casa ocupada sólo en lo que es preciso hacer para celebrar el Mes de María.

—Te perdono lo de no recibir visitas, en cuanto a desatender a tus hijos y tus deberes de madre de familia, te lo repruebo enérgicamente.

—¡Qué quiere Ud., mi padre! En Lima no hay de quien valerse y si personalmente no hacemos estas cosas nos exponemos a quedar desairadamente. Pastillas, escapularios, medallitas, nada he economizado; además el día de la fiesta habrá también muchas flores que caerán de la cúpula del templo en el momento de alzar. ¡Mezquindades! Yo no las puedo sufrir. A propósito, ¿ha visto Ud. el manto que le he regalado a la Virgen? ¡Quinientos soles me ha costado! yo pensaba ponérselo desde el primer día, pero me aconsejan que lo guarde para el día de la fiesta y le viene muy bien a la Virgen estrenar manto nuevo ese día. Me dicen que Ud. lo ha aplaudido mucho, de lo que estoy muy satisfecha.

El señor Venturoso no parecía muy complacido con la vanidosa charla de la señora Rubio y guardaba silencio. Ella continuó: —Y tengo esperanzas de hacer muchas otras cosas más, ya verá Ud. Todos mis amigos me conocen que soy muy devota de la Virgen y me han ofrecido ir todas las noches que *yo me siente a la mesa* y segura estoy que hasta libras esterlinas veremos lucir en el azafate[209]. Qué vergüenza debe ser lo que le pasó a la señora Margarita L... ¿no le parece señor Venturoso?

—¿Qué cosa? No sé a qué aludes.

—¡Cómo! ¿No se acuerda Ud.? Que el año pasado la primera noche que ella pidió en la mesa no recogió sino dos soles y siete centavos. ¡Ese sí que debe ser chasco[210] pesado! Desde entonces hemos tomado la medida de comprometer a nuestros amigos la noche que nos toca pedir, así que la que más amigos generosos cuenta, es la que sale más lucida en su limosna.

—¡Triste situación a la que hemos llegado! —exclamó con amargura el señor Venturoso.

—Cierto, muy triste. Los hombres no creen ya en nada y cuando en los círculos de confianza se habla de religión hacen chacota[211] y befa[212] de todo.

—¡Desgraciados! ¡No quieren tener ningún freno a sus pasiones!

—La noche pasada me hicieron renegar[213] a mí hasta que los hice callar a todos enojándome muy seriamente.

---

209 *Azafate*: bandeja.
210 *Chasco*: suceso contrario a lo que se esperaba.
211 *Chacota*: broma, burla
212 *Befa*: burla, mofa.
213 *Renegar*: refunfuñar, murmurar, gruñir.

—No consientas jamás discusiones religiosas en tus salones, no olvides este consejo mío.

—¿Yo? ¡Vaya! Ud. no me conoce mi padre, por poco el bastón de Rubio le fue a uno de ellos por la cabeza. ¡Con que había de sufrir yo herejías! No se dirá jamás que en la casa de la señora de Rubio se habló mal de los sacerdotes ni de los templos.

—Dios te conserve en su santa gracia.

—Gracias mi padre –contestó ella con aire distraído y nada contrito.

Se cambió de conversación, se habló de lo poco concurridas que son en verano las fiestas de las iglesias.

Ahora tomarán su fisonomía de invierno: la emigración de la aristocracia convierte en el verano los templos en aglomeraciones de *chusma*[214] que despiden olor nauseabundo; por esta razón la señora de Rubio no iba en verano sino a misa.

El señor Venturoso era lo que llamamos un buen sacerdote, moral, ilustrado, cumplidor de su deber y, aunque tal vez en el curso de esta historia no volveremos a encontrarlo, preciso es que conste que si transigía[215] bondadosamente con las vanidosas prácticas de la religiosidad de la señora de Rubio era porque comprendía que para corregirla había llegado él demasiado tarde. Largo tiempo fue el confesor de Blanca hasta que ella lo dejó por «ser demasiado severo, y a más el confesor no debe ser amigo de la casa». Blanca buscó un confesor elegante, joven que comprendiera que una mujer de su clase no puede dejar de asistir escotada a un baile de etiqueta ni dejar de ir al teatro a oír «La Mascotta» y «Boccaccio»[216].

---

214 *Chusma*: plebe, gentuza, populacho.
215 *Transigir*: tolerar, acceder, conceder.
216 *La Mascotte* (1880) es una opereta compuesta por Edmond Audran y con libreto de Alfred
     Duru y Henri Charles Chivot. *Boccaccio* (1879) es una opereta compuesta por Franz von
     Suppé, con un libreto alemán de Camillo Walzel y Richard Genée y basada en la obra
     teatral de Jean-François-Antoine Bayard, Adolphe de Leuven, Léon Lévy Brunswick y
     Arthur de Beauplan.

- VII -

—Yo soy una inquilina de la casa de... así decía llorando en presencia de Blanca una infeliz mujer de enfermizo y demacrado[217] aspecto.

—¡Ah! sí, y hace tres meses que no me paga Ud.

—Me han arrojado de la casa y han puesto candado a mis habitaciones...

—¿Y qué quiere Ud. que haga?

—Estoy enferma. Todos los días arrojo sangre por la boca. Tengo tres hijos, soy viuda...

—Es muy triste la situación de Ud. pero...

—Señora tenga Ud. compasión de mí —exclamó la mujer con desesperación.

Blanca estaba verdaderamente enternecida y endulzando el acento de su voz díjole.

—No se aflija Ud. yo procurare conseguirle un cuarto en un hospicio de pobres.

—¡Ah, señora, Dios la bendecirá! ¿Y qué es necesario hacer para merecer ese beneficio?

—Lo primero que necesita Ud. hacer es pedirle a su confesor un comprobante con el cual pueda Ud. acreditar que frecuenta sacramentos y vive bajo la dirección de un padre de espíritu.

La mujer palideció visiblemente.

—¿Es esto indispensable? —preguntó angustiada.

—Si Ud. no se confiesa ni comulga todos los meses no espere Ud. de mí protección ninguna.

—¡Ah señora! ¡El confesar y comulgar es un lujo que no podemos darnos los pobres! —exclamó la infeliz con profunda amargura.

—¿Y qué piensa Ud.? Una mujer que no es virtuosa no merece nuestro interés —dijo la señora Rubio con aspereza.

---

217 *Demacrado*: desmejorado, enfermizo, macilento.

—Yo bien quisiera, señora, confesar y comulgar como lo hacen los ricos y la gente desocupada, pero ¡Dios mío! tengo tres hijos, el menor tiene sólo dos años, mi hija mayor, que es linda, tiene perseguidores que atisban[218] mis salidas para dirigirle seductoras palabras. ¿Quién cuidará de ellos mientras voy yo a la iglesia?

—¡Oh! entonces renuncie Ud. a vivir en ningún hospicio de pobres.

Después de este diálogo, Blanca despidió a la desgraciada mujer y mirando al reloj levantose precipitadamente diciendo:

—¡Las dos de la tarde! ¡Y la novena[219] de Nuestra Señora de las Lágrimas habrá ya principiado en San Pedro![220]...

Mientras se vestía apresuradamente hablaba consigo misma:

—Esta gente cree que los ricos tenemos obligación de darles todo. Qué sería de nosotros si a los gastos indispensables agregáramos el *déficit* de lo que los pobres no pueden pagarnos. ¡Lucidos[221] quedaríamos! Y yo que en los preparativos para las distribuciones y la gran fiesta del Mes de María llevo gastados cerca de tres mil soles... ¡Bah, no quiero pensar en esto!...

Y dirigiéndose a Faustina le dijo:

—Apresúrate a vestirme, quiero salir a las dos en punto.

—¿Va la señorita a San Pedro?

—Sí, pero antes iré a donde madama Cherí.

—¿Qué vestido quiere Ud. ponerse?

—Sácame el más oscuro de todos el... ¡ah! Olvidaba que antes debo rezar el rosario que el señor me dio en penitencia, pero... puedo ir rezando y vistiéndome. *Reza, gloria al Padre, gloria al Hijo, gloria...* Dime, ¿descosiste los encajes de Chantilly de mi vestido color perla?

—Sí señorita, aquí están.

—*Padre nuestro que estas en los cielos, santificado...* Quién creería que en todo Lima no haya encajes más ricos que esos... *Venga a nos tu reino... hágase tu voluntad*, y tendré que llevar encajes que ya me han visto... *así en la tierra como en el cielo...* Mucho me temo que madama Cherí se guarde parte del encaje... Si tal cosa hiciera la estrangularía, ¡buena estoy yo para robos! *Y perdónanos nuestras deudas así como nosotros perdonamos.* Sácame la mantilla de encajes. ¡Quizá veré a Alcides!... *y no nos dejes caer en la tentación mas líbranos de...* ¡Vaya! estoy tan preocupada que no puedo rezar mi rosario. Lo rezaré en San Pedro.

Al tenor de este rosario eran las devociones de la señora de Rubio.

Ella, tan inteligente, tan viva, tan aguda en los salones en materia religiosa cumplía sus prácticas con deplorable ignorancia y risible ligereza.

Verdad es que importábale muy poco el fondo moral o los elevados principios que pudiera encontrar en su religión; ella se decía devota por vanidad,

---

218   *Atisbar*: advertir, vigilar.

219   *Novena*: En el rito católico, «[e]jercicio devoto que se practica durante nueve días, por lo común seguidos, con oraciones, lecturas, letanías y otros actos piadosos, dirigidos a Dios, a la Virgen o a los santos» *(DRAE)*.

220   *San Pedro*: La iglesia de San Pedro fue edificada en Lima por la Compañía de Jesús a partir del siglo XVI.

221   *Lucido*: Sufrir un chasco, desaire, desencanto o fiasco.

por lujo porque de esta suerte encontraba ocasiones de lucir, de ir, de venir, de disipar el hastío que embargaría[222] su espíritu en las horas que no eran de visitas ni de recepciones.

Y luego, había tantas hermandades de las que ella tenía a honra ser la presidenta, y también era protectora de algunos conventos donde las buenas monjitas hablaban de la virtud y la religiosidad de la señora de Rubio con el mismo entusiasmo con que en el Club de la Unión[223] comentaban los jóvenes elegantes las coqueterías y los escándalos de Blanca Sol.

También por inspiraciones de su esposa, D. Serafín llegó a ser muy dado a las prácticas religiosas del culto externo y para complacerla presentábase en las procesiones de Santa Rosa[224] y en las de Corpus[225] muy peripuesto[226] y currutaco[227] llevando el *guión*[228] o algún estandarte de cofradía.

Los jóvenes que se precian de liberales lo miraban con desprecio endilgándole[229] algunas sátiras burlescas con las que herían no las creencias religiosas de D. Serafín, pero sí algo más delicado y también más sagrado: su honor y el de su esposa.

Y aunque muy poco se cuidaba ella de la opinión pública, estaba bien lejos de imaginarse que sus alardes y ostentaciones religiosas eran nada más que oportunidades para que la maledicencia la hiriera.

Y por lo mismo que esta devoción casi inconsciente y poco moralizadora influye débilmente en el corazón de la mujer, no nos ocuparemos de ella sino accidentalmente como cosa superficial y sin importancia alguna en la vida de la señora de Rubio.

Asistir a un baile con el mismo entusiasmo que a una fiesta religiosa, instituirse presidenta y colectora de una obra de caridad u organizadora de un baile de fantasía eran todas cosas que ella miraba por una sola faz, ésta era la de la vanidad.

Dejáremos, pues, a Blanca dada al misticismo vanidoso de la mujer mundana con el mismo fervor que a los devaneos[230] de sus locas coqueterías.

---

222 *Embargar*: dominar, cautivar.

223 *Club de la Unión*: Un club cuya sede ahora se encuentra en la Plaza Mayor de Lima. Una asociación fundada en 1868 sin fines de lucro.

224 *Santa Rosa*: La fiesta de Santa Rosa de Lima se celebra el 30 de agosto.

225 *Corpus*: Se refiere al Corpus Christi, que es una celebración católica con motivo de conmemorar la institución de la Eucaristía, la Cena del Señor o el sacramento instituido por Jesucristo.

226 *Peripuesto*: arreglado, acicalado, que se viste con demasiado esmero.

227 *Currutaco*: gomoso, lechuguino, elegante con afectación.

228 *Guión*:: «[c]ruz que va delante del prelado o de la comunidad como insignia propia» *(DRAE)*. También significa la bandera que se lleva delante de algunas procesiones.

229 *Endilgar*: decir, lanzar.

230 *Devaneo*: locura, disparate, barbaridad.

- VIII -

Un día ocurriole a Blanca meditar sobre que D. Serafín desempeñaba papel demasiado insignificante y azás[231] oscuro al lado de los altos personajes y eminentes magistrados con quienes diariamente rolaba[232] sintiendo reflejarse en ella la pequeñez de su esposo.

—Y ¿por qué mi marido no ha de ser como cualquiera de ellos? –se dijo a sí misma con esa su antojadiza voluntad que ella acostumbraba imponer no sólo a las personas sino también a los acontecimientos.

Estaba cansada de oír llamarle *señor Rubio* limpio y pelado, ni más ni menos que el primer quídam[233] que se presentara, en tanto que a su lado se pavoneaban[234] Ministros, Vocales, Generales... ¡Vaya! ¡Qué desgracia vivir en República que de otra suerte ella había de ser Condesa, Duquesa o algo mejor. ¡Ser la esposa de D. Serafín, de un *don nadie*, que en sociedad valía tanto como el primero que llegaba a su casa!... ¿Qué importaban sus propios méritos y valimientos si llegada cierta situación era fuerza cederle el puesto de preferencia a la esposa del Ministro, del Presidente o a otra que ocupara rango más elevado en sociedad?

Su orgullo, su vanidad de reina de los salones sentíanse lastimados y ese día ella resolvió con enérgica resolución que D. Serafín sería Ministro de... Aquí llegó el punto difícil de resolver atendidas las aptitudes de su esposo.

A pesar de sus extravagancias, sus fantasías y caprichos, Blanca poseía el criterio necesario para valorizar los méritos y cualidades de su amoroso esposo y si como tal le reconocía altas cualidades, no se le ocultaba que éstas eran nulas ocupando la curul[235] ministerial.

Pero ¿sería acaso D. Serafín el primer Ministro que brillara por ausencia intelectual y carencia de aptitudes políticas? ¡Bah! él sería Ministro y ya vería como se las había de componer.

Una hora después Blanca decíale al pacífico D. Serafín con tono cariñoso muy pocas veces usado:

---

231 *Asaz*: muy, bastante.
232 *Rolar*: tener trato o relaciones.
233 *Quídam*: sujeto indeterminado, sin importancia.
234 *Pavonearse*: vanagloriarse, envanecerse, jactarse, presumir.
235 *Curul*: asiento de los parlamentarios.

—Mira Rubio, tengo un gran proyecto.

—¿Cuál? –preguntó él algo alarmado comprendiendo que los grandes proyectos de su esposa iban siempre dirigidos contra sus caudales.

—Quiero que tú seas Ministro.

—¿Ministro yo? –observó él asombrado[236] y casi espantado por tal ocurrencia.

—Sí, tú, ¿y por qué no? ¿Vales tú acaso menos que otros muchos que lo han sido?

—Déjate de proyectos disparatados –dijo él desechando la idea de su esposa.

—Pues te aseguro que no desistiré de mi proyecto y que tú serás Ministro muy pronto.

¿Te imaginas acaso poder mandar hacer Ministros con la misma facilidad con que mandas hacer vestidos donde tu modista? dijo D. Serafín riendo.

—¿Y qué dirás cuando seas Ministro por mi voluntad y mis influencias?

—¿Cuentas tal vez con influencias para mí desconocidas? –preguntó él sin poder ocultar sus celosos temores.

—¡Bah! ¿Cuándo he querido yo algo y no lo he conseguido?

—Desiste de tus descabellados[237] proyectos, ellos no harían más que perjudicarme si se realizaran.

—No comprendo... observó Blanca.

—Sí, indudablemente un Ministerio me absorbería tiempo y atenciones necesarias a mis intereses los que día a día van menoscabándose[238] con espantosa rapidez.

—Déjate de cálculos mezquinos, un Ministerio puede enriquecerte como a muchos otros.

Y Blanca sin desistir un momento de su idea prometiose a sí misma que su esposo sería Ministro o cosa semejante con o sin su gusto.

Pensando y meditando concluyó por dilucidar[239] cuál Ministerio cuadraba mejor con las aptitudes y disposiciones de D. Serafín; Blanca no trepidó en decidirse por el de Justicia. Pero aquí se presentó otra dificultad casi insalvable. Para que D. Serafín llegara a este puesto designado por ella, era necesario que cayera el actual Ministro y no podía caer estando en buen predicamento con el Jefe del Estado sino por un cambio total de todo el Ministerio, quizá un conflicto entre los Ministros y las Cámaras que a la sazón funcionaban. Era preciso conmover las cumbres del poder y dar lugar a que surgieran dificultades cuyo resultado fuera la renuncia de todo el Ministerio... Un trastorno, un conflicto en la alta política...

Pues todo esto sucedió, sin más causa sin más motor, que la voluntad y el querer de Blanca Sol.

Un mes solamente hacía desde el día que Blanca se propuso realizar el raro capricho de ser esposa de Ministro, cuando un día D. Serafín, muy lejos

---

236 El resto de esta oración («y casi espantado por tal ocurrencia») se añade a partir de la segunda edición en libro de la novela.
237 *Descabellado*: insensato, disparatado.
238 *Menoscabar*: disminuir, perjudicar, deteriorar.
239 *Dilucidar*: resolver, aclarar, elucidar.

de esperar tal sorpresa, encontrose sin más ni más con su nombramiento entre las manos.

¿Cómo realizó su atrevido y valiente proyecto?

Bien quisiera[240] entrar en detalles, no fuera más que para poner en relieve mejor que en otra ocasión el carácter de la señora de Rubio, pero con gran pena desisto de este intento en el temor de extraviarme en el intrincado dédalo[241] de la política, de la que con cuidado y estudiosamente debo huir[242].

Que la belleza, el amor, la amistad, desempeñaron su cometido[243] en esa danza macabra de las influencias políticas, lo comprenderán mejor que otros los lectores peruanos[244]. Como en la legión de adoradores y esperanzados que rodeaban a la señora de Rubio había diputados, senadores, ministros, jueces, periodistas y todos estos poderosos fueron otros tantos elementos que ella muy astutamente puso en juego para conseguir que a D. Serafín lo consideraran insinuándolo como ministro posible primero, como ministro probable en seguida y como ministro verdadero al fin, el juego de influencias y empeños fue maestramente desempeñado.

En puridad de verdad, diré[245] que el señor Rubio desempeñó el Ministerio con plausible honradez, con juicio recto y hasta con innovaciones provechosas en el ramo de su gobierno captándose la admiración no sólo de sus amigos, sino aun de los que en el primer momento miraron su nombramiento con indignación y desprecio considerándolo *hechura de faldas*[246], según el decir de las lenguaraces[247].

D. Serafín, preciso es que conste, era todo un caballero, limpio de manchas y muy delicado en su proceder.

En esta circunstancia, como en otras muchas de su vida, sus honradas intenciones suplieron la escasez de su inteligencia.

Desgraciadamente, las ambiciones de Blanca no se detuvieron aquí y cuando vio que D. Serafín desempeñó el Ministerio con el aplauso general de sus amigos y hasta mereciendo que algunos periódicos le endilgaran calificativos tan honrosos como el de *estadista*, hombre público y demás palabritas de cajón[248] con las que suelen adular los periódicos gobiernistas a sus cofrades, cuando vio todo esto aspiró a algo más y meditó en que D. Serafín bien podría llegar a ocupar puesto más alto: Vocal de la Corte Suprema o Presidente de la República.

—Y ¿por qué no? —se decía a sí misma—. Si tantos otros tan ineptos como

---

240   La primera edición en libro trae *quisiéramos* en vez de *quisiera*.

241   *Dédalo*: laberinto.

242   La primera edición en libro consigna también el plural en este caso (i.e. «…gran pena desistimos de nuestro intento, temerosos de perdernos en el intricado dédalo de la política de la que con cuidado estudiosamente huimos»).

243   *cometido*: encargo, obligación, misión.

244   El resto de este párrafo («Como en la legión… maestramente desempeñado») no está en la primera edición en libro.

245   En la primera edición en libro este párrafo abre de la siguiente manera: «En honor de la verdad, diremos».

246   *Hechura de faldas*: Se debe a otro lo que se tiene.

247   *Lenguaraz*: desvergonzado, maldiciente, deslenguado, murmurador.

248   *De cajón*: que es obvio, indiscutible o ineludible.

mi marido y además pícaros han llegado hasta la silla presidencial, ¿por qué él que es un caballero y muy *honrado,* (y esta palabra la acentuaba como si esa fuera entre nosotros cualidad extraordinaria) no ha de llegar allá?

Luego pensó que en el Perú todas las anomalías son, en el terreno de la política, hechos ordinarios.

Hasta es posible –decía– que aquí se le dé la Presidencia de la República en tiempo de guerra a un seminarista fanático[249] y en tiempo de paz a un soldado valiente. (Cualquiera diría que desde aquella época la señora de Rubio adivinaba lo que había de acontecernos.)

Pues si todas las anomalías han de realizarse en el Perú, ella pondría en práctica una que no sería de las mayores y ésta no sería otra que ver a D. Serafín llevando la banda presidencial de la República. Y sus vanidosas ambiciones sentíanse hondamente halagadas con tan bella ilusión y ya imaginábase verse entrando triunfalmente al vetusto palacio de Gobierno en compañía de D. Serafín (al pensar en esta compañía hacía ella un mohín[250] de disgusto).

Por aquella época no muy lejana a la nuestra, era más difícil que hoy llegar al alto puesto que Blanca le designaba a su esposo.

Para desempeñar la Vocalía de la Suprema, Blanca tenía en cuenta que su esposo era Doctor en Leyes. El padre de D. Serafín obligolo a estudiar los códigos asegurándole que allí se conocen los subterfugios y las tretas[251] de que se valen los pícaros y trampistas[252].

Y mientras ella acariciaba locamente estos proyectos, la envidia de las mujeres y la maledicencia de los hombres formando a su alrededor como un círculo de hierro iban estrechándola más y más.

Anécdotas y chascarrillos[253] sin fin amenizaban las desocupadas horas de los que llegaron a conocer sus pretensiones de llevar a su esposo a la Presidencia de la República.

D. Serafín el intachable Ministro, el cumplido caballero era el blanco de las sátiras de los maldicientes y desocupados.

No salía mejor librado el honor de la señora de Rubio en esta cruzada contra sus ambiciosas pretensiones. Los unos dábanle por amantes altos personajes de la escala política de aquella época con cuyo apoyo contaba para realizar sus descabellados planes; otros decían que Alcides Lescanti, un joven a la moda, conocido por ser del número de sus adoradores, era el dueño de tan codiciado tesoro.

Así pues, la maledicencia que se ensañaba contra la reputación de la señora de Rubio era el resultado fatal e inexplicable, no de sus verdaderas faltas e infidelidades, sino más bien de su despreocupación y atrevida desen-

---

249   *Seminarista fanático:* Aquí alude a claras luces a Nicolás de Piérola, quien ocupara el cargo de Presidente del Perú dos veces; la primera ocasión durante la Guerra del Pacífico. Mercedes Cabello se puso en contra de Piérola y apoyó abiertamente a Andrés Avelino Cáceres, también éste dos veces presidente y líder de la resistencia en la sierra central peruana contra la ocupación de Chile durante la Guerra del Pacífico.

250   *Mohín:* ademán, gesto, mueca.

251   *Treta:* engaño, artimaña, truco, astucia.

252   Este párrafo forma uno solo con el anterior en la primera edición en libro de la obra.

253   *Chascarrillo:* historieta, anécdota, chiste.

voltura para cuidarse del *qué dirán*, esa mano invisible de la opinión pública que tantas veces hiere ciega y estúpidamente.

No faltaba quien buscara y hallara saltantes y semejanzas entre sus hijos y sus supuestos amantes. ¡Y por entonces ella tenía ya seis hijos! Uno por barba –decían– ¡Mentira! Los hijos de Blanca, por desgracia de ellos, eran extraordinariamente parecidos a D. Serafín; es decir, eran feos, trigueños y regordetes.

¿Sería esta la causa por qué Blanca era madre tan poco cariñosa para ellos?

- IX -

Alcides Lescanti, como su apellido lo demuestra, llevaba en sus venas sangre italiana sin dejar por esto de ser tipo esencialmente americano.

El padre de Alcides fue uno de los muchos italianos que han arribado a nuestras playas sin más elementos de fortuna que sus hábitos de trabajo, su excesiva frugalidad y su extraordinaria economía.

Sus primeros trabajos los hizo en uno de los asientos mineros del Cerro de Pasco[254]. Allí contrajo matrimonio con una de esas jóvenes que si confiesan llevar sangre indígena es por que pueden probar que fue la mismísima que circuló por las venas del gran Huaina Capac[255].

Cansado de la vida de peón minero que le cupo llevar en el Cerro de Pasco, dirigiose a Lima para explotar la más rica mina que por antítesis han hallado en el Perú los hijos de la artística Italia: las pulperías.

La nación modelo, la maestra inimitable de las bellas artes donde los pintores, los músicos, los escultores son hoy todavía, como en la antigua Grecia, los modelos perfectos del arte está, no sabemos por qué, representada en el Perú por la inmensa mayoría de italianos pulperos que viven entre la manteca, el petróleo y otros malolientes objetos que forman el conjunto de su comercio.

En honor de la verdad y de nuestras liberales costumbres, diremos que a pesar de este pasado azás prosaico todos damos buena acogida a los que, debido a su honradez y su constancia en el trabajo, hanse levantado desde la condición de míseros pulperos o buhoneros[256] hasta la de grandes señores no solamente de nuestra elegante sociedad, sino también de la aristocrática sociedad de su patria donde han necesitado un título comprado para tener derecho de rolar con las clases nobles, derecho que nosotros les concedemos sin más título que su honradez y su fortuna.

Cuando Alcides vino del Cerro de Pasco a Lima en compañía de su padre contaba ya doce años; de aquí pasó a estudiar a un colegio de París donde

---

254 *Cerro de Pasco*: importante centro minero en la sierra central peruana.
255 *Huaina Cápac*: también con la grafía Huayna Cápac; fue el penúltimo gobernante del imperio incaico y consagró su reino en extenderlo llegando hasta el actual Ecuador.
256 *Buhonero*: vendedor ambulante.

como la mayor parte de los jóvenes enviados a Europa estudió poco y mal.

A la muerte del padre de familia, Alcides como hijo primogénito se vio en la dura necesidad de suspender sus estudios para venir a manejar la inmensa fortuna del *Sígnore* Lescanti. Aquí optó por seguir la carrera de abogado que le facilitaría el manejo de los complicados negocios en que giraba la casa de Lescanti y Cia[257].

Este nacimiento y esta educación dieron al joven Alcides el sello que sólo poseen esas organizaciones vigorosas que han bebido la vida en medio de una naturaleza pródiga de todos los elementos que la fortifican y vigorizan.

Su color moreno parecía teñido con los abrasadores rayos del sol americano y sus ojos de un negro profundo diríase que retrataban las abruptas montañas que cobijaron su cuna.

Su carácter bien acentuado manifestaba la mezcla felicísima del italiano con el americano del Sur.

La pasión arrebatada del romano y el sentimentalismo idealista del hombre nacido en estos templados climas disputábanse en dulce consorcio el dominio de su alma.

Era franco, expansivo, afectuoso, pero llegada la ocasión sabía también ser astuto, mañoso llevando la sutileza de sus ardides[258] hasta un extremo que no era dable suponer.

En el momento que lo presentamos frisaba[259] gallardamente en sus treinta y cinco años y ya algunas hebras de plata brillaban sobre su frente.

De apuesta figura y disponiendo de inmensa fortuna, fácil es comprender que Alcides bebiera a grandes tragos en la copa que Venus brinda a los favorecidos de la fortuna.

No obstante, había llegado a sus treinta y cinco años con el corazón lleno de bríos[260] y el alma llena de ilusiones.

Es que en su papel de cazador de alto rango jamás descendió a las esferas sociales en las que el hombre se pierde entre zarzales[261] y se hunde en los pantanos dejando allí las más bellas ilusiones de su alma, los más nobles sentimientos de su corazón y toda la fuerza viril de en cuerpo.

A los treinta años, Alcides Lescanti se había batido con dos maridos celosos —por celos injustos— decía él riendo, aludiendo sin duda a que de los dos amantes él era el que menos había amado; pero si un hombre tiene derecho a matar al que le roba el amor de su esposa esos maridos debieron matar al joven Lescanti.

A los treinta años había desdeñado a dos niñas hermosas, la primera por encontrarla demasiado vulgar, demasiado prosaica e incapaz de levantarse a las elevadas regiones donde él comprendía que debían vivir los enamorados; a la segunda porque sabía hablarle muy bien de finanzas y muy mal de ilusiones.

---

257 *Cia*: abreviación para la palabra *compañía*.
258 *Ardid*: maquinación, jugarreta, astucia.
259 *Frisar*: aproximar, acercar.
260 *Brío*: ánimo, valor, resolución, ímpetu.
261 *Zarzal*: tipo de arbusto, matorral espinoso.

Algunas veces riendo solía decir que en los jardines sociales él sólo cazaba aves canoras[262] de lindo plumaje sin descender jamás donde sólo descienden cazadores de baja ralea[263] en pos de animales inmundos que se alimentan de las putrefacciones sociales.

Alcides era lo que podríamos llamar un epicúreo[264] perfeccionado con todos los refinamientos y exigencias del epicúreo unidas al más elevado sentimentalismo.

Un goloso del amor que quería alimentarse con manjares escogidos.

De todos los discípulos de Epicuro[265] esta secta es la más peligrosa para los maridos.

Con el triple atractivo de su hermosa figura, su gran fortuna y su bello carácter, había sido por largo tiempo el *León* de la mejor sociedad limeña.

Sin embargo, de poco tiempo a esa parte, sin que nadie pudiera explicarse la causa, veíasele retirarse aislandose cada día más como si alguna profunda pena le trajera contrariado y abatido.

Una sola casa frecuentó desde entonces con asiduo empeño, ésta era la de Blanca.

Sus amigos creyendo columbrar[266] los primeros síntomas de una gran pasión que veían crecer con alarmantes proporciones, mucho más alarmantes para los que conocían el corazón de la señora Rubio poco sensible al amor y siempre inclinada a la más irritante volubilidad; sus amigos aconsejábanle que huyera prudentemente de ésta, que ellos temían pudiera convertirse en inmensa pasión y a la que él no quería dar más importancia que uno de los muchos amoríos que amenizaban su vida.

Algunas veces solía decirles:

—No os alarméis, amigos míos, estoy acostumbrado a domar muchos caballos bravos y muchas mujeres coquetas.

Entre las bellas cualidades que adornaban al joven Lescanti y que todos, amigos y enemigos, le reconocían siendo éstas sin duda las que le daban faz simpática a los ojos del sexo débil, mencionaremos su patriotismo y su valor. Y estas cualidades, que tanto apasionan a las mujeres, eran en él como la aureola de su personalidad por otros títulos ya muy estimables.

Alcides había desempeñado altos y honrosos puestos como la Alcaldía de la Municipalidad de Lima y la dirección de la Sociedad de Beneficencia[267] alcanzando siempre el aplauso de propios y extraños por su honrado comportamiento.

Apoyado en tan meritorios antecedentes, él acariciaba secretamente la ha-

---

262 *Canoro*: se emplea en referencia al ave de canto melodioso.

263 *Ralea*: condición, categoría.

264 *Epicúreo*: gozador, hedonista, que sólo busca el placer.

265 *Epicuro*: filósofo griego que proclamaba el placer como fin supremo del hombre y cuyos esfuerzos debían estar encaminados a obtenerlo. Es necesario notar que para él el placer no consistía en el goce de los sentidos sino en el cultivo de la virtud y el espíritu.

266 *Columbrar*: imaginar, percibir, vislumbrar.

267 La Sociedad de Beneficencia Pública de Lima se estableció en 1835 en reemplazo de la Real Junta de Beneficiencia para la atención de ancianos, niños y jóvenes en riesgo físico y en situación de abandono.

lagadora esperanza de subir muy alto el día que lanzara su candidatura en la arena política para conquistar el primer puesto en la magistratura del Estado.

Estas pretensiones adivinadas y para todos mal encubiertas le trajeron la censura y más de una vez el odio de sus émulos[268] y enemigos.

Alcides dejaba correr su rumbo a los acontecimientos juzgando con atinado juicio que aún no era llegada la época de emprender luchas y sostener batallas en el terreno demasiado candente de la política activa.

Mientras llegaba ese día demasiado lejano para sus ambiciones, se daba en cuerpo y alma a la vida galante y de sociedad; quizá también pensando que en el Perú los hombres que se conquistan las simpatías y el amor de las mujeres son los que más probabilidades cuentan de subir muy alto.

Esta manera de ser de Alcides era causa de que su natural inteligencia fuese juzgada por extremada torpeza y su versación[269] en sociedad no alcanzara a ocultar su carencia de ilustración. De aquí la censura apasionada que lo desposeía hasta de sus propios y altísimos méritos.

Respecto a los demás pormenores de la vida de nuestro héroe, diremos que su fortuna administrada con discreción y talento había crecido inmensamente duplicándose la herencia recibida de su padre.

Entre las acciones generosas de Alcides, una le caracteriza poniendo en relieve el lado noble de su alma.

Muerto su padre, un hijo natural quedó privado de su herencia por falta de requisitos legales. Alcides prohijó[270] a su hermano y le reconoció la parte de herencia que la ley lo acordaba.

Estas cualidades de Alcides contribuyeron sin duda para que todos en la sociedad que él frecuentaba olvidaran su pasado y nadie recordara jamás al peón minero que en su metamorfosis de gran comerciante, después de pasar por el transitorio estado de mísero pulpero, había fundado una familia a cuya cabeza se hallaba Alcides, el patriota abnegado y ciudadano honrado a quien estimaban tanto sus amigos, lo adulaban los periódicos, lo mimaban las mujeres y perseguíanlo las mamás con hijas casaderas.

Alcides contaba muchos amigos, entre éstos uno manifestaba grande empeño en llegar a ser amigo preferido de Alcides Lescanti, este era Luciano R. a quien daremos a conocer no tanto por el importante papel que desempeña, cuanto por ser un tipo social digno de conocerse y además era amigo de Blanca.

---

268   *Émulo*: rival, competidor.
269   *Versación*: conocimiento de un tema que se tiene.
270   *Prohijar*: adoptar y proteger como hijo.

- X -

¡Las recepciones de Blanca Sol! ¡Los salones aristocráticos de la mujer de moda! El palenque[271] del lujo de la elegancia donde se realizaban las justas[272] de la belleza y de las gracias que acreditaban el buen nombre de sus convidados... ¿Quién no desearía, quién no ambicionaría como grande honor, como singular distinción ser del número de los elegidos, de los favorecidos con sus invitaciones y su amistad?...

Decían que Blanca gustaba reunir en sus salones a las jóvenes bonitas y a las señoras hermosas y que manifestaba disgusto cuando se veía obligada a invitar a *alguna fea*.

Una mujer fea le producía a ella el mismo efecto que una obra de arte imperfectamente trabajada[273].

Y luego las feas no tienen *piquines*[274] y la señora de la casa se ve obligada a cuidar de que *las hagan bailar*. Encontraba altamente ofensivo a la dignidad de su sexo el verse obligada a dirigirse donde un caballero para, con toda la gracia y desenfado que ella usaba, decirle: —Saque Ud. a bailar a Fulanita que hace tres bailes que me la han dejado y *está comiendo un pavo*[275] *horrible*. Y para *desempavarla*, el caballero en cuestión hacía bailar a la aludida. Por evitarse estos desagradables compromisos invitaba mayor número de caballeros que de señoras.

Jamás ella conoció esas rivalidades mezquinas de mujeres vulgares que han menester rodearse de lo *pequeño y lo feo* para erguirse ellas mejor. No necesitaba de este astuto recurso; en su conducta había siempre cierta nobleza y gallardía jamás desmentidas.

Ella en medio de las beldades que llenaban sus lujosos salones se destacaba como destacaría el sol en un cielo poblado de estrellas.

Blanca era alta de esa estatura que dizque hacía distinguir a Diana[276] entre

---

271 *Palenque*: lugar donde hay confusión grande, mezcla de gentes.
272 *Justa*: certamen, competición.
273 En la primera edición en libro este párrafo empieza: «Las feas le producían a ella».
274 *Piquín*: (*peruanismo*) novio, galán.
275 *Comer pavo*: quedarse sin bailar en un baile por falta de compañero.
276 Diana: diosa romana y cuyo padre, Júpiter, la hizo reina de los bosques. Es también diosa de la caza.

otras ninfas. La morbidez de sus carnes había llegado sólo al punto en que se redondean los contornos y se suavizan las líneas, muy distante de la excesiva gordura que en estos climas meridionales suele ser el escollo[277] de la esbeltez y la elegancia de las señoras casadas.

Sus rubios cabellos y sus negras cejas formaban el más seductor contraste que el tipo de la mujer americana puede presentar. No era el rubio desteñido de la raza sajona, sino más bien el rubio ambarino que revela el cruzamiento de dos razas de tipo perfecto.

Su cutis moreno y ligeramente sonrosado tenía la delicadez aterciopelada de la mujer de complexión sana que posee la belleza que le dan los glóbulos rojos henchidos de hierro que circulan por sus venas.

La nariz delgada y algo levantada y la boca de labios muy finos eran indicio de su energía de carácter.

Esta particularidad del cabello rubio y el cutis trigueño dábale sello de originalidad aun entre las mujeres limeñas donde con más frecuencia se ve este raro contraste. De ordinario, su graciosa boca de correctas líneas[278] estaba por sardónica sonrisa entreabierta, cual si pretendiera lucir blanquísimos y agudos dientes que parecían manifestar que al salir de las palabras de su boca tanto podían herir como halagar.

Para un fisonomista, Blanca hubiera pasado por la mujer esencialmente voluptuosa.

En su mirada incisiva, penetrante, llena de relámpagos y en su manera de gesticular siempre vehemente y apasionada, creeríase encontrar el tipo de la gran *cocotte* parisiense más bien que[279] el tipo de la gran señora limeña.

Sus modales, aunque no eran delicados, tampoco podían llamarse groseros ni menos vulgares. En toda su manera de ser se traducía ese *que se me da a mí* de la mujer que en sociedad es engreída y adulada.

La concurrencia que asistía a las tertulias de la señora Rubio, sino lo más linajudo de la aristocracia, era lo más encumbrado de la sociedad limeña.

Ministros extranjeros y Ministros de Estado, la aristocracia del dinero y la aristocracia del *éxito*, *oportunistas* sociales, mujeres a la moda más o menos separadas de sus maridos, jóvenes solteras de las que esperan asegurar *bailando* el porvenir, tales eran los concurrentes a estas recepciones semanales.

Cuando el baile era de gran fuste, Blanca invitaba a los cronistas de los periódicos y ellos, cumpliendo su cometido, no dejaban sin mencionar ni el vestido que llevaba Faustina, la doncella de la casa.

—Qué sería de nuestros salones si no hubieran escritores y periódicos; los ricos deben tener el talento de saber lucir su riqueza y los pobres el de saberla describir, solía decir ella mirando desdeñosamente a algunos de esos emisarios de su fama.

En esta ocasión, aunque sin grandes invitaciones, la afluencia de concurrentes daba aspecto de gran baile a esta recepción semanal.

---

277 *Escollo*: inconveniente, obstáculo, dificultad.
278 La primera edición en libro presenta una leve variante en esta frase: «De ordinario, su diminuta boca de graciosas líneas».
279 *Más bien que*: en vez de.

Aquella noche, Blanca vestía sencillamente. Cuando la señora de la casa —decía ella— se presenta luciendo el más rico vestido manifiesta ser una *cursi* que aprovecha las ocasiones poco frecuentes para esa clase de gentes de lucir joyas y vestidos. Y luego, como[280] en su casa había competencias y emulaciones entre las señoras justo era quitar todo estímulo.

A las once dio principio el baile. Esta es la hora en que los hombres se agrupan para hablar de política, las mamás para hablar de las cualidades relevantes[281] de sus hijas y las niñas que no bailan para disertar sobre modas y vestidos.

Al decir de los amigos de la casa, allí estaba reunida la *crema de la crema* limeña. No debiera ser muy exacta esta afirmación cuando al pasar la señora N. por delante de uno de los grupos de jóvenes que charlaban, reían y más que todo *cortaban*[282], uno de ellos dijo:

—He aquí una mujer que no debería estar en nuestra sociedad.

—Calle Ud. si es la esposa del Señor...

—Lo sé, un hombre que no tiene más méritos que sus respetables ochenta años.

—¿Y de ella que dice Ud.?

—Que es una Magdalena[283] con todas las culpas de ésta, pero sin haber llegado al periodo del arrepentimiento.

—¿Se ha fijado Ud. en los brillantes que lleva?

—Sí, veo que brillan más que sus ojos, lo que prueba que los brillantes son de primera agua y los ojos de cuarenta y cinco años.

—Por lo que infiero, Ud. en caso de poder elegir entre robarle los ojos o los brillantes elegiría...

—Los brillantes sin trepidar.

Pocos días más tarde, este diálogo le fue referido a Blanca por los amigos[284] agregando que un joven, que felizmente no era limeño, había manifestado con su conducta el mismo gusto que ellos, pudiendo robarle a la señora N. los ojos junto con el corazón, había preferido robarle los brillantes.

Blanca rió con su alegre y satírica risa y luego dijo:

—La señora N. es una mesalina[285] vestida de gran señora, ya verán ustedes como el día menos pensado la echo de mi casa a sombrillazos.

Sus amigos rieron y festejaron la broma sin que a ninguno le quedara duda de que Blanca cumpliría su palabra de echar de su casa a la señora N. a sombrillazos.

Generalmente censuraban a la señora Rubio[286] de ser atrevidamente libre

---

280   En la primera edición en libro parece haber unas comillas antes de esta palabra (*como*), pero no está marcado donde debería cerrarse con el otro par de comillas.

281   *Relevante*: destacado, importante, sobresaliente.

282   *Cortar*: «murmurar del prójimo» (Álvarez Vita, Juan. *Diccionario de peruanismos*. Lima: Librería Studium, 1990).

283   *Magdalena*: pecadora convertida por Jesucristo.

284   La primera edición en libro añade la palabra *dos*:«por los dos amigos».

285   *Mesalina*: mujer aristócrata de costumbres disolutas y libertinas.

286   El párrafo en la primera edición en libro abre de la siguiente manera: «Generalmente censurábanla de ser atrevidamente».

en sus acciones y temerariamente franca en sus palabras, pero si bien es cierto que estos defectos causaban estupendos daños a sus amigos, no siempre la injusticia ni la malevolencia eran móviles de sus acciones.

Echar a la señora N. de la casa, por supuesto, si era mujer cínica y al concepto de sus amigos indigna de rolar con la gente de la buena sociedad. La señora N. tenía además pasiones groseras y apetitos desenfrenados que le producían antipatías invencibles y Blanca, que se entusiasmaba con lo bueno[287] como los niños con los juguetes sin darse más cuenta que lo bueno le gustaba más que lo malo, sentía repugnancia por la señora N., por la mesalina a la cual se aprestaba a arrojar de sus salones sino a sombrillazos, como muy graciosamente decía, cuando menos a abanicazos como ella era muy capaz de ejecutarlo.

El grupo de jóvenes continuó comentando y criticando, como suele suceder en los salones donde más de una vez la maledicencia se cierne[288] sobre las cabezas de los que alegremente se entregan a sus expansiones.

—¡Silencio! allí viene la señora H... ¡Siempre hermosa y lujosísima!

—¡Calle! yo conozco ese vestido, ¡hombre! Si es el que yo compré de donde R. y se lo regalé a...

—Tu adorada Dulcinea, la conozco.

—Sí, a quien yo pago con vestidos todo lo que ella me da en amor.

—Quizá te equivocas hijo, no seas tan ligero, hay tantos vestidos semejantes que bien puede suceder que este fuera igual al que tú compraste para M.

—Es que hay una coincidencia. Mientras estábamos hoy juntos, sorprendí esta esquelita que dice así:

«Esta noche debo asistir a la tertulia de Blanca Sol y como allá todas van lujosísimas y además hay tanta competencia para llevar vestido estrenado, te suplico me prestes tu vestido, el que te regaló H. y que me dijiste que no te lo pondrías por temor de que tu marido sospechara algo de su procedencia. Dispensa[289] hijita la franqueza, que si el vestido se mancha yo te lo pagaré».

El joven después de guardar a esquela que acababa de leer agregó:

Así es el lujo de algunas señoras que llevan vestidos como éste que cuesta doscientos soles cuando la renta del marido no es sino de ochenta soles mensuales.

—Y dígame Ud. —dijo uno— si esa señora hubiera venido pobremente vestida con su traje de percal[290], que es lo que buenamente podría llevar, ¿cree Ud. que todos esos que en este momento le doblan la espina dorsal más que a sus méritos personales a su elegante *toilette*, cree Ud. que se acercarían siquiera donde ella?

—¡Phist! eso es cierto, pero...

—Amigo mío, nosotros rendimos homenaje más que a las virtudes, al lujo de las mujeres y luego queremos que no sacrifiquen la virtud para alcanzar el lujo.

---

287 La primera edición en libro presenta leves variantes en este párrafo: «...la buena sociedad; y luego, tenía pasiones groseras...invencibles y ella, que se entusiamaba con lo bueno...».

288 *Cerner*: amenazar, mantenerse en el aire.

289 *Dispensar*: disculpar.

290 *Percal*: tela de algodón más o menos fina de escaso precio.

—Vaya que razona Ud. como todo un moralista.

—Le diré más, hace pocos días que la señora O., que como Ud. sabe es esposa de un agente en el Callao y en cuyo escritorio podría poner un rótulo que con toda propiedad dijera: *Agencia de Contrabandos*, me decía: —Ustedes nos estiman por los trapos más que por los méritos; hasta en la calle el saludo que nos dirigen está en relación con nuestro vestido: cariñoso, entusiasta si el vestido es rico y el sombrero flamante, frío y casi obligado si vamos con nuestra *manta* sencilla y nuestro vestido negro, y ¿quieren ustedes que las mujeres no exijamos a nuestros maridos dinero en lugar de honradez...?

—He aquí un tema que se prestaría para escribir un libro entero de moral social.

—¡Cuidado! allí viene Blanca Sol.

—Y ¿qué me dice Ud. de esta belleza soberana?

—Digo que el día menos pensado vamos a ver a un alcornoque[291] *Rubio* llevando la banda presidencial del Perú.

—¡Calle, *no moje*, hombre!

—Acuérdese Ud. de lo que yo le digo.

—Piensa Ud. acaso que los peruanos estamos condenados como los hijos de la maldita Babilonia a llorar eternamente nuestra desgracia.

—A llorarla cada día mayor.

—Pero amigo mío ¿qué datos tiene Ud. para creer en tales despropósitos[292]?...

—¡Pues qué! ¿no sabe Ud. que Blanca Sol es...? Y acercándose al oído de su interlocutor, dijo algunas palabras que los demás no alcanzaron a oír.

En este punto se interrumpió la charla murmuradora de este grupo. Acababan de llegar otros altos personajes a los que fue necesario cederles el asiento.

Entre los concurrentes al baile había muchos de esos jovencitos que en los salones desempeñan el papel de enamorados perpetuos y creen que en calidad de tales deben rendir su corazón a los pies de las mujeres como Blanca.

Cuántos de esos son como ciertos fanáticos: se arrodillan a los pies de un santo sin esperanza de alcanzar el milagro.

Desde que Blanca conquistó el codiciado puesto de mujer a la moda diríase que sus atractivos se habían aumentado, su inteligencia había crecido llegando el prestigio de su nombre a tal y tanta altura que ninguna otra hubiérase atrevido a disputarle la preeminencia.

Casi todos los concurrentes a sus tertulias eran pues, poco o mucho, algo enamorados de ella, pero, como esos espadachines[293] que manejan diestramente[294] las armas, Blanca se batía[295] con todos sin que ninguno pudiera decirle la palabra convencional *touché*[296] con que se designa al vencido.

---

291 *Alcornoque*: necio, estúpido, zopenco.
292 *Despropósito*: dislate, disparate, incongruencia, desatino.
293 *Espadachín*: el que sabe manejar bien la espada.
294 La primera edición en libro pone *directamente* en vez de *diestramente*.
295 *Batir*: combatir, pelear
296 *Touché*: en esgrima, para reconocer que el adversario le ha dado a uno mismo con la espada.

Cuando la lucha tomaba el ardor de la pasión o el tono sentimental del amor, se batía defendiéndose hasta que acudía a lo que en ella era supremo recurso: la risa y el sarcasmo, esos dos congeladores del amor que cuando no lo hielan paralizan por el momento su ardor.

En medio de esta atmósfera cálida y saturada de perfumes, y si es posible la metáfora, diremos también de pasiones, allí Blanca respiraba a pleno pulmón y parecía vivir en el elemento que necesitaba su alma.

Alcides Lescanti, uno de los más seriamente enamorados de Blanca y, por consiguiente, el más cruelmente herido con sus coqueterías, después de algunas estocadas[297] dadas en falso había le dicho:

—Blanca, para las mujeres como Ud. debería la sociedad levantar un presidio[298] en que se les condenara a cadena perpetua o, lo que para ellas sería lo mismo, a amor perpetuo.

—¡Amor perpetuo! —repitió ella— he aquí una palabra que yo sólo comprendería en galeras[299].

Y Blanca díjole a Alcides que si al amor lo pintaban niño y con alas, era por ser esencialmente voluble y ligero estando siempre dispuesto a cambiar y a huir.

En vano quiso Alcides dirigirle apasionada declaración, la cual, como de buen abogado, hubiérala principiado *en toda forma de ley* concluyendo con *por ser de justicia*...

Blanca era para él algo como una golondrina que cuando creía tenerla mejor asida, escapábasele de las manos dejándole siempre la esperanza de cogerla de nuevo.

Y mientras ella *jugaba al amor*, D. Serafín jugaba a las cartas, aunque siempre disgustado y horriblemente contrariado[300] pensando que su esposa estaría bailando y coqueteando con sus numerosos adoradores.

¡Ah! cuánto daría él por saborear tranquilamente la vida íntima del padre de familia rodeado tan sólo de sus hijos y de su esposa.

¡Sus hijos! Algunas veces en medio del regocijo general de una fiesta, sentía que le daban ganas de llorar; se acordaba de *ellos* entregados a manos mercenarias que nunca pueden reemplazar los cuidados de la madre[301].

Pero ¡qué hacer! La sociedad tiene exigencias ineludibles, y él que había tenido la dicha de ser el esposo de una mujer de tan alta posición social, se veía condenado a sufrir resignadamente este eterno martirio de ver que antes que esposa o madre Blanca debía ser *gran señora*.

De estas sus crueles angustias desahogábase sólo con la madre de Blanca, con su suegra, la que siempre fue para él la más cariñosa mamá; pero lejos de hallar consuelo o esperanza de mejoría, la aristocrática señora hundía en el corazón del amoroso esposo más profundamente el dardo que lo hería.

¡Pues qué! ¿Cómo era posible que Blanca fuera madre de sus hijos? Las

---

297 *Estocada*: (*fig.*) punzada, golpe.
298 *Presidio*: prisión.
299 *Galera*: cárcel de mujeres
300 *Contrariado*: apenado, desilusionado, insatisfecho.
301 En la primera edición en libro este párrafo y los dos anteriores forman un solo párrafo.

personas de su elevada posición social se deben a[302] la sociedad antes que a la familia; ella también en su matrimonio había sufrido grandes pesares, no tanto por los vicios de su esposo, cuanto por sostener su rango en sociedad.

Y luego pasaba a referirle cómo había perdido varios hijos no por otra causa que por verse obligada a dejarlos, muchas veces enfermos, entregados al cuidado de las criadas, la peor ralea que hay en el mundo.

¡Oh! las personas de nuestra *condición* somos víctimas de nuestros deberes sociales –exclamaba muy amargamente la orgullosa madre de Blanca.

D. Serafín suspiraba con honda tristeza sin resignarse jamás con los poco razonables argumentos de su aristocrática suegra.

---

302 *Deberse a*: sentirse obligado a.

- XI -

Si el gran d'Orbigny[303] hubiera conocido a ciertos jovencitos de la sociedad limeña, su grande obra sobre las razas de la América meridional, no sólo se hubiera consagrado al estudio del hombre oriundo[304] de América, sino también a la decadencia de la raza blanca del Perú en la que el raquitismo del cuerpo va produciendo mayor raquitismo del espíritu. Empero hoy son ya pocos estos casos y ya se piensa en que es posible corregir esta imperfección, resultado de incompleta y viciosa educación.

¡Ah! ¡Si las mujeres comprendieran cuánto influye la madre en la constitución física y moral del hombre, ellas solas podrían cambiar la faz[305] de las naciones!

Luciano R era uno de esos jóvenes: su cuerpo endeble, su afeminada expresión y su acicalado[306] vestido aveníanse[307] a maravilla con el amaneramiento de sus modales y lo estudiado de su lenguaje. Usaba corbatas de formas extravagantes y colores abigarrados[308], los que no se iban en zaga con los de chalecos y pantalones.

Deprimir a los hombres y adular a las mujeres era uno de los más grandes recursos que ponía él muy sabiamente en juego para ocultar la deficiencia de sus propios méritos. Comprendía que la escasez de su inteligencia lo condenaba a triste figura entre los hombres y esperaba erguirse mejor entre el vulgo de las mujeres.

Dondequiera que se rendía culto a la vanidad, al dinero y a todo lo que en sociedad, sin méritos reales, brilla con el fulgor que le prestan los que componen *el público*, ese público veleidoso[309], ligero que se apasiona de lo superfluo como es la moda, de lo fascinador como es el brillo de los salones; allí

---

303 Alcide d'Orbigny (1802-1857), naturalista francés que realizó expediciones científicas en Sudamérica y escribió de ellas, entre 1835 y 1847, la obra *Viaje a la América meridional* (*Voyage en Amérique méridionale*) entre otras.
304 *Oriundo*: originario.
305 *Faz*: cariz, rostro, fisonomía.
306 *Acicalado*: limpio, arreglado, peripuesto.
307 *Avenirse*: hallarse en armonía.
308 *Abigarrado*: entremezclado, recargado, chillón, estridente.
309 *Veleidoso*: antojadizo, inconstante, caprichoso, voluble.

estaba él como el favorito no de los hombres de talento ni de las mujeres de mérito, sino de toda esa multitud que forma número en sociedad.

Blanca trataba a Luciano con esa familiaridad con que las mujeres de gran tacto social tratan a los que, demasiados pequeños para llamarlos amigos o enemigos, los colocan en el número de los *indiferentes*. Luciano para Blanca no era más que un indiferente.

No obstante, en el público decíase que en el banquete de las concesiones, la señora del Ministro había servido profusamente a sus adoradores y amantes y entre éstos estaba Luciano. Y en prueba de esta aserción citábase ciertas concesiones alcanzadas en negociados en los que él aparecía de *testa*[310].

De esta suerte, la voz pública, repitiendo una impostura, concluyó por hacer ascender a Luciano de adorador a verdadero amante de la señora Rubio.

Ella miraba con desprecio a Luciano, al que sólo aceptaba en su casa como un porta–noticias que necesitaba para amenizar su vida; él, por su parte, contribuía a confirmar esas calumnias y con toda la ruindad de sus intenciones llevaba su perfidia[311] hasta decir que Blanca lo recibía en traje de mañana y en su dormitorio.

Era asiduo y constante parroquiano de todos los establecimientos públicos frecuentados por la juventud elegante y alegre donde, con daño de la salud y mengua de la buena digestión, se venden con nombres de aperitivos brebajes que no abren el apetito y sí enferman el estómago, y a más, van generalizando el horrible vicio de la embriaguez y, por ende, enfermedades que la medicina conoce con el nombre de *alcoholismo*.

En el *cachito*[312], Luciano había monopolizado los *ases* [313] del dado con lo que alcanzaba beber doble y gastar sencillo[314].

No se diga por esto que Luciano era dado a la adoración del dios Baco; esto lo desprestigiaría ante la buena sociedad a la cual pertenecía.

Luciano era, pues, hombre a la moda.

¿Cuáles eran sus méritos? Hay hombres que en sociedad suben muy alto como la raposa[315] de la fábula a *fuerza de arrastrarse*.

Bailes, conciertos, banquetes, reuniones íntimas, todo un diluvio de invitaciones llegaban a su morada y hubo vez que, como los cirujanos dentistas, necesitó apuntar en su cartera los días y las noches que ya contaba comprometidas.

Luciano pertenecía a una de esas familias que sin bienes de fortuna aspiran a ocupar alto puesto en sociedad y a esta aspiración sacrifican no sólo las comodidades de la vida íntima, sino también los sagrados deberes de la educación de los hijos.

Aquí en Lima, donde hasta los artesanos aspiran a que sus hijos sean doctores ya sea en jurisprudencia o en medicina, los padres de Luciano se con-

---

310 *Testa*: a la cabeza de; frente o cara de alguna cosa o asunto.
311 *Perfidia*: mala fe, deslealtad, insidia, traición.
312 *Cachito*: peruanismo por «[c]ubilete de suela usado para jugar a los dados» (*Diccionario de peruanismos*, 98).
313 *As*: «Punto único señalado en una de las seis caras del dado» *(DRAE)*.
314 *Sencillo*: suelto, conjunto de monedas fraccionarias.
315 *Raposa*: zorra, vulpeja.

formaron con enseñarle a maltratar un poco el francés y un poco más su propio idioma.

Pero ¿qué importan los títulos de sabiduría cuando se posee el don de saber vivir en sociedad?...

Luciano conocía el arte de la adulación llevado al último grado de perfección. Sabía saludar bajando el sombrero más o menos no según él grado de amistad que lo unía a una señora, sino según eran pingües[316] los caudales de la saludada.

Sabía al dedillo[317] la cantidad a que ascendía la fortuna de todas las niñas casaderas de Lima. Y cuando algún amigo suyo extremaba la riqueza de la señorita Tal, él con tono despreciativo decía:

—¡Quia! si no tiene más que la hacienda de... y ésa es puro monte.

Conocía con pelos y señales[318] la genealogía de las más encopetadas[319] señoras de Lima. De la una decía que su madre había vivido en alegre tiendecita en la que, al decir de las gentes, vendía cigarrillos, pero que en realidad vendía algo mejor que le dejaba, sin gastar la mercadería, inmensas utilidades. Y a este tenor eran los apuntes genealógicos dados por Luciano de la mayor parte de las que lo invitaban y lo honraban con su amistad.

En presencia de esas mismas señoras, él sabía decir cosas muy graves sin que se le pudiera llamar maldiciente[320].

En los grandes bailes y recepciones públicas era sin disputa uno de los elegidos para las comisiones de recepción; estas comisiones las desempeñaba él con delicadeza y distinción.

Acontecíale con frecuencia el verse mortificado al darle el brazo a alguna señora de alta estatura que, presentando el término de comparación, resultaba él demasiado pequeño, casi ridículo. Pero él soportaba estas mortificaciones hallándose bien compensado siempre que, a pesar de su pequeña estatura, ocupara el punto más visible de la reunión.

Su conversación al decir de sus amigas era amena y entretenida. Nadie como él sabía y refería cosas tan interesantes como, por ejemplo, que los brillantes de la señora R. no eran comprados de la joyería sino de relance[321] y, por consiguiente, había pagado sólo la cuarta parte de su precio. Que los de la señora M. eran regalados. ¿De dónde tendría ella para comprar esos brillantes? Conocía la procedencia de los ricos encajes de la señora H. ¡Bah! si los compró de una artista que en sus apuros de viaje se desprendió a vil precio de sus encajes.

¡Ah! qué de cosas interesantes sabía Luciano. ¿Y en la política?... Y en las finanzas...

Qué falta podía hacerle la instrucción. ¿Para qué la necesitaba? Las niñas, decía él, se quedarían dormidas si yo fuese a hablarles de *cosas pesadas*. Y estas

316 *Pingüe*: abundante, cuantioso.
317 *Saber al dedillo*: saber una cosa perfectamente.
318 *Pelos y señales*: «[p]ormenores y circunstancias de algo» *(DRAE)*.
319 *Encopetado*: presumido, linajudo, aristocrático.
320 En la primera edición en libro este párrafo forma uno solo con el anterior.
321 *De relance*: de segundo lance.

cosas pesadas, según el entender de Luciano, abarcaban todo lo que no fuera la chismografía de los salones.

Con los amigos hablaba de mujeres, de música, de toros, de caballos y más que de todo esto, hablaba él de política, que la política es entre nosotros el gran recurso de los ignorantes, de los ociosos y de los que no saben de qué hablar.

Todos decían, y el mundo entero repetía, que Luciano era rico; pero nadie conocía ni sus propiedades ni sus rentas. A pesar de esto ¿quién puso en tela de juicio[322] los caudales de Luciano?

Como hombre a la moda, él era codiciado por los papás con hijas casaderas y viudas jóvenes que deseaban sacrificarle a Cupido su, para ellas, querida libertad.

Luciano se dejaba mimar y cumplía con suma galantería su cometido de adorador perpetuo del sexo llamado bello.

Desde muy temprano llegó a descubrir que este papel de enamorado podría traerle grandes ventajas y especuló a maravilla su condición de soltero y de *partido codiciable*.

Cuando él necesitaba un empeño (y es necesario no olvidar que si el diccionario da a esta palabra un significado natural y lógico, entre nosotros es algo más; es la gran palanca de poder incalculable con que se remueve todo el mundo social), cuando él necesitaba un *empeño* para uno de los Ministros de Estado o para algún otro personaje influyente de la sociedad hacía esta sencilla pregunta: ¿Tiene hijas casaderas?

—¡Sí! pues el campo es mío.

Y Luciano desde este día se declaraba pretendiente de la hija del Ministro o de otro a quien necesitara.

No importaba que la niña, con la altivez y el buen tino de la mujer limeña, despreciara a Luciano; el papá, que veía en él un *partido codiciable*, lo agasajaba[323] y desde ese día lo tomaba bajo su protección.

Con esta práctica de pretendiente de unas y enamorado de otras, había él conseguido puestos honoríficos y destinos codiciables.

Pero, qué mucho que los papás lo protegieran y las mamás lo mimaran, si hasta las corporaciones literarias más respetables que honran a nuestro país como era el Club Literario de Lima[324] lo nombró socio con gran asombro del mismo Luciano, que vino un día a caer en la cuenta que él escribía *hombre* sin *h* y *ojos* con *h*...

Pero ¡qué hacer! Luciano era hombre a la moda y hasta las corporaciones más sabias suelen dejarse arrastrar por la irresistible corriente de la moda.

Otra recomendación contaba Luciano y ésta era de gran valía para las niñas juiciosas y las mamás timoratas[325]; oía misa los domingos y días feriados y en la iglesia sabía golpearse el pecho y doblar la espina dorsal con tanta o mayor gracia que en los salones. Es verdad que los templos eran campos de batalla donde él esgrimía sus armas de enamorado y adorador del sexo femenino.

---

322 *Poner en tela de juicio*: dudar, cuestionar.

323 *Agasajar*: mimar, regalar, homenajear.

324 *Club Literario de Lima*: Se derivó de la Sociedad de Amigos de las Letras y en 1874 publicó por primera vez sus *Anales de la Sección de Literatura*. El segundo período del Club Literario se inaugura en 1885.

325 *Timorato*: que tiene temor de Dios.

—¿En qué iglesia oye Ud. misa los domingos? —era la pregunta infalible que él dirigía a una joven cuando quería declarársele su rendido adorador.

Y las misas y las novenas eran otros tantos medios de que él se valía para llevar a cabo sus amorosas conquistas.

Eso sí, tratándose de principios, él no cedía el puesto de liberal del mejor cuño[326], que entre nosotros se precian de liberales hasta los sacristanes de las iglesias.

A la sazón, Luciano se había declarado furiosamente enamorado de la señora Rubio.

Llevaba entre manos *un asuntito* en el que debía entender el Ministro de Justicia y Obras Públicas, y aunque en este asuntito, como ya se dijo, él no era más que *testa* esperaba ganar debido a sus influencias algunos realejos[327].

Sabía que el verdadero Ministro no era el caballeroso D. Serafín, sino su esposa, Blanca Sol, y juzgó que con su papel de enamorado *oficioso y noticioso* conseguiría de la señora del Ministro lo que indudablemente no hubiera alcanzado de don Serafín, el austero cumplidor de su deber.

Blanca se servía de Luciano como se sirven los gobiernos de esa ralea vil que desempeña el oficio de policía secreta.

Luciano era para ella como un agente de la policía chismográfica-amorosa.

¿Cuántas ventajas esperaba él cosechar en este su interesante y honorífico *rol*?

¿Quién podía asegurarle si andando los tiempos no sería él el verdadero amante de la altiva Blanca Sol?

¿Qué más podía ambicionar Luciano? ¿No era acaso el joven mimado de los salones de Lima?

Si una señora quería mudar el mueblaje de su casa, Luciano era llamado a dar su parecer sobre el color y su aprobación sobre la forma de los muebles.

Se trataba de un ministerio que caía y otro que se levantaba (esto sucede entre nosotros cada quincena). Luciano sabía por qué caían los antiguos ministros y daba su fallo sobre los nuevos. Esto de dar su fallo el primer pelafustán[328] que se presenta, ya sabemos, que no es de novedad aquí entre nosotros donde hasta el cocinero y la fregona[329] censuran los actos del gobierno y condenan magistralmente al Ministro de Hacienda.

Cuando una de las amigas de Luciano daba un baile, él era el que tomaba los apuntes para los cronistas de los periódicos, él sabía conocer y distinguía perfectamente *el surá*[330] del *damassée*[331], el *gro*[332] del paño de Lión[333], y en co-

---

326 *Cuño*: marca, huella, señal.

327 *Realejo*: dinero; de *real*, antigua moneda española.

328 *Pelafustán*: pelagato, holgazán, persona insignificante.

329 *Fregona*: criada que se emplea para fregar los platos y los suelos.

330 *Surá*: tela de seda fina.

331 *Damassée*: francés por *damasco*, tela fuerte de seda con dibujos del mismo color que la tela pero tejidos de manera distinta. En la primera edición en libro se usa *damasco* en vez de *damasée*. Por tratarse de una palabra francesa y al seguir la palabra empleada a partir de la segunda edición ponemos esta palabra en letra bastardilla.

332 *Gro*: «[t]ela de seda sin brillo y de más cuerpo que el tafetán», que es una tela de seda muy delgada y tupida. *(DRAE)*.

333 *Lión*: Lyon, ciudad en Francia. En castellano antiguamente se conocía como *León de Francia*. La primera edición en libro trae la grafía León.

nocimiento de encajes y brillantes era más ducho[334] que un mercader de estos artículos.

Los periodistas que, tratándose de descripciones de bailes manifiestan entusiasmo tal que más no sería si se discutiera la preponderancia política y militar del Perú en América, apoderábanse de esos datos y para corresponderle tan señalado servicio agregaban: —Entre las personas notables que asistieron a tan suntuoso baile vimos al señor Luciano R., que nombrado en la comisión de recepción atendía galantemente a sus amigas.

Y Luciano quedaba persuadido que él pertenecía al número de los *notables*. Y ¿cuánto más no lo sería, si él se hubiera consagrado al foro, a la diplomacia o a otra carrera en que luciera sus dotes intelectuales?

Cuando las polémicas de los diarios se enardecían y amenazaban un conflicto, como más de una vez ha sucedido, tratándose de saber si el vestido de la señora Tal fue color *patito* o color *pavo real*, entonces Luciano era el llamado a zanjar[335] la cuestión y su autorizada palabra resolvía el *problema*, serenaba los ánimos y restablecía la armonía próxima a romperse entre los escritores que no llegaban a entenderse sobre tan delicado asunto.

No hay duda, dondequiera que el periodismo rinde homenaje al dinero, los necios son autoridades.

---

334 *Ducho*: entendido, versado, experto.
335 *Zanjar*: resolver, solucionar.

- XII -

Una noche que Alcides en compañía de sus más íntimos amigos cenaba alegremente en uno de los hoteles de Lima, uno de los jóvenes púsose de pie y, tomando la centésima copa de las ya apuradas, levantola en alto diciendo: —Brindo por Blanca Sol la única mujer que ha encadenado el corazón de Alcides Lescanti.

Alcides palideció y con voz un tanto alterada dijo: —Jamás una coqueta, que ha convertido[336] su corazón en moneda feble para repartirla a sus adoradores, será la mujer que encadene mi corazón.

Esta contestación fue para sus amigos no negativa sino confesión de lo que por su corazón pasaba.

Cuando un hombre se indigna con la coquetería de alguna mujer es por ser él una de sus víctimas.

Sus amigos comprendieron cuán verdadero es este principio, rieron de la indignación de Alcides, la que no alcanzaba a disipar esta, para ellos, íntima convicción: que él estaba locamente enamorado de Blanca.

Cada cual decía un chiste o una sátira adecuada a esa situación: —Paréceme mentira que estuvieras enamorado al extremo de enfurecerte[337] contra las coqueterías de Blanca, observa uno.

Otro, al parecer un literato, decía: —Toda la dificultad en conquistar el corazón de una coqueta está, como en las novelas de complicado argumento, en escribir la segunda parte. En el corazón de las coquetas muchos llegan a escribir sólo la primera parte, por eso nunca alcanzan el desenlace.

Lescanti estaba pálido y profundamente contrariado, parecía que furiosa tempestad se desencadenaba en su alma.

El champaña, habíase libado[338] hasta el punto en que se arrebatan las pasiones y se cometen los más grandes desvíos.

Uno de les presentes, aludiendo a las picantes palabras del que había hablado como literato, dijo: —¿Qué dices de esto Alcides?, parece que tú no lle-

---

336   La primera edición en libro presenta una leve variante al principio de este párrafo: «Alcides palideció: —Jamás dijo— una coqueta que ha convertido».

337   La primera edición en libro trae la palabra *amostazarte* en vez de *enfurecerte*, que coloquialmente también equivale a irritarse o enojarse.

338   *Libar*: beber.

garás a escribir la segunda parte en tus amores con Blanca.

—Qué ha de escribirla –observó otro– si Blanca Sol se ríe de Alcides como se ha reído de todos nosotros.

Alcides dio un golpe con el puño en la mesa y con tono resuelto y casi furioso dijo:

—Juro a fe de Alcides Lescanti que antes de un mes seré dueño de Blanca Sol[339].

—¡Bravísimo! –exclamaron entusiasmados todos sus amigos[340].

—Si tal alcanzas, te regalo mi yegua Mascotta que ganó en las últimas carreras.

—Y yo te regalo mi colección de *huacos*[341] que tú tanto codicias.

—Y yo –dijo un tercero– te doy un almuerzo en los jardines de la Exposición y te corono de mirto[342] y de laurel[343] como a los antiguos vencedores.

Todos hicieron apuestas interesantes y valiosas más o menos como las anteriores dándole a las palabras de Alcides el carácter de un reto importante.

Alcides arrugó el ceño y con tono disgustado contestó:

—¿Creen Uds. que yo soy de esos hombre que conquistan[344] a una mujer para lucirla como lucen soles de oro ciertos jovencitos que llevan toda su fortuna en el bolsillo?

Uno de los presentes, sin dar importancia a las palabras de Alcides, Señores –dijo– hoy es doce de agosto y por tanto el doce de setiembre nos reuniremos aquí en la misma intimidad de hoy y premiaremos al gran vencedor, al héroe de la apuesta.

Los ¡*Hurras*! y los ¡*Bravos*! atronadores seguidos de largos palmoteos respondieron a las palabras de los dos jóvenes que acababan de dar tan feliz idea.

Todos se miraron los unos a los otros como para asegurarse una vez más que estaban entre *amigos de confianza* y en un cuarto reservado donde nadie podía escucharlos[345].

Uno de los jóvenes acercose a Alcides y hablándole muy quedo díjole:

—¡Imprudente! Te has olvidado que está entre nosotros Luciano, el enamorado oficioso de Blanca. ¡Cuidado!

Alcides alzose de hombros.

—Mira, con estos dos dedos puedo yo estrangular a Luciano. No temas, los cobardes son siempre prudentes y discretos.

—Cuidado, pues, ya sabes que Blanca es mujer vengativa y puede hacerte algún daño.

—¡Qué puede hacer una débil mujer!

---

339   En la primera edición en libro está lo siguiente: «—Juro a fe de Alcides Lescanti que yo alcanzaré que Blanca Sol no se ría más de mí».

340   A partir de la segunda edición en libro se añade, después de la palabra *entusiamados*, lo que sigue de la oración («todos sus amigos»).

341   *Huaco*: en el Perú se refiere a un objeto de cerámica del período precolombino.

342   *Mirto*: llamado también *arrayán*, es un arbusto de flores blancas y follaje siempre verde. Con coronas de mirto se honraba a los campeones olímpicos en la antigua Grecia.

343   *Laurel*: árbol siempre verde de flores blanco verdoso. Con las hojas del laurel se elaboraban coronas triunfales usadas por generales y emperadores de la antigua Roma.

344   La primera edición en libro trae *conquisto* por *conquistan*.

345   En la primera edición en libro este párrafo forma uno solo con el anterior.

—Las mujeres pueden mucho cuando quieren.

Después de un momento se retiraron todos preocupados con la apuesta de Alcides, pero sin ver en ella más que una de las jactanciosas[346] baladronadas[347] con que muchos de ellos, menos Alcides, solían amenizar sus báquicas[348] cenas.

Alcides, arrepentido de su apuesta y contrariado de hallarse en tal situación, salió de allí con el propósito firme de no volver a hablar más de ella considerando sus palabras no más que como el resultado de la exaltación traída por la champaña y quizá también por su amor propio herido.

Alcides esperaba la discreción y el secreto contando que todos los presentes eran amigos suyos.

Pero los hombres suelen ser buenos amigos entre sí siempre que mutuamente se halaguen el amor propio y no se toque jamás sus intereses.

Así eran amigos Luciano y Alcides.

Pero más que amigo de Alcides, Luciano quería ser enamorado de Blanca, enamorado oficioso que le valió el título de amigo *Reporter* con el que ella quería significarle que él no debía llegar a su casa sino como llegan a las oficinas de los periódicos los *reporters*.

Luciano cumplía su cometido y se consideraba remunerado si ella le decía:

—Es Ud. mi mejor y más útil amigo.

—Soy más que su amigo, su esclavo.

—Qué dicha tener amigos como Ud.

—Qué dicha amar a mujeres como Ud.

—No me hable de amor, concluirá Ud. por malograr nuestra buena amistad.

—No me hable de amistad, concluirá Ud. por matar las más bellas esperanzas de mi vida.

—¿Cuáles son?

—Ser algún día el hombre que llegue a encender ese corazón de hielo.

—¡Cuidado! que puede quemarse en la llama.

—Ésa es mi ambición, ¿no la realizaré jamás?

—Atrevida es la pregunta.

—Perdone Ud.... brota del alma.

—Pero no llega a la mía.

—¿No llegará algún día?

—Quién sabe...

—Me enloquece la esperanza.

Blanca acercose a Luciano y con voz cariñosa a la par que burlona díjole:

—Bienaventurados los que han hambre y sed de justicia, porque de ellos es el reino de los cielos... y haciendo una mueca llena de gracia y lisura se alejó dejando a Luciano ebrio de amor y esperanza.

Estos y otros semejantes eran los diálogos que Blanca sostenía con fre-

---

346 *Jactancioso*: presumido, arrogante, fatuo.
347 *Baladronada*: alarde, bravuconada, desplante, fanfarronada.
348 *Báquico*: relativo a Baco, dios del vino en la mitología clásica, y por ende, relativo a la embriaguez.

cuencia para mantener, como las vírgenes de Vesta[349], el fuego sagrado del amor en el corazón de sus adoradores.

Así daba pábulo[350] a las pretensiones de los vanidosos, de los necios, de los pequeños que necesitaban del nombre de amantes de ella como de un pedestal para levantarse algo más arriba del suelo.

Ninguno de sus enamorados se consideraba ser él el único excluido de los favores de la señora de Rubio; lejos de esto, esperaban su turno para cuando ella se *cansara del preferido* del que todos miraban con envidiosos ojos. Por entonces el preferido era, al decir de ellos, un Ministro de Estado, un señor de muy *altas campanillas*[351], que Blanca, como en los tiempos de su soltería, aceptaba tan sólo por interés, por especulación y, puesto que Alcides era hombre acaudalado, no le sería difícil realizar su propósito.

Si la noche de la cena se dijo que Blanca se reía de Alcides como se había reído de todos los presentes, fue tan sólo como medio de herir su amor propio.

---

349 *Vesta*: diosa del fuego y del hogar entre los romanos, correspondiente a Hestia de los griegos. Sus sacerdotisas eran las vírgenes Vestales siendo dos en número en su origen, luego cuatro y luego seis. Usaban ropas blancas que debían mantenerse inmaculadamente limpias y también debían mantenerse castas durante su servicio, el cual duraba hasta que tuviesen 36 o 40 años, cuando se les permitía casarse. Se les requería mantener el fuego sagrado en el templo y eran severamente castigadas si el fuego se apagaba. El castigo por romper el voto de la castidad era aun mas grave: se la encerrada y dejaba morir lentamente.

350 *Dar pábulo*: dar incentivo, dar sustento, motivo o fundamento a algo.

351 *Altas campanillas*: persona de gran autoridad.

- XIII -

Luciano se frotaba las manos de contento. Estaba en posesión de un gran secreto que debía llenar de asombro a la señora de Rubio.

Qué diría cuando él le dijera: —Su honor está en peligro; yo poseo la clave para salvarlo, para descubrir el complot urdido[352] contra Ud. Yo que la amo y en servicio de Ud. traiciono la amistad a cambio de una mirada cariñosa, de una palabra de afecto[353].

¡Oh! ¡qué dicha! de fijo que ella retornaría tan señalado servicio con elocuentes manifestaciones de cariño que excitarían la envidia de sus numerosos adoradores.

Y aquella noche había gran baile en casa de Blanca. ¡Qué feliz casualidad!

Él pasaría toda la noche en íntimas confidencias con ella. Lo principal en este caso era darle a su revelación el tono solemne y misterioso que despertara interés y asombro en su ánimo.

Bien pensado, el asunto lo merecía. ¡Una apuesta lanzada en uno de los hoteles de Lima, ni más ni menos que si de una jugada de gallos o de una carrera de caballos se tratara! ¡Y era él quien debía divulgar tal infamia, tal deslealtad!

A Luciano *se le hacía agua la boca* pensando que esta vez si merecería el título de *Reporter* con que lo favorecía su querida amiga[354].

Pero cuál sería su asombro cuando aquella noche de gran baile Blanca por toda contestación a las primeras palabras de la misteriosa revelación de Luciano había prorrumpido en estrepitosas carcajadas:

—¡Bah! ¡ja!... ja... ja! qué inocente es Ud...

Luciano palideció. La risa de la señora de Rubio era de aquellas que hielan la sangre.

—Señora, su honor está verdaderamente en peligro, en tan poco lo estima Ud. que ríe como si se tratara de algo muy pequeño.

---

352 *Urdido*: tramado, confabulado, conspirado.
353 En la primera edición en libro este párrafo y el anterior forman uno solo.
354 Este párrafo y los cuatro anteriores formaban un párrafo en la primera edición en libro.

Blanca miró a Luciano con aire de supremo desdén y marcando con intención sus palabras díjole:

—¡Pues qué! ¿no sabe Ud. que las mujeres *como yo* guardamos el honor en la caja de fierro en que nuestros maridos guardan sus escudos? Y la sociedad no ataca el honor de la mujer sino cuando la caja del marido está vacía.

—¡Blanca no diga Ud. eso! –hábíale dicho Luciano estupefacto y pasmado por más que conociera las ideas en que abundaba ella.

—Cuando la caja está bien repleta como está la de Rubio, no hay cuidado de que se pierda el honor –hábíale contestado con altanería.

Después de oír estas palabras Luciano hizo una cortés reverencia resuelto a retirarse.

Blanca lo detuvo diciéndole: —De esta advertencia[355], quiero que me diga Ud. ese secreto y no se irá sin revelármelo.

—Señora... no me atrevo...

—Hable Ud., se lo pido en nombre de nuestra buena amistad.

—Es algo muy grave.

—No conozco nada grave si es que puede remediarse.

Luciano cumplió su cometido de enamorado oficioso y noticioso refiriendo con todos sus detalles la escena que ya conocemos en que Alcides pronunció este atrevido juramento:

—Juro a fe de Alcides Lescanti que antes de un mes seré dueño de Blanca Sol[356].

La señora Rubio palideció, no de rabia e indignación sino de emoción. ¿Presentía tal vez su corazón que el juramento de Alcides debía cumplirse?

Un momento después, Blanca, agitada, buscaba algo que la distrajera y calmara la impresión recibida con tan inesperada noticia. En su espíritu las emociones violentas necesitaban neutralizarse con otras nuevas.

Quizá si sólo en ese momento comprendió cuánto amaba a Alcides.

¡Cuántas veces una pasión necesita para adquirir toda su vehemencia del choque violento de difíciles y complicadas situaciones!

Hay mujeres para quienes el amor sólo principia con la lucha, con el combate, como esos marinos que gustan ver desatarse la tempestad aunque ella los envuelva en sus encrespados[357] torbellinos[358].

Bajo la influencia de estas emociones, más de pasión que de odio, acercose a una mesa donde algunos *fuertes* jugadores jugaban el muy conocido rocambor[359]; éstos eran fuertes no tanto por la maestría de su juego, cuanto por las gruesas sumas que cruzaban en las apuestas.

---

355 La primera edición en libro omite la frase que abre el párrafo («Blanca lo detuvo diciéndole:») y también presenta una leve variante: «-Después de esta advertencia...».

356 La primera edición en libro presenta una variante de esta declaración de Alcides: «-Juro a fe de Alcides Lescanti que yo llegaré a alcanzar que Blanca Sol no se ría de mí».

357 *Encrespado*: agitado, furioso.

358 *Torbellino*: remolino de viento, ciclón.

359 *Rocambor*: juego de cartas muy parecido al tresillo, que se juega entre tres personas y en el cual gana el que hace mayor número de bazas. El juego se remonta a finales del siglo XVIII y fue conocido primero como *rocambor*, luego como *mediator*, después como *tresillo de voltereta* y, por último, simplemente como *tresillo*.

—Vengo a *ilustrarles* su monótono rocambor –dijo dirigiéndose a uno de los jugadores.

—¡Magnífico! –exclamó éste poniéndose de pie.

—Un *montecito*[360] viene muy bien de las manos de Ud. –observó otro dirigiéndole una reverencia.

—Sí, voy a tallarles[361] un *monte*, pero ha de ser con apuestas gruesas –dijo Blanca con la voz vibrante de emoción.

Blanca acostumbraba jugar a las cartas como jugaba al amor buscando en ambos juegos, no más que las fuertes emociones que su turbulento espíritu necesitaba.

Bien pronto un numeroso círculo de amigos rodeaban a la señora de Rubio que principió a tallar con maestría tal que mejor no lo haría el más sereno y avezado[362] jugador.

Aunque muchas personas le exigían que ocupara un asiento ella lo rehusó y quiso permanecer de pie como si así pudiera dominar mejor a los demás jugadores.

La suerte principió a favorecerla notablemente.

Blanca doblaba las cartas y recogía el dinero con gran desembarazo y donaire dirigiendo alguna palabra aguda o alguna expresión chistosa a cada uno de los presentes.

En ese momento se acercó a la mesa Alcides.

Entre las cartas que Blanca acababa de tirar sobre el tapete apareció un rey de espadas.

Blanca miró a Alcides y en tono de desafío díjole:

—Señor Lescanti, ¿cuánto va Ud. a este rey de espadas?

Él con tranquila y risueña expresión contestó:

—Voy cien soles al rey de espadas.

—¿Nada más? –preguntó con tono despreciativo.

—Pues van quinientos soles –dijo él algo picado[363].

Ella acentuando con intención sus palabras agregó:

—Fíjese Ud. que el rey representa el número 12.

Alcides palideció recordando la fecha que sus amigos fijaron para declararlo amante de Blanca y acercándose con vivo interés a la mesa dijo:

—Pues bien, van dos mil soles.

—¿Ése es su último esfuerzo? –preguntó ella riendo con aire desdeñoso.

—¿Tan segura está Ud. de ganar? dijo él mirando con fiereza y atrevimiento a Blanca, la que con burlona sonrisa contestó:

—El número 12 me traerá siempre el triunfo.

—El número 12 me lo dará a mí también.

—La suerte me protege con descaro, decididamente.

—También a mí me ha protegido siempre del mismo modo.

—¿Ha cerrado Ud. su apuesta?

---

360   *Monte*: cierto juego de naipes de envite y azar.
361   *Tallar*: llevar la baraja en el monte.
362   *Avezado*: diestro, veterano, experto.
363   *Picado*: contrariado, enfadado.

—No, quiero doblarla, van cuatro mil soles.

Al escuchar esta apuesta todos se miraron asombrados.

No obstante de ser toda gente acostumbrada a perder y ganar gruesas sumas, no estaban del todo familiarizados a ver a una señora cruzando apuestas de cuatro mil soles.

La mirada profunda, centelleante[364], fascinadora de Alcides envolvía, si así puede decirse, a Blanca en su fluídica atracción.

Sin saber por qué ella sintió gran perturbación, cual si esa especie de fuerza magnética que se desprende del jugador que *está en suerte*, hubiérala repentinamente abandonado.

Como mujer nerviosa e impresionable sintió la influencia de la mirada de Alcides.

—¿Están concluidas las apuestas? preguntó algo turbada.

—Sí, puede Ud. correr el naipe, dijo Alcides.

—*Me voy* –dijo Blanca, usando del tecnicismo propio de jugadores, y con visible emoción principió a pasar con gran lentitud las cartas; diríase que cada una detenía por un instante las palpitaciones de su corazón.

También Alcides, con la mirada lúcida, la respiración agitada y mordiéndose con furia los labios, miraba las cartas que ella corría lentamente.

Después de haber pasado diez o doce, Alcides con ademán de involuntaria sorpresa y con gozosa arrogancia exclamó:

—¡Rey, he ganado!

Las palabras de Alcides produjeron en ella el mismo efecto que una descarga eléctrica.

Quizá si más que la pérdida de cuatro mil soles sentía la impresión de los amorosos brazos de Alcides que la estrechaban apasionadamente.

Él con la galantería del hombre de mundo díjole:

—Aún le queda *el desquite*[365].

—Sí –dijo ella en tono de desafío –aún me queda el desquite.

Blanca continuó jugando, pero Alcides se abstuvo de tomar parte en las apuestas.

La suerte continuó siendo cada vez más adversa para la desdeñosa esposa de don Serafín.

Como si las emociones del juego contribuyeran a disipar o cuando menos a amenguar las del amor, aquella noche contra su costumbre quiso jugar largo y fuerte[366].

Cuando el juego hubo terminado, dirigiose a su esposo y con tono de mando díjole:

—Ve a la mesa de juego y paga diez mil soles que he perdido.

—¡Diez mil soles! –repitió aterrado don Serafín que aunque estaba habituado a pagar algunas de las deudas contraídas en el juego por su esposa nunca la suma había subido hasta tan alta cifra.

---

364 *Centelleante*: brillante, radiante, resplandeciente.
365 *Desquite*: revancha, resarcirse de una pérdida.
366 Este párrafo se añade a partir de la segunda edición en libro.

D. Serafín se retorció con furia los bigotes y hubiera cometido la imprudencia[367] de rehusar el pago a no haber acudido a su mente salvadora reflexión
cuya virtud, como un cordial[368], corroboró y confortó su espíritu serenando
sus iras próximas a estallar a causa de esos malditos diez mil soles perdidos
por Blanca.

D. Serafín reflexionó, pues, que diez mil soles debía él mirarlos como una
patarata[369] siempre que su esposa perdiera dinero en vez de perder algo de
más valor, el corazón, por ejemplo.

No obstante estas reflexiones, cuando los convidados hubiéronse retirado
y ellos quedaron solos, D. Serafín acercose a Blanca y con acento que procuró
endulzar cuanto le fue posible y asiéndola cariñosamente por la mano díjole:

—Mira, hijita mía, es necesario que tengas un poco más de juicio.

—¿Y qué llamas tú tener juicio?

—Esta noche llevas perdidos diez mil soles.

—Bien, ¿qué hay de nuevo en eso?

—Que estas pérdidas concluirán por traerme serios quebrantos en mi
fortuna.

—¡Siempre la misma canción! –dijo Blanca algo enfadada.

—Te disgustas cuando te hablo de esto, pero es preciso que tú sepas que
de largo tiempo mis rentas no son ya suficientes para sostener tus gastos, y
digo gastos por no decir derroches que es la verdadera palabra, agregó D.
Serafín tornando aire azas imponente que al sentir de Blanca veníale muy
mal.

—¿Te propones disgustarme? –interrogó ella con el tono desdeñoso con
que acostumbraba hablarle.

—No hijita – dijo él endulzando su voz de ordinario algo chillona–
quiero que pienses que tenemos seis hijos, que tú y yo estamos aún muy jóvenes y podemos tener otros seis más.

—¡Dios mío! ¡Seis hijos más! exclamó Blanca horrorizada como si hasta
ese momento no le hubiera ocurrido la idea de que podía muy bien tener,
como decía su esposo, seis hijos más.

D. Serafín, juzgó haber herido la cuerda patética de la situación y continuó:

—Sí, seis hijos más y al paso que vamos tú y tus doce hijos llegarán un día
a verse pidiendo limosna de puerta en puerta y nadie se compadecerá de ti recordando que derrochaste la fortuna que mi buen padre alcanzó a reunir a
fuerza de economía y trabajo.

Blanca sacudió su cabeza con altivez como si temiera que esta relación pudiera mancharla, y luego poniéndose de pie y con acento de tranquila convicción dijo:

—Al escuchar el tono melodramático que empleas para pintar mi futura
miseria cualquiera juzgaría que nos encontramos en vísperas[370] de un fracaso
irreparable.

---

367   La primera edición en libro trae la palabra *impertinencia* en vez de *imprudencia*.
368   *Cordial*: «Bebida que se da a los enfermos, compuesta de varios ingredientes propios para
       confortarlos» *(DRAE)*.
369   *Patarata*: ridiculez, tontería, cosa ridícula.
370   *En vísperas de*: próximo a.

—¡Quién sabe si no está lejos! –exclamó D. Serafín con profética entonación.

—Escúchame Rubio –dijo ella con gracia y dulzura– tengo fe en el porvenir, mi estrella jamás se ha nublado; no temas y ya verás que siempre nos sonreirá la fortuna.

Y risueña, tranquila, bellísima dirigiose a sus habitaciones.

D. Serafín mirándola partir exclamó.

—¡No hay remedio, mi ruina es inevitable!...

Un momento después ambos estaban en el lecho. Ella pensando en la apuesta del *rey de espadas*; él en la próxima y espantosa ruina de su fortuna.

Blanca se revolvía en el lecho, agitada, nerviosa sintiendo deseos de levantarse e ir a respirar el aire libre de los balcones, necesario para calmar en ese momento el fuego del pensamiento que enardecía su frente. De vez en cuando hondo y largo suspiro se exhalaba de su pecho.

Don Serafín, que también estaba como ella desvelado, regocijábase con las angustias y agitaciones de su esposa, las que él tradujo con estas palabras: Es el arrepentimiento por los diez mil soles que ha perdido.

¡Tonto! Blanca no volvió a pensar en la pérdida del dinero, pero sí pensaba en la apuesta de Alcides.

Y D. Serafín[371], para dar mayor gravedad a la situación y acentuar más profundamente aquel supuesto arrepentimiento, hablole así:

—¡Blanca! ¿estás dormida?

—No, estoy horriblemente desvelada.

—Es natural.

—Natural ¿por qué?

—¿Crees que después de haber perdido diez mil soles se puede dormir tranquilamente?

—¡Ah! lo había olvidado.

—*No lo confiesa* –se dijo él y agregó:

—Mañana me despertarás muy temprano si es que me duermo.

—Está bien –contestó ella disgustada de haber sido interrumpida en sus amorosas reflexiones.

—Mañana necesito salir temprano para buscar los diez mil soles que...

—Cierto, no lo olvides, si fuera cantidad más pequeña podíamos hacer como otras veces.

—¿Qué?

—No pagar.

—¡Oh, imposible! ¿Qué se diría de mí ahora que soy Ministro? Mañana antes de las doce del día pagaré esos diez mil soles.

—¡Qué hacer! Y Blanca después de esta exclamación fingió dormir tranquilamente. Él continuó hablando:

—Tendré que hipotecar por segunda vez mi casa de la calle de...

---

371 A partir de la segunda edición en libro se añade aquí *D. Serafín* a este párrafo.

—¡Cómo! ¿También ésa la tienes ya hipotecada?

—Ésa y todas. ¿Lo ignoras? ¡Ah! es que sólo yo comprendo la ruina que se me espera, sólo yo sé hasta donde alcanza esta serie de deudas o hipotecas que tú te empeñas en ignorar...

—¡Calla! ¡Déjame dormir! –contestó ella[372].

Aquí estallaron las iras de D. Serafín. Encendió la luz pareciéndole que así podrían producir mejor efecto sus palabras.

Pagar diez mil soles del juego cuando las rentas no alcanzaban para los gastos ordinarios de la casa; ¡esto no era posible soportarlo en silencio!

Habló, vociferó, maldijo de su suerte. Su cariño y sus condescendencias eran causa de esta situación. Para vivir así valía más morir; pero ya pondría remedio a esta situación cada día más insoportable. Apenas salía de una deuda que ya otra más apremiante llegaba; y todas eran resultados de gastos super-fluos, todos eran en la casa derroches, despilfarros[373]; a seguir así él concluiría por levantarse[374] la tapa de los sesos[375]... Sólo por sus hijos podía arrostrar[376] trances tan amargos y situaciones tan violentas.

¡Oh! aquello fue borbotones[377] de palabras y escupitajos de bilis[378]...

Pero, en lo más acalorado de su monólogo, fue preciso callar...[379]

¿Para qué continuar hablando? Sería lo mismo que hablarle a las sombras... ¡Blanca se había dormido!... ¡Sí, no podía dudarlo, estaba dormida!

Cuando alguno de estos ímpetus coléricos acometía a D. Serafín, su esposa tenía el buen tino de guardar silencio y esta vez hasta fingió dormirse.

Y luego aquella palabrería insustancial la desviaba del punto donde ella quería fijar su pensamiento.

¡Alcides! Maldita apuesta que no se separaba un momento de su recuerdo[380].

Cualquiera diría que había bastado conocer la osadía con que él había jurado poseerla para que ella se enamorara y quizá también lo amara apasionadamente.

Lejos de sentir indignación, vergüenza, deseo de vengarse sentía deseo de ver a Alcides, de coquetear con él, de incitarlo al amor con toda la astucia y el artificio con que ella sabía deducir.

El día siguiente fue para D. Serafín de grandes apuros, de premiosas idas y venidas, de mirar el reloj contando los minutos trascurridos. Habíase propuesto pagar las deudas de su esposa antes de las doce del día. Y... ¡¡las pagó!!... ¡¡¡Sí, las pagó!!!...

---

372   Esta respuesta de Blanca y la última oración del párrafo anterior están omitidas en la primera edición en libro. En otras palabras, se omite desde «¡Ah! es que sólo yo...» hasta «¡Déjame dormir!- contestó ella».

373   *Despilfarro*: dilapidación, malgastado.

374   La primera edición en libro trae la palabra *destaparse* por *levantarse*.

375   *Levantarse la tapa de los sesos*: suicidarse con un tiro de pistola en la sien.

376   *Arrostrar*: enfrentarse, dar la cara, hacer frente.

377   *A borbotones*: atropelladamente.

378   *Escupitajos de bilis*: expresiones de cólera e irritabilidad.

379   En la primera edición en libro este párrafo y el anterior forman uno solo.

380   En la primera edición en libro este párrafo y el anterior forman uno solo.

- XIV [381] -

En este *medio ambiente* cargado de galanterías, de lisonjas y requiebros[382] en el que vivía la señora Rubio siendo ella la más coqueta, la más despreocupada y quizá también la que menos amaba a su esposo, ¿quién no había de juzgar que ella hubiera llegado con su andar atrevido hasta penetrar en el abismo del adulterio, y en la despreocupación de su carácter imaginarse que aquello fue no más que pasajera caída una de las muchas que se dan en el vertiginoso vals de dos tiempos[383]?

¿Qué fue aquello? ¡Nada! Un resbalón en el tapiz del salón. Así pudo ella muy bien haber dicho[384].

Pues bien, téngase muy en cuenta que en los diez años de matrimonio que han trascurrido Blanca no le fue nunca infiel a D. Serafín.

¿Por qué ha sucedido así? ¿Puede realizarse esta antítesis del sentimiento moral?

Es acaso cierto aquel pensamiento de Víctor Hugo[385] en que dice hablando de la caída de una mujer: «Hay ciertas naturalezas generosas que se entregan, y una de las magnanimidades de la mujer es el ceder»[386].

De donde será forzoso inferir que la mujer egoísta, calculadora, vana será la menos expuesta a caer.

Sí, cierto, hay magnanimidades que llevan a una caída como hay egoísmos que llevan a una virtud.

---

381 Como se ha mencionado en el estudio preliminar a esta edición, este capítulo apareció publicado también en *El Perú Ilustrado* (Año 2, No 91, 2 de febrero de 1889, pág. 902), que decía reproducirlo de la versión de *La Nación*.

382 *Requiebro*: frase con que se adula a una mujer; piropo.

383 A partir de la segunda edición en libro, la última frase de esta pregunta («y en la despreocupación...») forma una oración separada. El sentido de ésta indica que forma parte de la pregunta de ahí que se mantenga aquí lo consignado en la primera edición.

384 En la primera edición en libro y en la versión en folletín de *La Nación* (a juzgar por lo publicado en *El Perú Ilustrado*) este párrafo forma con el anterior uno solo.

385 *Víctor Hugo*: uno de los escritores franceses más conocidos de todos los tiempos. Nace en Besanzón (1802) y muere en París en 1885.

386 Cita proveniente de *Los miserables* de Víctor Hugo. Se encuentra en el primer capítulo («Pleine lumière») del octavo libro («Les Enchantements et les désolations») de la cuarta parte: «[I]l y a des natures généreuses qui se livrent, et Cosette en était une. Une des magnanimités de la femme, c'est de céder».

Preciso es confesarlo resueltamente, muchas virtudes sociales provienen de grandes imperfecciones del alma, así como muchas culpas nacen de grandes cualidades del corazón.

¿Cuántas mujeres caídas simbolizan una alma generosa, amante, tierna, abnegada...?

¿Cuántas fidelidades conyugales simbolizan, por otra porte, vanidad, egoísmo, frivolidad, futileza?

¿Veis aquella mujer? Es una joven. Lleva severo vestido negro de rigurosa sencillez y parece arrastrar el duelo de sus muertas ilusiones.

¡Ah! Es un alma que ha amado; ha amado tanto que juzgó que sacrificar familia honra, porvenir, todo en aras de su amor aún era poco. No importa que a cambio de sus sacrificios sólo cosechara abandono, olvido, desprecio: ella guarda en su alma como en su santuario el recuerdo de su desgraciado amor.

En contraposición a ésta, miremos a una gran señora: es admirada y adulada en todos los círculos sociales. Desde muy temprano aprendió a servirse del amor como de un motor para remover obstáculos, alcanzar influencias y realizar proyectos personificando una de esas figuras que Balzac ha trazado con mano maestra en «Las mujeres sin corazón»[387] ¿Cuáles son pues sus cualidades? Es vana superficial, frívola, orgullosa; ha consagrado todo su tiempo a la moda, al fausto y ha alcanzado por la extravagancia de su tocado y el lujo de sus vestidos que la proclamen reina de la moda. Sus amigos, aquellos que con los mismos defectos de ella la encuentran modelo de perfecciones, la admiran sin alcanzar a descubrir que todas sus grandes cualidades provienen de grandes deformidades del espíritu[388].

No nos extrañe, pues, que Blanca, con iguales defectos e imperfecciones, tal vez sin darse ella misma cuenta de que procedía bien, fuera esposa fiel, no tanto por amor a su esposo, cuanto por falta de amor a otro hombre, no por virtud, sino por... ¿qué diré...? Preciso es confesarlo[389]: el tipo de Blanca aunque real y verdadero, se escapa a toda definición.

¿Será que en ciertas naturalezas la lisonja, la vanidad, el ruido de las fiestas les sirve como de antídoto contra el amor?

O ¿será acaso que, absortas en la contemplación de la propia belleza, han alcanzado acallar la vibradora fibra que el corazón de la mujer amante jamás deja de ser herida por la mano del amor?

Sin que con ninguna de esas suposiciones creamos pueda satisfacerse al observador que estudia los fenómenos sociales que a su vista se presentan, continuaré la historia de la señora Rubio en la que encontraremos uno de los tipos más indefinibles que en la alta sociedad se ven[390].

---

387   Se refiere a la segunda parte (y la más larga) de la novela *La Peau de chagrin* (1831) que se titula «La Femme sans cœur» y cuya heroína Fœdera, la bella y rica condesa rusa, es la «femme sans cœur».

388   En la reproducción de este capítulo en *El Perú Ilustrado*, que dice ser a su vez reproducción de lo que aparece en *La Nación*, la última parte de este párrafo forma un párrafo nuevo (a partir de «¿Cuáles son pues...»).

389   La edición de *La Nación* y la de la primera en libro pone en «Lo confesamos con sinceridad» por «Preciso es confesarlo».

390   La primera edición en libro y la de *La Nación* presentan una versión distinta en esta

Y en muchos casos, ni la moral religiosa, ni la moral social puede decirse que encaminan los pasos de esa esposa.

¿Qué viene a ser pues la virtud sin la idea moral, sin el principio religioso, sin el guía del bien y sin la conciencia de sí misma...?

Si Blanca no le ha sido infiel a D. Serafín en los diez años trascurridos, ¿podremos asegurar que no lo será muy pronto, tan pronto como desaparezcan las causas fútiles y pasajeras que hasta hoy la han salvado? Quizá, si ella misma no se atrevía a llamarse virtuosa a pesar de su constante fidelidad.

Mucho tiempo hacía que pensaba en un amante como en algo que contribuiría a amenizar su vida y miraba a Alcides como el único hombre que llegaría a conquistar su corazón. Otras veces llevaba su recuerdo hacia su antiguo novio al que tan amorosamente díjole un día: «Cuando yo sea la esposa de Rubio te daré toda la felicidad que hoy deseas».

Pero este joven, que tan sincera y caballerosamente la amaba, no pudo resistir el pesar de verla casada con D. Serafín y partió del Perú dos días antes del matrimonio resuelto a no volver jamás.

Si Blanca hubiese llevado vida solitaria, aislada de la alegre sociedad que la rodeaba, hubiera sin duda consagrado todos sus recuerdos y sus afectos a su primer amor, a aquel joven que ella verdaderamente amó; pero en medio de la agitada vida de «gran señora», y más aún, de gran coqueta, apenas si podía entregarse a sí misma y evocar los más dulces recuerdos de sus amores; entonces veía surgir en su mente la figura gallarda y siempre seductora de su antiguo novio e involuntariamente lo comparaba a D. Serafín, a su marido, y exhalando amorosísimo suspiro solía decir: —¡cuánto lo hubiera yo amado si él hubiese querido vivir cerca de mí...!

Y esta idea la entristecía, a ella que tan poco susceptible era a la tristeza.

Sentía el vacío de su vida y anhelaba algo como un ideal que refrescara la árida sequedad del fondo de su existencia y del fondo de su alma; algo como una gota de rocío sobre el abrasado desierto de su corazón.

Tal vez se dirá[391]: ¿por qué Blanca, en diez años de matrimonio con un hombre a quien no amaba no ha sentido antes esa imperiosa necesidad...? A lo que será preciso contestar[392] dando esta razón poderosísima: *Blanca acababa de cumplir treinta años*[393].

última parte de este párrafo. La última frase es la siguiente: «...continuaremos la verídica historia de la señora Rubio en la que nos proponemos copiar uno de los tipos más indefinibles que en la alta sociedad se ven». Ismael Pinto considera clave los cambios hechos ya que, según él, señala sin titubeos quien era la persona de carne y hueso de la alta sociedad limeña de la época en la cual se inspiraba el personaje de Blanca Sol. La omisión de partes de esta frase junto con el prólogo («Un prólogo que se ha hecho necesario») que aparece a partir de la segunda edición en libro buscan «amainar la tormenta» del escándalo que «va *in crescendo*», en la opinión de Pinto.

391 La primera edición en libro y la versión en *La Nación* traen «Tal vez se nos dirá».

392 La primera edición en libro y la versión en *La Nación* traen «A lo que contestaremos».

393 La idea de lo significativo de los treinta años para la mujer en el siglo XIX viene de Balzac, en particular de su novela *La Femme de trente ans*. Julie d'Aiglemont, la protagonista infelizmente casada, se da cuenta de que la mujer que ha cumplido los treinta años –cuando ha llegado a su «sommité poétique» (ápice, eminencia poética)– puede aún tener «d'irrésistibles attraits pour un jeune homme» (una atracción irresistible para un hombre joven).

Edad temible que los maridos celosos y las mujeres que no aman a su poco simpático cónyuge deben mirar como el Rubicón[394] del matrimonio.

¡Cuánta diferencia entre un hombre de treinta años y una mujer de la misma edad!

El uno ha derrochado su corazón junto con su cuerpo, la otra ha atesorado afectos y ha atesorado vida.

Por eso el hombre dirá eternamente con el poeta: *Funesta edad de amargos desengaños*[395]. Y la mujer eternamente dirá: *Funesta edad de espantosas tentaciones*.

Hasta ahora Blanca se ha salvado, ¿se salvará después?

Con esa volubilidad propia de los caracteres vehementes, impresionables más de una vez sintió que esas corrientes simpáticas que son como alboradas del amor estremecieron su alma y la llevaron a sentir las primeras vibraciones del amor; pero las emociones sucedíanse de tal suerte que la impresión recibida hoy era por otra borrada mañana.

Aquí debemos hacer una observación: ciertos maridos aseguran la fidelidad de su esposa por los muchos adoradores de ella más que por los propios méritos de ellos.

---

394 *Rubicón*: «río pequeño que separaba Italia de la Galia Cisalpina, hoy *Pisciatello* o *Fiumicino*. César atravesó este río (49 a. de J. C., durante la guerra civil contra Pompeyo, a pesar de la prohibición del Senado romano. Al cruzarlo pronunció la célebre frase *Alea iacta est* (la suerte está echada), expresión que ha pasado al lenguaje cuando se toma una determinación audaz y decisiva» (*Pequeño Larousse Ilustrado*, pág. 1553). De ahí que en castellano la expresión «pasar el Rubicón» quiera decir tomar una decisión y dar un paso decisivo de grandes riesgos y consecuencias.

395 Cita proveniente del principio del Canto III de *El Diablo Mundo* de José de Espronceda: «¡Malditos treinta años, / funesta edad de amargos desengaños!»

- XV -

¡Un diálogo amoroso entre Blanca y Alcides!... He aquí algo digno de copiarse si todos los diálogos amorosos no fueran parecidos en la forma y en el fondo.

Todos los hombres fingen sentir con el mismo ardor; todos las mujeres fingen huir con el mismo empeño.

Si el autor de la leyenda bíblica hubiera querido entrar en detalles, como lo hacemos los novelistas, hubiéramos referido cómo en el primer momento huyó Eva cuando Adán le dijo: —Yo te amo. Sí, debió huir, pero no tanto que él no pudiera alcanzarla.

No culpemos por ello al hombre ni a la mujer. La Naturaleza ha confiado la conservación y perfeccionamiento de las razas a sentimientos invencibles. Y si el primer impulso del pudor es huir, otro más poderoso acerca a la mujer hacia el ser que la ha de acompañar en su misión sobre la tierra.

Blanca y Alcides departieron[396] amorosamente.

Cuando una mujer y un hombre hablan de amor una mano invisible traza en ese momento el camino fatal que ambos deben seguir. ¡Cuántas veces se resuelve el destino de un individuo por el sesgo[397] que torna un diálogo amoroso que la casualidad le llevó a entablar!...[398]

Blanca no había llegado todavía a la época de la pasión verdadera, de la pasión que ella era aún susceptible de sentir; más que amar quería coquetear con Alcides: gustaba que fuera mejor con él que con otro por razones de amorosa simpatía. No estaba decidida a que él fuera lo que ella hubiera llamado su *amante oficial* impuesto a la sociedad y aun a su propio marido. No, ella gustaba del amor como de las joyas, como de los vestidos.

Entregarse a un hombre le parecía rebajamiento de su dignidad, no de esposa ni aún de mujer, sino de *gran señora*.

La aureola de la mujer a la moda creía que debían formarla no sólo los aduladores nada pretensiosos, sino también los aduladores, los que mucho so-

---

396   *Departir*: hablar, conversar.
397   *Sesgo*: rumbo, camino.
398   En la primera edición en libro este párrafo forma uno solo con el anterior.

licitan. Ella despreciaba a esas mujeres que aceptan por amante al hermano de su esposo o al amigo íntimo de la casa y los tres forman una trinidad que da por resultado el ridículo y la burla para el marido.

Y si don Serafín como individualidad aislada sin su cualidad de esposo modelo poco le interesaba, comprendía que la *marca* con que la sociedad señala al hombre que va al lado del amante de su mujer, si lo desprestigia mucho a él, la deshonra mucho más a ella.

No era pues ni la idea moral ni el sentimiento del bien lo que la mantenía en ese estado de fidelidad conyugal que no podía llamarse virtud, pues que a ella concurrían móviles indignos de la mujer verdaderamente virtuosa.

Aquel día, más que otros, Blanca y Alcides hablaron largamente de amor y después de largo diálogo semi–romántico, Alcides estrechando atrevidamente el talle³⁹⁹ de Blanca, intentó besarle el cuello prostrándose luego a sus pies.

Blanca no era de la misma opinión de aquel que ha dicho: a una mujer se le ofende hasta arrodillándose ante ella.

No fue pues por sentirse ofendida por lo que, con un brusco movimiento, se desasió⁴⁰⁰ de él y poniéndose de pie dijo:

—¡Vaya no sea cándido! ¿Qué se ha vuelto Ud. loco? Déjese de romanticismo novelescos, y riendo burlona a la par que satíricamente desaciose de los brazos del joven que amorosamente la enlazaban.

También Alcides levantándose de su arrodillamiento miró sorprendido a Blanca.

El diálogo amoroso sostenido entre ambos había sido tan apasionado, tan ardiente que las palabras y la risa de Blanca cayeron en el corazón del enamorado joven cual frío líquido sobre enrojecido hierro.

Y como si sólo hubiera alcanzado a comprender una palabra de las de Blanca, con tono indignado exclamó:

—¡Loco! sí, Ud. concluirá por volverme loco.

Blanca permaneció en silencio. Quizá si esa risa sarcástica y esas palabras hirientes no habían sido más que recurso de mujer astuta que antes de caer rendida se gozaba en escaramuzas⁴⁰¹ con las que esperaba incitar a su perseguidor.

Pero Alcides que se encontraba en uno de esos momentos de excitación nerviosa y de ofuscamiento intelectual, pensó que había perdido el cuarto de hora propicio⁴⁰² en que las mujeres como Blanca dejan de ser coquetas, ligeras, burlonas para ser mujeres, es decir, para saber amar. Recordó que había ido allá no a sostener diálogos amorosos más o menos románticos, sino muy resuelto a dar solución definitiva a su situación, largo tiempo ya para él insoportable.

Recordó aquella maldita apuesta, aquel juramento de llegar a ser el

---

`399`   *Talle*: cintura.
`400`   *Desasir*: soltar lo que está asido, desprenderse de algo.
`401`   *Escaramuza*: contienda, enfrentamiento.
`402`   *Propicio*: favorable, oportuno.

dueño, es decir el amante feliz de Blanca Sol[403]. Este cuasi desafío que si bien hubiera querido él olvidar, su amor propio le recordaba diciéndole: perderás tu prestigio de galán afortunado y tus amigos te obsequiarán burlas y sátiras dignas de un alardeador[404] badulaque[405] indigno de alcanzar lo que cualquiera de ellos juzga muy posible obtener.

Alcides sentía los ímpetus más que amorosos rabiosos del hombre que ha tiempo incitado y siempre burlado siente el coraje de la desesperación: su sangre italiana rebulló en sus venas; miró a Blanca que con la sonrisa provocativa de sus labios rojos fuertemente incitantes y sus ojos en ese momento lánguidos lo miraban y sus nervios se estremecieron de rabia y de amor.

Sin darse cuenta de sus acciones lanzose rápido como el león sobre su presa y estrechando con acerados[406] brazos a Blanca la atrajo hacía sí sin que ella pudiera evitarlo[407].

—¡Te tengo en mi poder! —díjole confundiendo su aliento con el de ella.

—¡Sería Ud. un infame! —exclamó ella intentando desasirse de Alcides enrojecida de cólera.

Una lucha[408] se trabó entre ambos. En ese momento comprendió Alcides el papel indigno y también ridículo que desempeñaba y dominando su propia exaltación dejó libre a Blanca.

Ella furiosa y con amenazador ademán díjole:

—Yo vengaré como merece esta infamia.

Y con la altivez de una reina y la desenvoltura de una coqueta dirigiose a la alcoba.

Alcides bajo la influencia de su nerviosa excitación púsose de pie resuelto a seguirla.

En ese momento un vértigo pasó por su cerebro: llevose ambas manos a la frente, asió con rabia sus cabellos y estremeciéndose, de amor e indignación cayó como si una oleada de sangre hubiérale inundado el cerebro.

Blanca, antes de salir de la alcoba, miró desdeñosamente a Alcides que acababa de caer y sonriendo con impasible serenidad dijo:

—He aquí una escena muy dramática.

Después de un momento Alcides volvió en sí y al encontrarse solo procuró serenarse, ordenó sus cabellos lo mejor que pudo y luego mirando en torno suyo como si recordara la escena que acababa de pasar dijo:

—¡He sido un bárbaro! ¡Qué locura!...

En la alcoba contigua decía casi al mismo tiempo Blanca:

—¡Tonto! pudiendo llegar al cielo, se ha ido al infierno. ¡Ya pagará caro su tontería!

Las mujeres como Blanca se vengan como de una ofensa del hombre que no ha sabido seducirlas.

---

403 La primera edición en libro trae lo siguiente: «... juramento de llegar a alcanzar que Blanca Sol no se riera más de él».

404 *Alardeador*: que hace ostentación o presume de algo.

405 *Badulaque*: tonto, necio.

406 *Acerado*: de acero.

407 En la primera edición en libro este párrafo forma uno solo con el anterior.

408 La primera edición en libro añade un adjetivo a esta palabra («corta lucha»).

Alcides tomó su sombrero para retirarse, pero al colocárselo sintió dolorosa impresión y un ligero cosquilleo en la mejilla; llevose la mano a la frente y volvió a retirarla.

Era sangre de una pequeña herida que al caer contra uno de los muebles de agudas talladuras[409] había recibido en el sobrecejo.

Alcides sacó su pañuelo, enjugó repetidas veces la herida, pero la sangre continuó saliendo y fuele preciso salir a la calle comprimiendo la herida con su pañuelo.

Un momento después llegó don Serafín tranquilo y satisfecho como estaba de ordinario.

Al pasar por el sitio en el cual Alcides acababa de caer, detuvose y miró al suelo asombrado. Luego se inclinó y tocando con los dedos una pequeña mancha roja, que en el rico alfombrado de fondo blanco con flores celestes resaltaba notablemente.

—Esta es sangre, observó

Y luego, como si dudara de lo que sus ojos veían, volvió a pasar la mano por la mancha roja, se acercó a la puerta como para mirar a toda luz.

—Sí, no hay duda, esta es sangre, –repitió, pero esta vez ya bastante alarmado.

Luego se dirigió a la habitación donde estaba Blanca y con voz algo agitada llamó diciendo:

—¡Blanca! hija mía, ven, mira, acabo de descubrir una mancha de sangre y está todavía caliente.

Estas palabras de don Serafín excitaron la risa de Blanca recordándole el calor de la escena que acababa de pasar. Luego con su imperturbable serenidad acercose al lugar de la mancha y con sonrisa llena de malicia quedósela mirando mientras don Serafín decía:

—¡Pues qué! ¡parece cosa increíble! una mancha de sangre ¿y tú ignoras de dónde viene?...

Blanca con su adorable coquetería dijo:

—¡Ah! ya recuerdo, es una palomita herida que me trajeron y allí le dio una convulsión que creí que muriera.

—Una palomita herida –repitió don Serafín como si dudara de las palabras de su esposa.

—¡Ah! si tú hubieses visto, te hubiera inspirado compasión: estaba herida en el corazón.

—¡Pobrecita! contestó don Serafín del todo convencido.

Y ambos se retiraron no sin que ella dirigiera a su esposo una mirada de supremo desprecio.

---

409 *Talladura*: entalladura, «|c|orte que se hace en las maderas para ensamblarlas» *(DRAE)*.

- XVI -

Desde que don Serafín alcanzó a ser Ministro parecíale haber crecido cuando menos diez pulgadas más.

Caminaba con más lentitud pensando que todo un señor Ministro no puede andar así como un simple mortal.

Nunca más volvió a suceder lo que antes con tanta frecuencia le acontecía que su esposa le observara el cuello de la camisa de dudosa limpieza y las uñas de las manos de medio luto[410].

Y ¡cosa rara! o más bien diremos, cosa muy común a la ceguera de la vanidad del hombre. D. Serafín se olvidó muy pronto que su nombramiento para llevar la cartera del Ministerio de Justicia era obra pura y exclusivamente de Blanca; y siguiendo esa vanidosa lógica del amor propio, discurrió que sus merecimientos no podían haberle conducido a otro puesto que aquel tan magistralmente desempeñado.

Blanca por su parte pensaba:

—Si yo llego a levantar a este hombre hasta la Presidencia de la República, como lo he elevado hasta el desempeño de una cartera, diré que yo, Blanca Sol, puedo con sólo mi poderoso querer remover las cordilleras de los Andes.

Y Blanca indujo a su esposo para obligarlo a dirigirse a los Prefectos[411] y demás hombres influyentes de los departamentos iniciándolos en sus proyectos de lanzar en las próximas elecciones su candidatura para la Presidencia de la República.

Esta vez don Serafín no manifestó asombro ni le causaron novedad las pretensiones de su esposa como sucedió la vez primera cuando ella le manifestó sus aspiraciones a un Ministerio.

Y D. Serafín muy seriamente se dio a tramar toda una serie de proyectos trazándose la línea de conducta con la cual debía llegar directamente al

---

410   *medio luto*: en este caso, uñas que no están rigurosamente limpias.

411   *Prefecto*: «[m]inistro que preside y manda en un tribunal, junta o comunidad eclesiástica» *(DRAE)*.

elevado puesto designado por su esposa y también por su conciencia como merecimiento de su gran valía.

También Blanca en sus vanidosas aspiraciones esperaba llegar a ser en la escala política lo que era en la escala social: la cima más elevada a que puede subir una mujer en la alta sociedad[412].

De esta suerte, dando pábulo a sus ambiciosas pasiones, se desviaba y retenía el crecimiento de una pasión que, arraigando y desarrollándose lenta pero poderosamente como planta nacida en rico terreno, ocupaba ya el corazón de la señora de Rubio.

Esta era su amor a Alcides.

No basta que la mujer vea elevarse a su esposo a la más encumbrada posición social; es necesario para que ella lo estime y lo ame que lo juzgue digno de esa posición.

D. Serafín, Ministro y futuro candidato a la Presidencia de la República, con todos sus humos[413] de estadista y gran político no alcanzó a elevarse ni un palmo a los ojos de su esposa. Era siempre el mismo de antes, el hijo del soldado colombiano, del avaro vendedor de cintas y sedas de la calle de Judíos. Era el mismo ser de inteligencia obtusa y espíritu apocado que sin la iniciativa de ella, sin sus atrevidas aspiraciones y su distinción en sociedad, sería nada más que uno de tantos, uno de los muchos que ella miraba en esa sociedad con desprecio y que, según decía, no alcanzaban a brillar ni aun con el reflejo del brillo de sus escudos.

Y a medida que crecía la vanidad de don Serafín, decrecía la estimación de Blanca, y como consecuencia su corazón buscaba el amor de otro hombre que llenara el vacío que había principiado a sentir en su alma.

Hasta la honradez y rectitud de don Serafín llegó a desestimarlas.

—¡Honrado! –decía– por incapacidad de poder ser pícaro.

Para lo primero juzgaba que sólo necesitaba ser un buen hombre, un pobre de espíritu; para lo segundo creía que se necesitaba talento, mucho talento[414].

Y Blanca se indignaba al ver que su esposo había sido incapaz de *hacer negocios* en el Ministerio, *como otros muchos*, decía.

D. Serafín, por su parte, estaba tranquilo satisfecho de sí mismo y del cariño de su esposa.

Sus celos se disiparon precisamente en el momento en que debían haber principiado, en el momento en que Blanca quería dejar de ser el ídolo del amor de muchos hombres para ser la adoratriz, esclava del amor de uno solo.

Alcides, por su parte, había entrado al periodo de amor tranquilo y esperanzado.

Hacía largo tiempo que estaba él acostumbrado a neutralizar los desdenes de una mujer con las caricias de otra.

Decía que así como todos los venenos tienen su antídoto, todos los amores

---

412   En la primera edición en libro no se incluyen este párrafo y el anterior a éste.

413   *Humos*: arrogancia, vanidad, presunción.

414   En la primera edición en libro este párrafo forma uno solo con el anterior.

deben encontrar el suyo. Y buscaba tranquilamente a la mujer que había de darle el antídoto contra el amor de Blanca.

Con esa experiencia del hombre de mundo y el conocimiento de los más ocultos resortes[415] de las pasiones, Alcides fingió en presencia de Blanca glacial frialdad[416].

Su amor parecía no sólo haberse disipado, sino también haberse borrado de sus recuerdos.

—¡Ah! ¡estaba Ud. allí! dispense Ud. señora no la había visto. —Qué de días que no tengo el gusto de verla. —¡Como! si hace dos noches que nos vimos en el teatro. —¡Ah! verdad lo había olvidado –Ayer pasó Ud. por esta calle y no miró Ud. una sola vez a mi balcón. —Sí, cierto pasé tan distraído que no me dí cuenta de ello.

Estos diálogos y otros semejantes repetíanse frecuentemente con intenciones premeditadas de parte de Alcides.

---

415 *Resorte*: fuerza, influencia.
416 En la primera edición en libro este párrafo empieza con la conjunción copulativa *y*.

- XVII -

¡D. Serafín! ¡Qué ser tan prosaico para tan fantástica mujer!

Cuando en las mañanas él se levantaba el primero y Blanca lo veía en *paños menores* yendo y viniendo del lavabo al lecho, y muchas veces en ese mismo traje se sentaba allí en la alcoba a la mesa de mármol con talladuras e incrustaciones de metal a tomar el desayuno que le servía Faustina ¡oh! entonces ella se cubría la cara con las sábanas para no verlo y exclamaba: —¡Dios mío! qué hombre tan vulgar[417].

Si le hubieran dicho a él que con esa conducta ganaba en ridículo lo que perdía en amor, él se hubiera asombrado más que si le dijeran que con su desaliñado[418] traje y su desayuno iba a asesinar a su esposa.

¡Cómo! ¡Pues qué! ¿el matrimonio no es así? ¿Para qué se casa un hombre sino es para estar en completa libertad con su mujer? Si se ha de guardar miramientos y tener pulcritudes[419] molestas y embarazosas, preferible es no casarse y vivir en completa libertad. Todo esto hubiera él dicho a otra que no fuera Blanca; para ella don Serafín no podía rendirle sino obediencia y amor, amor sin límites.

Un día le ocurrió a Blanca separar dormitorios; don Serafín se quedó espantado. Recurrió a la autoridad de marido y a sus derechos adquiridos para oponerse a tan autoritativa medida. Por fin recurrió a la súplica, a la caricia, a la desesperación... ¡No hubo remedio! El humo del cigarro molestaba a Blanca y le traía insomnios horribles.

En verdad, largo tiempo hacía que él notaba con frecuencia desvelada a su esposa.

¿Estaría acaso encinta? No era posible. Muy poco tiempo había transcurrido después del último vástago[420] que vino a acrecer las satisfacciones del esposo y las contrariedades de la esposa.

---

417   En la primera edición en libro este párrafo forma uno solo con el anterior.
418   *Desaliñado*: descuidado, desaseado.
419   *Pulcritud*: minuciosidad, delicadeza, limpieza.
420   *Vástago*: hijo, descendiente.

D. Serafín ofreció humildemente dejar el cigarro: esto era demasiado para él que, al decir de Blanca, fumaba tanto que se asemejaba a cañón de chimenea.

Pero ruegos, ofrecimientos, indignaciones, sospechas todo fue vano y la tiránica resolución que a desesperante alojamiento lo condenaba, llevose a efecto con gran aflicción del amoroso marido que se veía separado por todo un jirón de habitaciones, muchas de ellas ocupadas por los niños con sus nodrizas[421] o sus ayas[422].

Tan inesperada determinación fue causa de que el señor Ministro diera al traste[423] con la política y se entregara a sus más amargas meditaciones. Eso sí, siguiendo añejas[424] tradiciones, aferrose fuertemente a la amada cartera.

¡Cómo! Cuando él se consideraba más digno del amor de su esposa por haberse encumbrado debido a sus méritos (así juzgaba él) a una altísima posición social, ¡ella no podía sufrirlo ni en su propio dormitorio!...

Para que tal sucediera, poderosa muy poderosa causa debiera haber. ¿Cuál podía ser? D. Serafín, a pesar de su atinado juicio y la suspicacia de su carácter, no alcanzó por esta vez a descubrir la causa verdadera de los caprichosos desdenes de su esposa y lejos de dirigir sus sospechas hacia Alcides dirigiolas hacia Luciano y dijo:

—A las mujeres les gustan los hombres a la moda, los petimetres[425] como Luciano.

¡Error grave! Los petimetres afeminados son y serán siempre los tipos más antipáticos para las mujeres.

Alcides visitaba a Blanca con frecuencia continuando siempre en sus astutos planes de seducción y esperando la sazón en que sólo necesitaba el llamado *cuarto de hora psicológico de la caída*.

Algunas noches don Serafín, su esposa, Alcides y algún otro amigo jugaban el familiar rocambor; ella era fuerte en este juego, D. Serafín apenas si conocía el manejo de las cartas, pero gustaba de él como de todo lo que se aprende tarde.

D Serafín reía alegremente cuando llegaba a darle un codillo[426] a Alcides.

—Qué tal, le corté[427] su juego.

—Sí, me lo ha cortado Ud. irremediablemente –y miraba intencionalmente a Blanca.

Mientras Blanca y Alcides, mutuamente enamorados, jugaban a las cartas, la voz pública elevaba a éste de su condición de admirador a la de verdadero amante de la señora de Rubio.

---

421 *Nodriza*: «mujer que cría una criatura ajena» *(DRAE)*.

422 *Aya*: «[p]ersona encargada en las casas principales de custodiar niños o jóvenes y de cuidar de su crianza y educación» *(DRAE)*.

423 *Dar al traste*: *(fam.)* abandonar.

424 *Añejo*: antiguo.

425 *Petimetre*: «[p]ersona que se preocupa mucho de su compostura y de seguir las modas» *(DRAE)*.

426 *Codillo*: «[e]n algunos juegos de cartas, lance de perder quien ha entrado, por haber hecho más bazas que él alguno de los otros jugadores» *(DRAE)*.

427 *Cortar*: estropear, arruinar, entorpecer.

Había más: la escena de la apuesta aquella de la cena en el hotel y la otra del rey de espadas corrían de boca en boca horriblemente desfiguradas y aumentadas con detalles y pormenores ofensivos, no para él, que es propio de la injusticia humana echar todo el peso de estas faltas sobre el ser más débil, sobre la mujer.

Bien pronto nuestra culta sociedad, poco fácil para escandalizarse cuando el escándalo viene de arriba, se escandalizó por esta vez al conocer los pormenores de la cena, y hasta se decía que Blanca, al saber la noticia de la apuesta, había festejado el lance diciendo: —Con tal que la lleve a cabo le perdono su atrevimiento.

—¡Qué es esto! ¿a donde vamos a parar? exclamaban.

—¡Y a esto llaman la nata[428] de la aristocracia de Lima! ¡Vaya! Si debiera estar en un cuartito de la calle de la Puerta Falsa del Teatro[429].

Se decía que los cuatro mil soles perdidos por Blanca en el juego habían sido cuatro mil libras esterlinas puestas en una carta con el fin de incitar a Alcides a llevar adelante su apuesta.

La murmuración y la calumnia cual furioso huracán se arremolinaron en torno a la señora de Rubio, y los lances burlescos y las historietas amorosas circulaban dando pábulo a la maledicencia de unos y la mojigatería de otras.

Y algunas empingorotadas[430] señoronas de ostentosa virtud clamaron a grito herido contra estos escándalos. A sus ojos Blanca no era más que un monstruo de corrupción y liviandad, merecedor de colosal castigo nunca tan colosal como la culpa. Y el sin ventura don Serafín con sus dos millones de soles y su cartera de Ministro antojábaseles complaciente marido, o como dicen los italianos un marido *gentile*[431], que sabía mirar del lado opuesto al en que se hallaba el amante de su mujer, o como dicen los franceses un marido *molieresco*[432].

¡Ah! si ellos hubieran podido comprender la acerba[433] amargura del amoroso esposo y delicado caballero, hubieran detenido sus temerarios juicios.

Ofreció dejar de fumar a cambio de su permanencia en la alcoba de su esposa y hubiera ofrecido dejar de vivir antes que resignarse a perder su amor.

¿Qué culpa tenía él de ser vulgar, prosaico, como decía Blanca, de comer con glotonería y luego, con el bigote todavía oliendo a caldo, venir a besar a su esposa, lo que le producía a ésta nauseas y repugnancia? Y en la noche regoldando[434] con los restos de su digestión laboriosa y difícil por lo suculento[435] de los potajes venía hacia ella con más aire de hambriento lobo que de amoroso marido...

---

428 *Nata*: lo mejor, excelencia, lo más escogido.

429 La calle Puerta Falsa del Teatro es la actual cuarta cuadra del Jirón Cailloma en Lima.

430 *Empingorotado*: presuntuoso y engreído por su elevada posición social.

431 *Gentile*: palabra italiana que significa amable, generoso, tolerante, indulgente, simpático.

432 Relativo a Molière (1622-1673), conocido dramaturgo francés cuyas obras criticaban una serie de defectos sociales (v.g. la hipocresía y falsedad, la presunción de los burgueses, las restricciones impuestas a la juventud). Algunas de sus obras más conocidas son *Tartufo* (*Tartuffe*), *El médico a palos* (*Le Médecin malgré lui*), *El avaro* (*L'Avare*).

433 *Acerbo*: desagradable, cruel, severo, áspero.

434 *Regoldar*: eructar.

435 *Suculento*: sabroso, apetitoso, jugoso, sazonado.

Poseer dos millones de soles y no ser dueño siquiera de la mujer a quien un día no lejano se arrancó de un infierno de acreedores que amenazaban llevarse hasta los muebles de la casa...

¡Oh! esto es horrible cuando se cae en la desgracia de amar a esa mujer como don Serafín amaba a en esposa.

Por lo que toca a Blanca, ella creía que no podía continuar viviendo de este modo[436]. La asfixia del alma, la misma que le sobreviene al cuerpo por falta de aire o por respirar el aire malsano de los pantanos, la amenazaba, parecíale sentir olores nauseabundos que le producían vértigos.

D. Serafín estaba desesperado.

Cada día al levantarse del lecho, de ese lecho que estaba separado del de su esposa por todo un jirón de piezas ocupadas por sus hijos con sus ayas; cada día frunciendo el ceño pensaba que debía poner término a tan tirante situación.

—Es necesario que esto termine hoy mismo, hoy le hablaré a Blanca y si no accede a admitirme en su dormitorio haré llevar a viva fuerza mi cama. Sí, decía, es necesario que yo sea en mi casa el hombre que mande, el que posee la fuerza y el dominio para eso soy su marido. ¡Qué diablos! Un hombre no debe someterse así a los caprichos de una mujer.

Y don Serafín pensaba con desesperación en las muchas noches que había pasado sofocado, agitado sin poder dormir y salía de su alcoba ceñudo[437], colérico resuelto a todo menos a continuar soportando tiránicas imposiciones. Y tan abstraído andaba en sus reflexiones y tan preocupado con su desesperante situación que muchas veces acontecíale que alguna de las criadas le dijera: —¡Mire señor, tiene *usté* los pantalones sin abotonar!

Y en efecto, don Serafín, salía muchas veces con los pantalones a medio abotonar; otras veces era la corbata la que olvidaba.

—Qué diablos si estoy tan preocupado —decía él abotonándose apresuradamente o regresando a ponerse la corbata.

Sí, cierto, él estaba horriblemente preocupado y lo más atroz de esta situación era el no encontrarle término, pues cuando él más resuelto iba a reñir, a mandar y, si era preciso también, a castigar acontecíale que en presencia de Blanca no podía ser más que el mísero lebrel[438] que lame la mano de su despiadado castigador.

—¿Cómo has pasado la noche? ¿Cómo están los nervios? ¿Qué tienes? Hoy estás algo pálida. Supongo que Josesito no te haya dado mala noche. Para eso pago bien a la nodriza y a la ama seca[439], pero esta gente es tan descuidada que...

---

436   A partir de la segunda edición en libro aparece la expresión incorrecta «viviendo de tal manera modo», que acaso se podría leer «de tal manera y modo». Preferimos lo que aparece en la primera edición en libro («viviendo de este modo») ya que *modo* y *manera* son prácticamente palabras sinónimas y, por lo tanto, la expresión en las ediciones posteriores resulta pleonástica.

437   *Ceñudo*: hosco, torvo, áspero, intratable.

438   *Lebrel*: tipo de perro que se usa para cazar liebres.

439   *Ama seca*: «[m]ujer a quien se confía en la casa el cuidado de los niños» *(DRAE)*.

—Blanca contestaba a estas afectuosas palabras de su esposo con monosílabos. —Sí, no, estoy bien, ya lo sé.

Ella que con todos usaba de tanta locuacidad, de gracia tanta y donairoso
decir para él sólo guardaba los monosílabos secos, ásperos, afilados y cortantes
como si fueran golpes de puñal.

¿Qué arte infernal o de magia poseía ella que así lo dominaba en su presencia? ¿Acaso él no tenía todos los derechos que las leyes humanas y un sacramento divino (D. Serafín consideraba divino el sacramento del matrimonio) le acordaban?... ¿Por qué en presencia de ella no le era dable ejercer
todos los derechos de marido y todas las prerrogativas que dos millones de
soles pueden dar? Él, de quien el mundo entero decía que era pérfido, egoísta
y más que todo de genio violento, intransigente y de lengua *clásicamente* vi-
perina por lo mordaz y maldiciente.

¿Qué iba a hacer? Si en presencia de ella[440] no brotaban de sus labios sino
palabras de cariño, de tierno afecto y hasta más de una vez sintió impulsos
de arrodillarse y pedirle perdón. Pero luego reflexionaba y se decía: —Perdón
de qué, a no ser de que ella sea tan cruel conmigo.

Luego rememoraba las épocas felices de su vida matrimonial. Cuando
Blanca en medio de la embriaguez producida con la satisfacción de su loca
pasión por el lujo y la ostentación, lo acariciaba a él con la misma inconsciencia
con que hubiera acariciado no sólo a otro hombre, sino[441] aun hasta otra cosa.

Y don Serafín, que en achaques[442] amorosos era poco ducho[443], suspiraba
imaginándose que aquello fue verdadero amor, perdido hoy tal vez para
siempre.

Por fin llegó el día de una explicación. Don Serafín estaba desesperado y
las situaciones violentas no son soportables viendo de continuo al ser que las
causa. Ella se explicó así:

—Estamos unidos por un lazo que tú juzgas indisoluble: me casé contigo
por... Blanca trepidó... por amor. Es que yo creía en la duración de ese afecto,
o mejor diré, yo creía que tú supieras cultivarlo; me figuraba que serías apasionado, espiritual, vehemente, con la vehemencia delicada del amor no con
la que tú tienes...

D. Serafín exhaló en este punto un hondo suspiro.

—No me quejo de que tú no me ames, de lo que me quejo es de que tú
no sepas amarme. ¡Ah! siento un vacío tan hondo en mi alma. Mira, yo quiero
que cambies, que no seas como eres. Tus torpezas concluirán por hacerte antipático y yo deseo quererte. ¡Vaya! No te enojes, si te digo estas cosas es
porque en mi corazón hay mucho cariño para ti. Quiero que seas feliz, porque

---

440   A partir de la segunda edición en libro se añade la conjunción *si* al principio de esta
      oración.

441   Todas las ediciones ponen *pero* en vez de *sino*. En este caso, se denota adición de otro
      elemento en la cláusula y, por lo tanto, la conjunción adversativa *sino* es lo apropiado (e.g.
      *No sólo por poseer una óptima resolución, sino también por su precio, este televisor es la mejor
      compra*).

442   *Achaque*: (*fig.*) asunto o materia.

443   *Ducho*: experimentado, diestro.

es preciso que sepas que yo no sé ni quiero fingir y si tú llegas a serme odioso, nada en el mundo tendrá fuerza suficiente para obligarme a vivir cerca de ti, ¿lo oyes?

D. Serafín pálido escuchaba las palabras de Blanca como si cada una de ellas le llegara al corazón. Apoyados los codos en las rodillas, ocultaba la cara entre ambas manos, posición azás prosaica para escuchar un no menos prosaico diálogo.

Blanca continuó:

—Te he hecho Ministro y pensaba hacerte Vocal de la Corte Suprema y quizá también Presidente de la República...

Aquí don Serafín dio un brinco y se puso de pie.

—¿Te causa asombro este lenguaje? ¿A quién sino a mí debes tu nombramiento para desempeñar la cartera de Justicia?...

—¿Y crees que si yo no tuviera las dotes[444] necesarias para tan elevado cargo lo hubieras tú conseguido?

Blanca, hizo una mueca de desprecio y continuó: —Multitud de hombres hay en Lima de verdadero mérito que han pasado la vida aspirando un Ministerio y no lo han alcanzado. ¿Cómo puedes tú creer que lo debes a tus merecimientos?

Con este argumento, don Serafín guardó silencio.

—Pero es el caso que tú, Ministro y próximo Vocal de la Suprema y no lejano Presidente del Perú, no has crecido ni un punto y más bien parece que hubieras perdido tu buena reputación de hombre honrado.

D. Serafín no osaba replicar una sola palabra ni aun siquiera levantar la frente; anodado[445] parecía oír en las palabras de su esposa las de su propia conciencia.

La superioridad de espíritu de Blanca se imponía en todas las situaciones difíciles aunque no siempre estuviera de su parte la verdad.

—Yo creía que siendo tú Ministro, llegaría a estimarte más y tal vez a amarte más, pero no es culpa mía, tú eres siempre el mismo...

—Sí, caprichos tuyos. Tú fuiste la que quisiste a todo trance que fuera yo Ministro. Y ahora quiero yo saber ¿qué hemos sacado con este Ministerio? Nada más sino que tú me eches en cara faltas que no dependen de mí.

—Ciertamente, nada hemos ganado, ni el que tú cambies de aire y te des la importancia que debe darse un Ministro aplaudido y bien aceptado por todos los partidos.

—¡Los partidos! –repitió él con acerba entonación–, bien sabes lo que es entre nosotros ese monstruo que devora a sus propios hijos.

—Sí, los devora, porque todos son raquíticos, porque todos son hijos del favor y quizá también de algo peor.

—Pues bien, mañana mismo presentaré mi renuncia y suceda lo que suceda no seré ya más Ministro.

---

444 *Dotes*: cualidades.
445 *Anonadado*: disminuido, humillado, abatido.

—Hazlo como mejor te plazca.

Así terminó esta explicación dada con tanta insolencia por parte de ella como fue grande para escucharla la resignación de él. Es que don Serafín estuvo en una de sus horas de buen humor y de buen decir, cosa muy rara para todos menos para su esposa que hablando de él solía decir: —Mi marido es un cordero, yo hago de él lo que quiero.

Poco adelantó, pues, don Serafín con esta explicación a no ser el pensar en salir del Ministerio por su desgracia con Blanca así como había entrado por gracia y favor de ella.

Mientras tanto una evolución, una metamorfosis operábase en el corazón de la señora de Rubio.

¡Un amante! Esta palabra principió a tener todo el atractivo de lo que para ella simbolizaba: agitaciones, impresiones, placeres, verdadero drama donde se desempeña en la vida como en el teatro un papel lleno de incidentes, de sustos, de temores, de luchas entra la pasión y el deber.

Un amante le traería todo aquello que necesitaba para sazonar su insípida y monótona vida.

Lucir, deslumbrar, excitar la envidia de las mujeres y la admiración de los hombres, magnífico seductor, bellísimo; pero es que ella frisaba ya en los treinta años y el corazón a esta edad encuentra sin aliciente[446] ninguno aquel bullicio[447] mundanal. No podía conformarse con pasar la vida así como un meteoro social sin sentir ni producir más que impresiones pasajeras. Había llegado a la edad en que el sentimiento y la pasión se despiertan y hablan vigorosamente y entonces la mujer más que nunca es *mujer*[448].

Alcides llegó, pues, en la hora precisa, en el *cuarto de hora* en que las mujeres menos sensibles al amor dejan en su corazón un punto accesible al sentimiento y a la pasión; llegó cuando el recuerdo de su antiguo novio principiaba a borrarse de su memoria, ese recuerdo que hasta entonces quizá haíale servido de verdadero antídoto contra alguna rara emoción que agitó su corazón[449].

Y Alcides, el triunfador en antiguas lides[450] amorosas, el astuto enamorado que con ardides tantos era osado a mirarla fingiendo haber cesado de amarla mostrándose frío, indiferente, desdeñoso, él era el que reunía el grande incentivo de una conquista, el irresistible atractivo que para los caracteres como el de ella encierra todo aquello que presenta resistencias, lucha, tempestad, triunfo definitivo... ¡Oh! Alcides era el hombre ante quien se rindiera ella, no vencida sino vencedora.

---

446 *Aliciente*: estímulo, móvil, incentivo.
447 *Bullicio*: ruido, alboroto, algarabía.
448 En la primera edición en libro, este párrafo y los dos anteriores forman un solo párrafo.
449 Este párrafo se añade a partir de la segunda edición en libro.
450 *Lid*: (*fig.*) contienda, disputa.

- XVIII -

La casualidad, esa diosa que los antiguos debieron colocar entre las divinidades que más caprichosa e inexplicablemente influyen en el destino del hombre; la casualidad llevó un día a la señora de Rubio a casa de una joven costurera, la cual era a la vez florista, oficios que escasamente alcanzaban a subvenir[451] a las necesidades más apremiantes de su vida.

Josefina, éste era su nombre, pertenecía al número de esas desgraciadas familias que con harta frecuencia vemos víctimas del cruel destino, que desde las más elevadas cumbres de la fortuna y la aristocracia vense, por fatal sucesión de acontecimientos, sepultadas en los abismos de la miseria y condenadas a los más rudos trabajos.

Entre los muchos adornos con que sus orgullosos padres quisieron embellecer su educación, le enseñaron a trabajar flores de papel y de trapo y a esta habilidad, poco productiva y de difícil explotación, recurrió Josefina en su pobreza.

Un día Blanca quiso regalar las flores de papel con que es costumbre decorar las iglesias con motivo de alguna de sus grandes festividades.

Josefina era admirable artista para este género de trabajos y a ella acudió la señora Rubio en demanda de esta obra.

El aspecto humilde casi miserable de la casa en que vivía Josefina dejole comprender que allí moraba la virtud y el trabajo de la mujer espantosamente mal remunerados y desestimados en estas nuestras mal organizadas sociedades.

El menaje[452] de la casa era tan pobre que a pesar del aseo[453] y esmero[454] que en todos los muebles se veía Blanca sufrió la ingrata impresión del que penetra a lóbrega[455] y triste mansión.

---

451 *Subvenir*: ayudar, socorrer
452 *Menaje*: muebles de una casa.
453 *Aseo*: limpieza.
454 *Esmero*: «[s]umo cuidado y atención diligente en hacer las cosas con perfección» *(DRAE)*.
455 *Lóbrego*: sombrío, lúgubre.

El aire húmedo y pesado de las habitaciones bajas y estrechas respirábase allí, pero cargado con los olores de las viandas[456] condimentadas en la misma habitación.

Blanca halló en Josefina un nuevo motivo de simpatía: parecíale estar mirando en un espejo tal era el parecido que notó entre ella y la joven florista, pero enflaquecida, pálida y casi demacrada[457]. Josefina era la representación de las privaciones y la pobreza, Blanca la de la fortuna y la vida regalada.

Los infortunios sufridos y el trabajo mal retribuido aleccionan el espíritu, pero también envejecen el cuerpo. Sólo el trabajo metodizado y productivo que siempre está acompañado de la vida cómoda y el bienestar fortifican el cuerpo y el espíritu.

Josefina, aunque sólo contaba 24 años, diríase ser mujer de 30 años, no sólo por su aspecto reposado, meditabundo y reflexivo, sino más aún por la experiencia adquirida, experiencia de la vida aprendida en la escuela del infortunio que tan rudamente alecciona a los que caen bajo su terrible férula[458].

La señora Alva, abuela de Josefina, y dos niños pequeños hermanos de ésta vivían todos en familia sin contar con más recursos que el producto del trabajo de la joven florista.

La señora Alva decía con suma gracia que las flores brotaban de las manos de su nieta como brotan en los campos las flores primaverales.

Cuando Blanca con esa indolencia de la mujer de mundo le dijo[459]:

—He sabido que la joven nieta de Ud. es modelo de virtudes–, ella contestole:

—La gente que trabaja mucho es siempre muy virtuosa.

Y con el gracejo de la antigua limeña y la altivez de la mujer que a pesar de sus miserias conserva todo el orgullo de su noble linaje, la señora Alva refirió a Blanca de qué modo su hija[460], trabajaba día y noche y ella, a pesar de sus achaques[461], cuidaba de la casa y de los niños.

—Trabajar cuando se ha nacido y se ha crecido en medio de la riqueza es muy duro... dijo la señora Alva enjugando una lágrima que humedecía sus empañadas pupilas.

Todo un cuadro de mutuos sacrificios, de virtudes domésticas, de abnegaciones casi sobrenaturales se presentó a los ojos de la señora de Rubio, de la disipada y mal versadora[462] Blanca Sol.

Después de ajustar el precio y la calidad del trabajo quedó cerrado el trato. Josefina trabajaría más de dos mil flores con sus correspondientes hojas en el transcurso de tres días.

—Y no teme Ud. faltar a su compromiso.

---

456 *Vianda*: comida que se sirve a la mesa.
457 *Demacrado*: desmejorado, pálido, enfermizo, macilento, enflaquecido
458 *Férula*: dominio, sujeción, tiranía, sometimiento
459 En la primera edición en libro esta oración forma parte del párrafo anterior.
460 Hay un error en todas las ediciones, pues la señora Alva se refiere a su *nieta* (Josefina) no a su hija.
461 *Achaque*: enfermedad, debilidad.
462 *Malversador*: que hace mal uso de su dinero.

—No señora, es que yo cuento también con las noches, con no dormir en la noche hago seis días.

Blanca quedó asombrada mirando la resignación con que decía estas cosas Josefina. Su habitual curiosidad despertose y sin temor de llevar su imprudente palabra hasta la impertinencia dirigió a la joven mil indagadoras preguntas, y cada vez más conmovida pensó en tomar a Josefina bajo su protección.

Blanca era sensible y compasiva y el papel de protectora de la joven florista halagó su vanidad y también su corazón[463].

Un mes después de esta primera entrevista Blanca y Josefina eran dos personas unidas por el cariño y la gratitud de una parte, y el interés y la curiosidad de otra.

La señora Alva y su nieta vivían ambas alimentando la ardiente esperanza de la reivindicación de su pasada felicidad y antigua fortuna. Conservaban la más arraigada fe en esa especie de mesianismo de ciertas orgullosas familias que esperan la fortuna, en otro tiempo poseída, la cual, según ellas, Dios quiso arrebatarles tan sólo para probar su inquebrantable virtud y devolvérselas luego.

Estas ideas fueron para la señora Alva y su nieta consuelo y aliento en medio de los rudos contrastes que atormentaron su vida.

Siete años hacía que Josefina encerrada en el estrecho circuito del hogar vivía sin impresiones, sin distracciones casi sin más afectos que el de su orgullosa abuela y sus dos pequeños hermanos.

A sostener esta vida austera y rodeada de privaciones habían contribuido dos poderosos móviles que en el corazón de la mayor parte de las mujeres obtienen decisiva influencia: la esperanza y el orgullo jamás desvanecidos en el corazón de la aristocrática señora Alva.

Josefina iba todos los días a casa de la señora de Rubio y ocupaba sus horas ya en costuras y bordados, ya en el trabajo de algunas flores para adornar los salones.

Con su natural sensibilidad, Blanca habíase compadecido de Josefina y le dio su decidida protección.

—Desde hoy –habíale dicho– no trabajará Ud. sino para mí sola y la abuela de Ud. recibirá una mesada[464] con la cual podrá llenar las necesidades de los dos hermanos de Ud.

A esta generosa oferta Josefina sólo contestó con el silencio: la emoción y el júbilo embargaron[465] su voz; tomó entre las suyas la mano de Blanca y llevándola a sus labios dejó caer sobre ella dos gruesas lágrimas que por sus mejillas rodaban.

Pocos días bastaron para que la pálida y macilenta[466] costurera recuperara su natural aspecto juvenil adquiriendo esa expresión de satisfacción y contento que embellece tanto a la mujer.

---

463   En la primera edición en libro este párrafo forma parte del anterior.

464   *Mesada*: cantidad de dinero que se da o cobra mensualmente.

465   *Embargar*: Causar una gran emoción o embelesamiento en una persona.

466   *Macilento*: delgado, flaco, mustio, descolorido, demacrado.

En sus continuas visitas a casa de Blanca, Alcides había visto muchas veces a Josefina; casual o intencionadamente él habíase dado trazas de estudiar y valorizar cuantos delicados y exquisitos sentimientos se anidaban[467] en el corazón de la joven florista.

Josefina también con la inocencia de la virginidad miraba con amorosos ojos al travieso conquistador de corazones y esperaba el amor como el advenimiento de su felicidad.

Un día que Alcides salía del salón de Blanca vio lo que ya otras veces había visto: que una puerta se entreabría y unos ojos brillaban mirándole todo el tiempo que tardaba en bajar la escalera.

Pocos días después repitiose la misma escena. Esta vez Alcides retrocedió y se dirigió a la puerta.

Alcides era de esos hombres que, aunque enamorados de una mujer, no pierden la ocasión de cortejar y galantear a otra.

La puerta se cerró al acercarse él.

—Mañana seré más feliz –dijo en voz alta.

Y Josefina que lo escuchaba se estremeció de amor y de esperanza.

Al siguiente día, Alcides se dirigió a la puerta en lugar de ir a la escala.

Esta vez Josefina no tuvo tiempo de cerrarla y se contentó con hacer un ademán como para ocultarse.

—Josefina, no se oculte Ud. No sabe Ud. que yo sólo vengo por verla.

—Ud. viene porque ama a la señora de Rubio.

—Yo no puedo amar a una señora casada, yo la amo a Ud.

Josefina rió con esa risa nerviosa de la emoción y no contestó una palabra.

—Nos veremos aquí todos los días cuando yo salga del salón.

—No, aquí no.

—Quiere Ud. que vaya a su casa.

—Ud. enamora a todas las mujeres.

—Pero sólo amo a una y esa una es Ud. —dijo Alcides queriendo tomar la mano de la joven para besarla. Josefina que estaba apoyada en la puerta se retiró precipitadamente.

—Alcides besó la puerta en el sitio dónde tuvo ella la mano y con suma gracia dijo:

—Hago de cuenta que he besado la mano de Ud.

Estas escenas, frecuentemente repetidas, exaltaron la ya ardorosa pasión de la joven que confiada y expansiva se manifestaba con todo el afecto atesorado en su alma, en esa alma no tocada por ninguna innoble pasión ni mezquino interés.

Alcides recibió con alegría estas inocentes manifestaciones de tierno afecto. Tal vez si en el amor de la joven costurera hallaría un medio de curarse de su amor a Blanca; tal vez si esta alma sinceramente afectuosa le daría el lenitivo[468] a sus amarguras y el bálsamo[469] a sus heridas.

---

467 *Anidarse*: (*fig.*) abrigar, acoger.
468 *Lenitivo*: (*fig.*) lo que suaviza o mitiga los sufrimientos morales.
469 *Bálsamo*: (*fig.*) consuelo, alivio.

Más que enamorado, Alcides se sentía desesperado: su papel de *amante desgraciado*, que tan malamente creía estar desempeñando, causábale risa, pero era la risa del despecho, del encono[470] al sentirse humillado, lastimado en su vanidad de afortunado conquistador. Y de la risa pasaba a la irritación, al enfurecimiento contra sí mismo al considerarse inhábil para contrarrestar sus propias pasiones cuando ellas no podían conducirlo a su verdadera felicidad.

Y colérico, desesperado llevaba trémulo de indignación su mano al revolver pensando que el hombre que tan miserablemente cede al impulso de inconveniente y descabellada pasión debe morir desbaratadamente[471] como mueren los tontos, y la risa más de una vez tornose en estallido de lágrimas y lágrimas muy amargas.

Lo trágicamente risible, eso era lo que él veía en esta pasión que a su pesar lo dominaba.

Quién había de creerlo, él, Alcides Lescanti, que tan vanidosamente aseguraba estar acostumbrado a domar muchos caballos bravos y muchas mujeres coquetas, era víctima del amor a *una coqueta*. Y —¡amor desgraciado!— decía riendo convulsiva y sarcásticamente.

Pero ¿qué remedio? Diariamente prometíase a sí mismo con inquebrantable propósito no volver más a casa *de ella*; mas, así que trascurrían algunos días sin verla, sentía el hastío que lo poseía y el amargor de profunda contrariedad.

¿Qué podía él hallar en el mundo que le produjera emociones tan vivas como las que experimentaba cerca de Blanca?

Ya no fingía indiferencia y desdén. ¿Para qué? ¡Para caer tal vez a los pies de ella más rendido, más apasionado y abatido en su altivez!... Vivía desazonado[472], mortificado y sus esperanzas de felicidad se dirigían más a librarse de este amor, que como un tormento llevaba en su alma, que a conquistar el corazón de la mujer amada.

Y en esos momentos él convertía la mirada hacia Josefina, hacia la hermosa costurera de la señora de Rubio, que a más le ofrecía el raro atractivo de ser, por su tipo y la corrección de líneas de su rostro, extraordinariamente parecida a Blanca.

¡Ah! si él pudiera amar a Josefina ¡cuán feliz sería! Cuánta diferencia entre el tierno y abnegado amor de ella y la irritante coquetería de Blanca.

Y a más, había llegado a la edad en que el hombre debe pensar seriamente en establecer una familia que fuera centro de todos sus afectos y aspiraciones. Y volvía a sus propósitos de buscar en nuevas impresiones el olvido a su ya obstinada pasión.

Y en tanto que se daba a estas reflexiones, Blanca estimulaba la pasión de Alcides con todo el incentivo de la esperanza y próxima cumplida felicidad que ella dejábale entrever.

Desde aquel famoso día en que Alcides intentó usar de sus pulsos[473] para

---

470 *Encono*: aversión, rencor, resentimiento, furia, ojeriza.
471 *Desbaratadamente*: desordenadamente, disipadamente.
472 *Desazonado*: disgustado, angustiado, intranquilo.
473 *Pulso*: habilidad, firmeza, fuerza.

alcanzar lo que no alcanzaran sus ruegos, Blanca se precaucionaba de su osadía excusándose de recibirlo siempre que debía estar sola con él. Para realizar este plan, que fue para la señora de Rubio como un gran plan de campaña, fuele forzoso valerse de mil efugios y artimañas que provocaron la risa de Alcides dejándolo comprender cuán insegura de sí misma estaba su amada.

Sí, cierto, ella no estaba segura de sí misma; ella como Alcides, más que él, sentía que después de haber alimentado su alma de vana coquetería e insípidos galanteos que son al corazón lo que la luz artificial a la planta que necesita para vivir el calor y la luz del sol, sentía hambre, sed, sed inextinguible de amor verdadero, de amor apasionado y ese sólo él, sólo Alcides Lescanti podía inspirárselo.

Si don Serafín no hubiera sido hombre incapaz de inspirar amor, de fijo que su esposa hubiese principiado a amarlo desde aquella época; pero el futuro Presidente de la República, con todas sus ineptitudes, sus nulidades y su absoluta carencia de condiciones apropiadas para tan elevado puesto, podía, no obstante, contar con la posibilidad de llegar a la silla presidencial más bien que al corazón de su esposa.

- XIX -

E ra el doce de agosto.

Un año había trascurrido desde la noche aquella de la cena en la cual Alcides aventuró la famosa apuesta lanzada en un círculo de amigos íntimos y que le fue referida a Blanca por Luciano dando ocasión a la otra apuesta del rey de espadas.

Este aniversario despertó en ella el deseo de realizar uno de sus extravagantes proyectos con el cual se prometía en esta vez castigar a Alcides, exhibirlo ante sus amigos en posición ridícula y risible como pretendiente burlado y quedar ella dominando la situación terminando así aquella pasión que día por día iba absorbiendo su pensamiento y sobreponiéndose a su voluntad[474].

Repetidas veces Lescanti exigiole citas misteriosas antes de ahora esperando vencer las resistencias de Blanca, pero ella se excusaba siempre con evasivas y arguciosos[475] amaños[476].

Mas ahora quiso cambiar de táctica. Se mostró rendida, parecía acceder a las exigencias de él, consintió en dejarlo en casa la primera ocasión propicia y ésta sería el día que hubiese invitados a comer. Entonces aprovecharían los momentos en que los comensales estuviesen fumando y la servidumbre alejada en las piezas interiores.

Aquel día habían llegado a combinar una entrevista llena de peligros al concepto de Alcides y de encantos al de Blanca. Él se retiraría sin tomar el café so[477] pretexto de obligaciones políticas e iría a ocultarse en el cuarto de vestirse de ella que estaba contiguo al dormitorio. Ella saldría del comedor aprovechándose de la primera oportunidad para ir a buscarlo a él.

Toda aquella combinación era algo rara e irregular, pero Alcides, hombre

---

474 Este párrafo es diferente y más corto en la primera versión en libro: «Este aniversario…proyectos con el que, más que castigar a Alcides, proponíase quizá precipitar los acontecimientos».

475 *Argucioso*: engañoso, tramposo.

476 *Amaño*: artificio, maña, estratagema.

477 *So*: bajo.

afortunado, juzgó que no debía dudar de estas amorosas promesas y consintió a pesar de sus desconfianzas en asistir a aquella cita dada por Blanca y por tanto tiempo solicitada por él[478].

El doce de agosto quiso pues ella dar un gran banquete para sus íntimos amigos[479].

Don Serafín no alcanzaba a explicarse este capricho de su esposa de preparar invitación de tanto aparato en día ordinario sin causa conocida; pero esta causa no podía faltarle a una mujer imaginativa y de grandes recursos como Blanca.

A las primeras objeciones o reparos de don Serafín ella, tomando el tono del reproche, habíale dicho:

—¡Calla ingrato! no recuerdas esta fecha.

—¿Es algo que se refiere a ti?

—Sí, precisamente a nuestro amor.

—Es raro que no lo recuerde.

—Es el día que tú por primera vez me dijiste que me amabas.

—¿El doce de agosto? y don Serafín coordinó en su memoria fechas y acontecimientos.

—Sí lo recuerdo muy bien y me admira que tú lo hayas olvidado.

Después de permanecer un momento pensativo mordiéndose el extremo de los bigotes y moviendo pausadamente la cabeza contestó:

—Yo diría que por el mes de agosto de aquella época yo no te había hablado una palabra de amor.

—¡Cándido! Qué mala memoria tienes: el doce de agosto, es una fecha que tú y yo debemos celebrar.

¡Cosa más rara! ¡Una fecha feliz que él había olvidado! Pero qué importaba que no coincidiera con sus recuerdos si ella la recordaba. Se complació amorosamente al considerar que Blanca celebraba aniversarios que se referían a él, a sus pasados amores: sintió deseos de arrodillarse ante ella y besarle las plantas.

Qué lástima que su mala memoria la hubiera hecho cambiar la fecha y el mes. Fue el 15 de mayo, cumpleaños de la señora mamá de Blanca, lo recordaba él muy bien. Lo convidaron a comer y se excedió un poco en el vino; a no haber sido así ¿cuándo hubiera tenido valor para declararle su pasión a la orgullosa señorita Blanca Sol?

¡El 15 de mayo! Bendito día que él muchas veces había querido celebrar y el temor al ridículo, temor a la risa de ella que hubiérale dicho: —¡Eh! déjate de aniversarios, después de tantos años de matrimonio–, era la causa por qué no se había atrevido a aventurar su proyecto[480].

¡Qué hacer! Hoy haría él de cuenta que era el 15 de mayo y festejaría esta fecha con tanta mayor alegría cuanto que los últimos sucesos acaecidos lo llevaban meditabundo y desazonado.

Cuando él menos lo esperaba salía ella con esta novedad de celebrar ani-

---

478   Estos últimos cuatro párrafos se introducen a partir de la segunda edición en libro.
479   A partir de la segunda edición en libro se añade al final «para sus íntimos amigos».
480   En la primera edición en libro este párrafo forma uno solo con el anterior.

versarios amorosos[481].

¿Quién diablos entiende a las mujeres? –pensaba don Serafín y a la *suya* mucho menos.

Todas estas ideas pasaban por la mente de don Serafín mientras llegaba la hora de la comida.

Alcides Lescanti fue de los primeros en llegar.

¡Siempre él! Pero ¿por qué odiarlo? Si amaba a Blanca tanto peor para él; ella se reiría de su amor como se había reído de tantos otros.

Estuvo contentísimo en la comida; Blanca se manifestó afectuosa. Tomaron ambos una copa que ella acompañó con un movimiento de cabeza lleno de expresión que él tradujo así: ¡Por el 15 de mayo! Estaba hermosísimamente, tenía todos los encantos de la mujer graciosa y la belleza de una estatua.

Cuán feliz se consideraba al pensar que él era el dueño de tan codiciado tesoro[482].

Durante la comida había reinado la alegría, la franqueza, la cordialidad entre los comensales siendo Blanca el centro y el alma de todos los presentes. En estos casos ella estaba encantadora; los dichos agudos, las sátiras picantes y todo el *esprit*[483] francés rebullían[484] en su alma derramándose como ambiente que embriagaba y seducían a cuantos la rodeaban.

Alcides y Blanca se miraron muchas veces con miradas de pasión y de elocuente decir. Quizá si Blanca, mejor que sus proyectos de venganza que en ese momento acariciaba en su mente, hubiera preferido un perdón que la llevara a los brazos de Alcides, del hombre a quien ya verdaderamente amaba.

Antes que se hubieran retirado todos los comensales, Alcides escurriéndose cautelosamente salió del comedor aprovechando de la animación y el contento que reinaba en la mesa.

Eran las diez de la noche.

Alcides se acercó a Blanca y con cierto aire misterioso se despidió de ella y como si esto fuera de antemano convenido, ella le estrechó la mano sin dirigirle ninguna observación a su intempestiva retirada.

Desde este momento, Blanca, como si una idea halagadora le sonriera en la imaginación, tornose alegre, chispeante, decidora hasta el punto de fijar la atención de muchos de los presentes.

Hacía cerca de dos horas de la salida de Alcides del comedor; los convidados habían pasado ya al salón de recibo cuando Faustina apareció dando voces y diciendo: —¡Ladrones! ¡ladrones!

—¡Ladrones! –repitieron todos a una.

—¡Dios mío! –exclamó Blanca– ¿Dónde están?

—En el dormitorio de la señora he sentido pasos y creo que hay una partida de ladrones.

Aunque nadie pareció alarmarse con esta novedad poco usada entre no-

---

481   En la primera edición en libro este párrafo forma uno solo con el anterior.
482   En la primera edición en libro estos dos últimos párrafos forman uno solo con el anterior.
483   *Esprit*: francés por agudeza, ingenio, en este caso.
484   *Rebullir*: agitarse, moverse.

sotros de entrar ladrones a una casa llena en ese momento de convidados, todos se dirigieron guiados por la señora Rubio al lugar donde dijo Faustina encontrábanse los ladrones.

D. Serafín no estuvo a la altura de su situación; se acobardó miserablemente. Iba y venía en diversas direcciones y en sus movimientos algo automáticos dejaba conocer estar poseído de estupendo miedo. ¡Desventurado! Su mala estrella lo colocaba de continuo en estas situaciones que trasparentaban la pequeñez de su alma.

Blanca, aunque también parecía algo asustada, tuvo tiempo suficiente para dirigirle desdeñosa mirada y en picaresco aparte exclamó: —Este hombre es ridículo hasta en los momentos más difíciles de su vida.

La mujer perdona fácilmente al hombre sus vicios, sus rudezas, hasta sus depravaciones, pero no le perdona jamás su cobardía.

Es que entre la mujer y el hombre hay algo instintivo como entre la yedra y el árbol[485]. Cuando el árbol por su debilidad no alcanza ni la gallardía ni el atrevimiento para levantar sus ramas al cielo, la yedra no va jamás a apoyar en él sus lustrosas y lozanas hojas.

El hombre cobarde le produce a la mujer el mismo efecto que debe producirle al hombre delicado y humano la desalmada y cruel mujer.

Los vicios esencialmente varoniles como los defectos igualmente femeniles son los únicos que mutuamente se perdonan ambos.

No debió estar ella muy tranquila, pues, con el fin de alejar de allí a su esposo, díjole con angustiado pero imperioso acento. —Anda inmediatamente a traer a la policía.

Y como si en su medroso[486] espíritu no hubiera aparecido este supremo recurso, salió don Serafín apresuradamente y bajando de dos en dos los tramos de la escalera dirigiose en pos del comisario del barrio.

Cuando ella lo vio alejarse respiró con entera libertad y sonrió con picaresca risa.

¡Qué felicidad tener un marido que se asusta de ladrones! A no haber sido así hubiera él quedado espantado al ver salir a Alcides detrás de un espejo, del espejo de vestir de ella donde parecía haberse escondido como un amante sorprendido en amorosa cita.

Ella reía y festejaba el lance dejándolos comprender a sus amigos, los que un tanto sorprendidos miraban a Alcides, que aquella escena era resultado de la apuesta del 12 de agosto y de la resolución de premiar al que ella les presentaba como *enamorado burlado*.

Cuando D. Serafín regresó venía acompañado de gran número de celadores[487] y con el revolver amartillado[488] muy resuelto a batirse si fuera preciso con toda una legión de malhechores[489].

---

485   *La yedra y el árbol*: Esta es una imagen que recurre en muchos de los escritos de Mercedes Cabello. Ver, por ejemplo, su artículo «Las primeras impresiones» publicado en *El Perú Ilustrado* (Año I, N°. 5, 11 de junio de 1887, págs. 6-8).

486   *Medroso*: temeroso, pusilánime.

487   *Celador*: persona que ejerce la vigilancia.

488   *Amartillar*: poner a punto un arma de fuego para dispararla.

489   *Malhechor*: delincuente, ladrón, maleante.

—Nadie... ni un alma, ni un rastro.

—¿Dónde están los ladrones?

Esta pregunta dirigíanse los unos a los otros sonriendo maliciosamente cual si adivinaran que aquello no podía tener más significación, que el de un lance burlesco preparado por Blanca Sol.

Cada cual decía algo apropiado a la situación y, como sucede en estos casos, todos por tácito convenio parecían concertarse para engañar al marido.

Cuando volvieron al salón los cuchicheos[490] burlescos, las confidencias misteriosas, los equívocos de toda suerte se sucedieron como granizada llovida quizá sobre el único que en ese momento era inocente: sobre el malaventurado D. Serafín.

La sociedad que con tanta frecuencia es injusta para juzgar a la mujer, lo es también en un solo caso para juzgar al hombre, y con este caso se hallaba don Serafín cargando con las infidelidades de Blanca como con un sambenito[491]; y aunque infidelidades supuestas, debían derramar todo el ridículo con que la sociedad *castiga a la víctima* juzgándola con la ciega injusticia de los juicios humanos.

D. Serafín no quedó del todo tranquilo después de este inexplicable lance.

Recordó la mancha de sangre que un día no muy lejano había él descubierto en el alfombrado y aunque en el primer momento pareció satisfecho con la explicación que su esposa le diera, aquel recuerdo habíasele presentado más de una vez y la mancha roja parecíale demasiado grande y demasiado roja para ser de una palomita herida.

Y D. Serafín, cejijunto[492] y cariacontecido[493], hacía esta cruel reflexión:

—Ayer fue una palomita herida, hoy es una partida de ladrones. ¿Si será algún día... –D. Serafín se estremeció y luego dijo:– un amante de Blanca?

---

490   *Cuchicheo*: chismorreo, cotilleo, murmullo.
491   *Sambenito*: descrédito o difamación que pesa sobre alguien en la opinión general.
492   *Cejijunto*: ceñudo, hosco, adusto, torvo.
493   *Cariacontecido*: turbado, preocupado, atribulado.

- XX -

¡Qué fue de Alcides en el tiempo trascurrido desde que salió del comedor hasta que se vio sorprendido por sus amigos en el dormitorio de la señora de Rubio?...

¡Ah! Si la altiva, la coqueta Blanca hubiera podido verlo mientras ella se lo imaginaba furiosamente enamorado contando los segundos que ella tardaba en llegar o quizá maldiciendo de su negra estrella que lo condenaba a esperar sin ver llegar a la hermosa y amada mujer; si ella hubiese alcanzado a verlo hubiera sin duda exclamado: ¡Por grande que sea la ingratitud de las mujeres, va siempre más allá la perfidia[494] de los hombres!...

Alcides de convenio con Blanca salió del comedor para ir a la alcoba. ¡Una cita en la propia alcoba cuando la casa estaba llena de convidados! Esto sólo podía ocurrírsele a ella y sólo de ella podía ser aceptado por un hombre como Alcides que no dejó de recordar que era el doce de agosto, el día fijado por sus amigos para premiarlo; y a más, Blanca conocía esta apuesta y era muy capaz de cometer una estupenda locura.

Pero después de todas estas reflexiones, concluyó por alzarse de hombros diciendo: —¡Adelante! ¡Sería ridículo en mí acobardarme! En último caso representaré una escena digna de Foblás[495].

Y sin más trepidaciones penetró sin obstáculo ninguno en el dormitorio de Blanca cuya puerta encontró entornada.

Dirigiose a un diván y se recostó tranquilamente[496].

Ella vendría luego. Un beso y nada más habíale dicho. Por cierto que sería imprudente exigir más. Un beso el doce de agosto era prenda de reconciliación y promesa de futuras felicidades.

494　*Perfidia*: deslealtad, traición, alevosía.

495　Referencia a la obra erótica *Les Amours du chevalier de Faublas* de Jean-Baptiste Louvet de Couvray (1760-1797), que reúne tres novelas: *Une Année de la vie du chevalier de Faublas* (1787), *Six semaines de la vie du chevalier de Faublas* (1788), *La Fin des amours de Faublas* (1790). La novela tiene como protagonista a un adolescente pícaro y aunque el autor subraya las intenciones moralizantes del desenlace, la obra relata con cierta alegría las locuras de este irresistible seductor. La obra fue traducida en el siglo XIX al castellano como *Aventuras del Baroncito Foblás*.

496　En la primera edición en libro, esta oración y los dos párrafos anteriores conforman un solo párrafo.

¡Cuánto tardaba!... El más leve ruido le producía estremecimiento[497].

Esperó quince... veinte... cuarenta minutos. ¡La ingrata no llegaba!... ¡Una hora!...

Entonces le avino la concepción clara y precisa de su situación.

¡Blanca pretendía burlarlo dejándolo esperarla en vano! Y al hacer esta exclamación su corazón latió con violencia y frío sudor inundó su frente.

Resolvió esperar un momento más antes de retirarse[498].

Rememoró su conducta, trajo a cuentas su proceder en su condición de enamorado de la señora de Rubio. No se juzgó digno de este castigo, ella sola, ella había sido la causante de su desesperación y su despecho que lo condujeron hasta el punto de lanzar ese atrevido juramento. Ella no era merecedora del amor constante, apasionado que él le consagrara renunciando en su favor, y sólo por halagarla, a su condición altamente codiciable de *león* de los aristocráticos salones de la sociedad limeña.

Ella, mujer voluble y ligera que con su conducta había dado margen a ser conceptuada, más que como coqueta, como la más desleal esposa y liviana mujer, no merecía ser amada sino como se ama a esa clase de mujeres con el amor de una hora que pasa así que termina el vals que se ha bailado con ella respirando su perfume y estrechando su talle.

En este punto de sus reflexiones sintió pasos en la habitación contigua.

Entreabrió la puerta con cuidado y miró con gran ansiedad. ¡Ah! ¡Es Blanca! ¡Me esperaba! Pero no, ese no es su vestido... ¡Ah! ¡Es Josefina! ¡Oh! ¡Venganzas o felicidades yo os acepto!... ¡Bienvenida seáis!... ¡Josefina tú me salvarás!...[499]

En lugar de la coqueta voy a encontrarme con la mujer de corazón, con la verdadera mujer que yo debo de amar. ¡Bendita seas, casualidad!...

Todas estas exclamaciones hacia él contemplando a Josefina y adelantando lentamente. Ella, sentada delante de una mesa con los codos apoyados y el rostro casi oculto entre ambas manos, estaba tan absorta en sus pensamientos que no sintió el ligero ruido de los pasos de Alcides.

La honrada y modesta costurera de la señora de Rubio, oyendo el chocar de las copas y la algazara[500] producida por los alegres comensales, meditaba reflexionando sobre su triste vivir.

Su corazón, largo tiempo adormecido, con ese adormecimiento que trae el trabajo cuando su incesante afán aniquila la fuerza física y abate la fuerza moral; su corazón parecía erguirse[501] cual si sus derechos y prerrogativas reclamara.

---

497   En la primera edición en libro, esta oración y el párrafo anterior componen un solo párrafo.

498   En la primera edición en libro, esta oración y los dos párrafos anteriores conforman un solo párrafo.

499   La primera edición en libro presenta tres leves diferencias. La última oración de este párrafo es un acápite aparte y los dos párrafos anteriores forman uno solo. Por ultimo, la última parte de este párrafo dice lo siguiente: «Ah! ¡Es Josefina! ¡Oh! ¡Bienvenida seáis venganzas o felicidades, yo os acepto!».

500   *Algazara*: ruido, gritería, algarabía, alborozo.

501   *Erguir*: levantarse.

Y por una de esas reacciones del espíritu, ella parangonó[502] su vida pasada a su vida presente y su condición de ayer a su situación de hoy.

Si hasta entonces había vivido uncida[503] a la máquina de coser y a sus instrumentos[504] de florista, preciso era que llegara el día de la tregua, del descanso, preciso era que pensara en el amor. ¿Acaso la sociedad le ha dejado otra puerta de salida a la mujer?

La vida tal cual la había pasado quedaba allá abajo y las gentes que como ella sufrían y trabajaban se le presentaron como un hormiguero humano[505].

En la morada de Blanca, alegre y hermosa como la mansión soñada para el placer[506], se respiraba tan bien; el espíritu se holgaba como si hubiera nacido allí. Cuán distinto de vivir en esos entresuelos[507] de la calle del Sauce, oscuros, húmedos donde ella se veía en la necesidad de dormir con sus dos hermanos en la misma habitación.

Mientras la señora de Rubio vivía feliz rodeada de admiradores, de amantes y de toda clase de consideraciones, ella trabajaba día y noche sin alcanzar a darles siquiera lo indispensable a su anciana abuela y sus pequeños hermanos. Llamábanla virtuosa y nadie se atrevería a darle un asiento en medio de esa gente feliz que reía y se alegraba mientras ella sufría y trabajaba. ¡Una costurera! ¡Una artesana! ¿Cuándo ha ocupado un lugar entre la gente distinguida?...

Después de un momento de reflexión, como si recordara algo consolador en su situación, pensó en su madre; su madre antes de morir habíale dicho:

—Josefina sé virtuosa, la virtud lleva en sí misma la recompensa. Cuando se ha vivido practicando el bien se arrostra la desgracia con resignación y se llega a la muerte mirando la mano de Dios que nos da su bendición. No le robes tu tiempo al trabajo ni aun para consagrarlo a oraciones demasiado largas. Trabaja y espera. La recompensa de los buenos se encuentra no sólo en la otra vida, sino también en ésta...

En este punto de sus reflexiones volvió la cabeza y vio a Alcides.

—Señor, ¿necesita Ud. algo?

Y Josefina, de pie, mirábale pálida y temblorosa[508].

—Sí, necesito hablar contigo.

Josefina calló sintiéndose ofendida por este familiar tratamiento.

—He salido del comedor porque sospechaba que tú estarías aquí.

—Pero pueden notar su ausencia y no creerían que yo soy inocente.

---

502   *Parangonar*: comparar.

503   *Uncido*: atado.

504   A partir de la segunda edición en libro se pone erróneamente *instrucciones* por *instrumentos*.

505   En la primera edición en libro, esta oración y el párrafo anterior componen un solo párrafo.

506   La primera edición en libro tiene para esta primera frase lo siguiente: «En la morada de Blanca, alegre y y alta como un nido de águilas

507   *Entresuelo*: planta de un edificio situada entre la más baja y la primera o principal.

508   En la primera edición en libro se pone lo siguiente: «Y Josefina se puso de pie pálida y temblorosa».

—No temas, linda mía. Todos hemos apurado sendas[509] copas y la alegría es atronadora[510].

En este momento la algazara del comedor parecía aumentarse notablemente.

Alcides se encontraba bajo la influencia del champaña que, como acababa de decir, habíase apurado profusamente.

Estaba más que nunca hermoso. El color ligeramente sonrosado, los ojos húmedos, brillantes, los labios rojos y la fina nariz dilatada dábanle aspecto atrevido y seductor.

Con la voz vibrante y apasionada habló:

—Mira Josefina, mientras tú aquí sola y triste te entregas a tus amargas reflexiones otros allá gozan y ríen sin pensar más que en su alegría.

Josefina, movió con profunda amargura su linda cabeza cual si se dijera a si misma: —Cierto, verdad.

—¿Sabes cuál es la causa de esto? Es que ellos miran la vida sin cuidarse de saber cuál es el bueno ni el mal camino, porque no conocen más guía que el placer. ¿Quieres pertenecer al número de los felices? Ven, yo te guiaré.

Y Alcides se acercó a la joven intentando tomarla por la mano.

—No, yo quiero ser feliz, pero honrada.

—Deja esas pretensiones que son tontas.

—La pobreza sin virtudes es doblemente despreciable –dijo Josefina con dignidad.

—Qué te importa la estimación del mundo si ya te doy la mía.

—No, los hombres no estiman a las mujeres que ellos mismos han perdido.

—Vaya, que me hablas como un oráculo pesimista.

—Soy joven, pero he sufrido mucho –dijo con tristeza Josefina como si con estas palabras quisiera significar cuanta experiencia había adquirido en sus desgracias.

—Esa misma desgracia te da derecho a buscar tu felicidad a toda costa aun avasallando[511] tus preocupaciones.

—¡Ah si supiera Ud. cuán desgraciada soy! Ustedes los que gozan de los bienes de la fortuna no alcanzan a comprender lo que es la pobreza. No saben lo que es ver a una familia amanecer el día y saber que no hay en la casa ni un mendrugo[512] de pan cuando dos niños sienten hambre y una anciana siente frío. Y no hay más que una de esas cuatro personas que pueda aplacar[513] el hambre de los niños y calmar el frío de la anciana, y esa persona es una mujer que muchos días se siente sin fuerzas para trabajar porque el sufrimiento y el trabajo aniquilan y enferman.

---

509 *Sendos*: «[u]no o una para cada cual de dos o más personas o cosas» *(DRAE)*.
510 *Atronador*: estruendoso, ensordecedor, ruidoso, atronante.
511 *Avasallar*: dominar, someter, sojuzgar.
512 *Mendrugo*: pedazo de pan duro.
513 *Aplacar*: calmar, saciar.

Alcides miró enternecido a Josefina. Este atrevido Lovelace[514] no era insensible a la compasión.

—¡Pobre Josefina! y tú te encuentras en esa situación ¿no es verdad?

—Sí, yo que sufro y trabajo sin tregua, sin descanso; yo que no tengo derecho a amar porque el hombre que yo amara no querría aceptarme por esposa.

—Tú mereces ser la esposa de un príncipe que ponga a tus pies sus tesoros.

Josefina sin atender a la galantería demasiado vulgar de Alcides continuó diciendo:

—Yo no soy más que la pobre costurera de la calle del Sauce que vive hoy de la caridad de la señora Rubio.

—¡Pobre Josefina! ¿Quieres admitir mi protección? Te prometo ser tu protector desinteresadamente.

—Gracias, la protección de Ud. sería mal interpretada; no la admito.

—Josefina, sé tú mi ángel tutelar[515], tú puedes regenerarme y convertirme... yo seré tu esclavo, sé tú mi reina.

Y Alcides con la delicadeza del caballero besó la mano que le abandonaba y ella con la sinceridad de la virtud desgraciada le refirió a Alcides sus trabajos sus penas, sus angustias, su vida toda.

¡La virtud desgraciada! ¡Hay acaso nada más interesante y conmovedor!...

En lo más importante y más patético de este diálogo en el que Josefina refirió a Alcides la triste historia de sus penurias fueron ambos sorprendidos por un diálogo en el que creyeron reconocer la voz de la señora Rubio[516].

Como movidos por un resorte Josefina y Alcides pusiéronse de pie y se dirigieron hacia el lugar de donde parecía venir la voz.

Prestaron atención conteniendo ambos hasta la respiración que en ese momento era irregular y agitada.

Alcides con un movimiento instintivo tomó a Josefina por una mano, ella llevó la otra al pecho como si quisiera detener los tumultuosos latidos de su corazón.

Con gran asombro oyeron que Blanca le decía a Faustina:

—Ya es hora. Cierra esta puerta para que él no pueda salir por aquí. Grita mucho y finge gran miedo.

---

514 Referencia al personaje de la novela *Clarissa, or the History of a Young Lady* (1748) de Samuel Richardson (1689-1761), quien era un seductor cínico y sin escrúpulos.

515 *Tutelar*: protector, guía, defensor.

516 Este capítulo en la primera edición en libro acaba con este párrafo (pero bastante distinto) y uno más:

«En lo más importante y más patético... la triste historia de su vida fueron ambos sorprendidos por los convidados que, atraídos por las voces de Faustina y dirigidos por la intencionada voluntad de la señora Rubio, llegaron a sorprender a Alcides.

Y él, que mientras hablaba con ella había pensado no separarse sin pedirle la dirección de su casa, sin hablarle de sus esperanzas de matrimonio, sin decirle, en fin, '¡El alma de Ud. será el puerto de salvación de la mía! Pero, ¡cómo salvarse!', iba a ser sorprendido y apenas tuvo tiempo de salir de la habitación de Josefina y pasar a la alcoba de Blanca».

—Ya verá Ud. que bien hago mi papel, el señor Alcides caerá en la trampa.

Lescanti, como hombre de mundo muy corrido en aventuras complicadas y atrevidas, comprendió en el acto el verdadero propósito de las órdenes que acababa de escuchar y mesándose[517] los cabellos con la más profunda indignación exclamó: —¡Infame, infame! Esta es una celada[518] que me ha tendido Blanca Sol.

Josefina, que al pronto no se dio cuenta de las palabras de Alcides, se imaginó que ella también podía ser víctima de este peligroso lance y trémula y casi llorosa hablaba:

—Estoy perdida ¡Dios mío, Dios mío! Qué va a ser de mí si me encuentran aquí con el señor Lescanti.

—Nada tema Ud. le dijo Lescanti estrechándole las manos. Josefina, el golpe va dirigido sólo contra mí.

—Pero ¿qué sucede? ¡Ay Señor! yo no comprendo una sola palabra de todo esto.

Alcides como si hablara consigo mismo continuó diciendo: —Todo lo adivino. Blanca me ha dado una falsa cita en su dormitorio para exhibirme como amante burlado desempeñando el ridículo papel de ser sorprendido por sus amigos y su marido, ¡Ah! ¡Hoy es el 12 de agosto!... No importa, yo voy a arrostrar ese ridículo.

Al escuchar estas palabras ella deteniendo a Alcides le decía:

—No, yo no quiero, yo no puedo consentir en que lo humillen a Ud.

Josefina con ese instinto delicado de la mujer que ama comprendió el peligro que lo amenazaba a Alcides y tembló a la idea de que él arrostrara el ridículo delante de tantas personas y más aún delante de otra mujer, de la que ella miraba ya como su rival. Y arrebatada por tierno y generoso afecto se asió de los brazos de su amante e impidiendole la salida decíale con ardoroso afecto:

—No, no salga Ud. Quédese aquí. Poco importa lo que digan de mí. Ud. sabe que soy inocente y eso me basta.

Lescanti sumamente conmovido sintiendo subírsele la sangre al cerebro y seducido su corazón por aquella manifestación de bondad, de ternura y de audacia para sacrificarse por él, la estrechó contra su pecho con efusivo afecto y besándole respetuosamente los cabellos levantó los ojos al cielo diciendo: —Josefina, le juro por la memoria de mi madre que si llegara a comprometerse la reputación de Ud. mi nombre, mi honor, mi vida serán responsables de la honra y del porvenir de Ud. Si antes le he prometido ser su protector desde este momento le aseguro que Ud. ocupará un puesto muy alto en mi corazón. La indigna conducta de Blanca al lado del generoso desprendimiento de Ud. me prueba que no hay comparación entre los seres egoístas y pervertidos y los ángeles del cielo.

---

517 *Mesar*: tirar, arrancar.
518 *Celada*: trampa, engaño.

En este momento Alcides, separándose violentamente de Josefina que lo tenía asido de la mano, salió de la habitación de ésta y pasó a la alcoba de Blanca donde, como ya queda narrado, fue sorprendido por los amigos que le prometieron premiarlo como al gran vencedor, al amante de Blanca Sol.

- XXI -

lcides era algo fatalista y vio la mano de su destino en esta feliz entrevista que la casualidad, y sin duda su buena estrella, le presentaban[519]. Y tal fue la fuerza y el dominio de sus convicciones que sentíase radicalmente curado de esa su malhadada[520] pasión por Blanca.

Después de esta escena rara en que la señora de Rubio, obedeciendo a un
plan bien combinado, o mejor, mal combinado para su honor, llevó a sus
amigos para que se divirtieran sorprendiendo a Alcides en su alcoba, él había
salido de la casa indignado y resuelto a no volver jamás; pero muy luego cayó
en cuenta que podía saborear el placer de referirle él mismo la entrevista que,
cual raya de luz celestial, había llegado hasta él para embellecer los crueles
momentos que ella le deparaba.

Así vendría un rompimiento definitivo dejándole mayor libertad y quizá
también tranquilidad de ánimo para pensar sólo en Josefina, en la virtuosa
joven a quien él quería amar como un medio de salvarse de aquella esclavitud
que ha tiempo le mortificaba.

Principiaba a sentir en su corazón esos momentos de resfrío que preceden
a la completa extinción del amor, y resolvió ir a donde Blanca no a pedirle explicaciones, que entre ellos bien pudieran en vez de llegar al duelo llegar a la
caricia, sino que fue resuelto a darle cruel lanzada que terminaría por eterna
despedida.

Se detuvo a meditar sobre tan atrevida resolución.

¿No perjudicaría con esta revelación[521] a la hermosa costurera que tanto
lo amaba y que tan generosamente había querido sacrificarle su reputación
con tal de salvarlo del lance ridículo que como un lazo le tendió Blanca?[522]
Pensó desistir de este proyecto, pero reflexionó que la salida de Josefina de la
casa de la señora Rubio, lejos de perjudicarla favorecería sus proyectos de pro-
tegerla, de amarla y quizá también de darle su nombre.

---

519   La primera edición en libro pone *presentara* en vez de *presentaban*.
520   *Malhadado*: infortunado, desdichado, desgraciado, desventurado.
521   A partir de la segunda edición en libro se cambia la palabra *revelación* por *resolución*.
522   A partir de la segunda edición en libro se añade a esta oración la última parte de esta
      frase; es decir, se añade: «y que tan generosamente había querido sacrificarle su repu-
      tación con tal de salvarlo del lance ridículo que como un lazo le tendió Blanca

Josefina al lado de Blanca no sería más que la oscura costurera de la señora de Rubio, en tanto que bajo su protección él llegaría a darle si no su nombre, cuando menos desahogada condición.

Dirigiose pues a casa de Blanca para saborear el placer de la venganza hiriéndola en su amor propio, único punto vulnerable donde juzgaba que podría herirla él.

Eligió la hora en que don Serafín acostumbraba salir de la casa y las visitas de Blanca no habían aún principiado a llegar.

Ella lo recibió cariñosamente, quiso darle amorosas excusas, pretendió convencerlo que todas sus desgracias provenían de la torpeza de Faustina; díjole que la salida de él del comedor fue algo intempestiva y hubiera llamado la atención no sólo de sus convidados, sino más aún de su esposo caso que ella lo hubiera seguido después como convinieron. Se extendió largamente dándole explicaciones para manifestarle que cuando los comensales dejaron la mesa y pasaron a las otras habitaciones donde acostumbraban fumar y jugar a las cartas le fue a ella imposible salir[523].

Alcides se negó repetidas veces a escucharla y manifestando suma indiferencia y grande serenidad díjole:

—Yo señora no he venido a pedir explicaciones de extravagancias que viniendo de Ud. todas me parecen aceptables.

—¿Está Ud. muy enojado?

—No, al contrario, he venido a manifestarle cuánto agradecimiento le debo a Ud.

—Agradecimiento ¿de qué?

—De las dos horas deliciosas que pasé en su alcoba.

—¡Ah! ya comprendo, se entretendría Ud. en mirar los magníficos cuadros que hay en mi dormitorio.

—No, me ocupé en algo mejor.

—¿Se pondría Ud. a registrar mi álbum de recuerdos?

—Nada de eso iguala a la felicidad que he gustado allá.

—No comprendo ¿qué es lo que hizo Ud.?

—Amé como nunca he amado, como sólo se puede amar a la mujer pura y virtuosa.

—¡Quia! ¿Cree Ud. que puede darme celos?

—No, quiero decirle que entre nosotros no habrá en adelante más que una buena amistad; amo a Josefina cuyas virtudes sólo anoche en las dos horas que pasé en el dormitorio de Ud. al lado de ella he podido valorizar[524].

—¡Cómo! ¿Es verdad lo que Ud. está diciendo?

—¿Por qué lo duda Ud.?

—Pero eso es una infamia inaudita.

—Nunca como la de Ud., señora y sepa Ud. que anoche he recibido

---

523 La primera edición en libro presenta una versión distinta del final de este párrafo: «… hubiera seguido después como convinierc

524 Este párrafo en la primera edición termina así: «…cuyas virtudes sólo anoche he podido valorizar».

pruebas de ser Josefina tan noble y generosa cuanto Ud. es desleal y pérfida[525].

Y para no desafiar los arrebatos coléricos de la señora de Rubio, Alcides con tranquilo ademán y sonrisa desdeñosa dirigiose a la puerta de salida después de una ligera y cortés venia[526] de despedida.

Blanca, enfurecida al ver que con su intempestiva retirada la privaba de desahogarse hablando tanto cuanto era capaz de hablar en estas situaciones, dirigiose a él para apostrofarlo[527] diciéndole: —Es Ud. un pérfido, un infame, un canalla, un... ¡Díos mío! ¡Ya no me oye!

Descubrir una infamia inaudita y no poder dar pábulo a la indignación, no poder desahogar la cólera hablando, insultando, riñendo...

Y además ¿quién podía asegurarle si Alcides no estaba ya verdaderamente enamorado de Josefina? ¡Ah! si tal sucediera se interpondría entre ellos y reconquistaría el amor de Alcides.

Su mayor indignación era contra Josefina, contra su costurera y con esa rapidez de acción con que resolvía todos los actos de su vida dirigiose donde Josefina para arrojarla de su casa como un animal dañoso. Antes quiso informarse de la verdad por medio de Faustina.

Ella que fue la encargada de salir dando voces y pidiendo socorro sabría sin duda lo que hacían en su alcoba.

Faustina informó a la señora de Rubio aunque con escasos detalles de la escena entre Josefina y Alcides.

Faustina oyó que hablaban en tono declamatorio; parecía que él rogaba y ella se excusaba; no pudo ver nada, por temor a que los amantes se apercibieran que los escuchaban. Y luego como se trataba de dar una sorpresa y tomarlos por ladrones, no quiso ni respirar y limitose a cumplir al pie de la letra las órdenes recibidas.

Blanca cada vez más furiosa hartó[528] a insultos a Faustina.

—¡Animal! ¡estúpida! parecíale imposible que no hubiera comprendido que si Alcides hablaba con Josefina, cosa no prevista por ella, no debía haberlos dejado una hora entera sin dar la voz de alarma que le fue ordenada muy de antemano.

Y como sucede siempre en esas circunstancias, otra criada, la niñera del último vástago de D. Serafín, declaró muy escandalizada que ella había presenciado muchas entrevistas de la costurerita, de la señorita Josefina con el señor Alcides.

—Raro que la señora no los haya visto, si hablan largo y teniendo en el corredor; ella del lado de adentro, y él apoyado en la puerta que Josefina abre sólo cuando lo ve llegar.

—¡Con que ella lo amaba! La infame, la pérfida, ¡ya pagará caro sus

---

525 A partir de la segunda edición en libro se añade la última parte de esta oración («...y sepa Ud. que anoche he recibido pruebas de ser Josefina tan noble y generosa cuanto Ud. es desleal y pérfida»).

527 *Apostrofar*: insultar, recriminar, echar en cara, gritar, increpar.

528 *Hartar*: colmar, saturar.

526 *Venia*: «[i]nclinación que se hace con la cabeza, saludando cortésmente a alguien» (*DRAE*).

culpas!... decía llena de impetuoso coraje la señora de Rubio dirigiéndose a la habitación en la cual Josefina, ocupada en trabajar un lindo ramo de flores, estaba muy ajena a la tempestad que en ese momento se desataba sobre su cabeza.

—¿Con qué Ud. se atreve a dar citas a sus amantes en mi propia casa?

—¡Señora... yo...! ¡Ah! ¡Eso no es cierto!...

—Es Ud. una muchacha pervertida. Salga Ud. ahora mismo de mi casa y vaya a morirse de hambre como lo estuvo antes que yo le diera a Ud. mi protección.

—¡Señora tenga Ud. compasión de mí!

—Salga Ud. si no quiere que la arroje con mis propias manos, –y Blanca airada y furiosa dirigiose hacia la joven que aterrada con esa amenazante expresión púsose de pie y tomó su *manta* de calle.

En los caracteres vehementes las impresiones violentas se manifiestan siempre por explosiones de cólera y furiosa impaciencia.

Aquel día Blanca dio de cachetes[529] a Faustina por... porque sí.

Riñó por distintas causas con el malaventurado don Serafín que en sus adentros se consolaba diciendo: —Así es ella. ¡Qué mujer tan rara, ya le pasará!... ¡Y yo que cada día la amo más!

Luciano que vino a visitarla no salió mejor librado de la animosidad colérica de Blanca. Le dijo que era un *adulón* sin dignidad que pasaba la vida mendigando invitaciones y engalanándose con los méritos de sus amigos por carecer él de los propios; le dijo[530] que si era buscado y convidado no era porque miraran sus cualidades personales, sino porque en sociedad se necesita de los hombres pequeños como en los empedrados de las piedras menudas para que llenen los huecos.

Luciano, que no sabía enojarse con ninguna mujer cuya amistad le era indispensable para su papel de joven a la moda, tomó a broma las injurias de Blanca y fingiendo risa y festejando los conceptos ofensivos de la que él llamaba su amiga apresurose a despedirse diciendo en un aparte muy expresivo: —Hoy está la señora Blanca con toda una legión de demonios en el cuerpo.

Sí, cierto, ella sentía una legión de demonios que le devoraban el alma.

¡Los celos! ¡Ella celosa! Y ¿de quién? de Josefina, de la desarrapada[531] costurera que había vivido en un cuchitril[532] donde ella sintió sofocación, nauseas producidas por el aire viciado de las habitaciones que son a la vez cocina, dormitorio y comedor... ¡Oh! ¡Esto era horrible!... Su dignidad y su altivez sintiéronse hoy más que nunca heridas.

Pero luego llegole la reflexión y después que su indignación y su rabia, desbordadas en torrente de palabras, hallaron el desahogo necesario serenose un tanto su ánimo y por reacción natural del espíritu dio a su pensamiento más halagüeño rumbo[533].

---

529 *Dar de cachetes*: abofetear.
530 A partir de la segunda edición en libro se añade *le dijo* a esta frase.
531 *Desarrapado*: harapiento, desharrapado, andrajoso.
532 *Cuchitril*: «[h]abitación estrecha y desaseada» *(DRAE)*. En la primera edición en libro se usa la palabra casucha en vez de cuchitril.
533 En la primera oración en libro este párrafo forma uno solo con el anterior.

Alcides la amaba, estaba furiosamente enamorado de ella. ¿Por qué desesperar? Las entrevistas con Josefina quizá si no eran más que pasatiempos, recursos de enamorado desgraciado. Ya mandaría ella a llamarlo y estaba segura que él regresaría más rendido, más humilde y más amante que nunca.

¡Ella, Blanca Sol, se consideraba ridícula y hasta digna de burla sintiendo celos... y de Josefina!

¡Vaya! Valía más que se ocupara del vestido que había de llevar el lunes a la recepción de su amiga, la señora C.

Mientras Blanca hacía estas reflexiones, Josefina, triste llorosa, encaminábase a la casa de su abuela donde los desvelos y el trabajo serían como antes los compañeros de su vida.

En medio a su aflicción una idea consoladora acudió a su mente: si la señora Rubio la arrojaba de su casa era porque veía en ella rival temible y digna de atención.

¡Rival de una gran señora!

Al hacer esta exclamación, sus lágrimas cesaron de correr y su corazón regocijose dulcemente.

¡Rival de Blanca Sol! ¡Ella, la oscura costurera de la calle del Sauce!... No debiera estar la señora Rubio muy segura del amor de su amante cuando así se alarmaba con la presencia de una pobre costurera; y Josefina[534] que al salir expulsada de la casa columbraba[535] horrorizada no tanto la miseria que le aguardaba cuanto el probable olvido de Alcides, sintiose algo más confortada y esperanzada.

En concepto de Josefina, Alcides era el amante de la señora de Rubio.

---

534   La primera edición en libro trae la palabra *ella* en vez de su nombre *Josefina*.
535   *Columbrar*: entrever, imaginar, adivinar.

- XXII -

Cuando Josefina llegó a su antiguo domicilio más triste hoy que antes, salió como de ordinario a recibirla su abuela, la señora Alva.

—Qué temprano has regresado hoy, querida hijita.

Luego, mirando a Josefina agregó: —¡Y estás horriblemente pálida! ¿Te sientes mal? Me parece que hubieras llorado. ¿Te aflige alguna pena?

—No, nada tengo, ninguna pena me aflige.

—Vaya, sería cosa curiosa que ahora que todos estamos en la casa contentos como unas pascuas[536] vinieras tú a ponerte triste. Mira, ven, te voy a enseñar algo que te gustará.

Y la señora Alva queriendo distraer a Josefina llevola para mostrarle algunos objetos cuyo arreglo la ocupaban días ha.

—Mira –dijo– ya tus hermanos tienen cama blanda y abrigada para estos meses de invierno. Desde mañana principiarán a ir al colegio. ¡Qué felicidad! Ya puedo ver que mis nietos reciben educación digna de su elevado nacimiento. Mira, les he comprado estos dos vestidos... ¿qué te parece? y también estos zapatos. Ya no sucederá como el día pasado que los arrojaron del colegio no por faltas que cometían, sino por los vestidos demasiado viejos. ¡Oh cuánto debemos agradecerle su protección a la señora de Rubio!

—¡Ah mamá, muy desgraciadas somos! –exclamó Josefina sin poder ocultar su emoción.

—Sí, hemos sido muy desgraciadas, pero Dios se ha compadecido al fin de nosotros. Yo, aunque antes parecía estar muy contenta, no lo estaba, no podía estarlo viéndote a ti, hijita mía, trabajar más de doce horas al día. En la noche, cuando nadie me veía lloraba mucho, lloraba pensando que tú no resistirías ese trabajo incesante y que morirías como tu madre...Y entonces pensaba qué sería de mí, qué sería de tus dos hermanos si te perdíamos a ti... ellos son dos criaturas que no pueden trabajar, yo una anciana que no sirvo para nada.

---

536 *Pascuas*: la expresión figurativa y familiar de *estar como unas pascuas* significa estar sumamente alegre.

En este punto Josefina no pudo resistir más y lanzándose al cuello de la señora Alva prorrumpió[537] en amargo llanto:

—¡Madre!... ¡Madre! ¡Estamos otra vez solas en el mundo!

Ambas quedaron por un momento estrechamente unidas y llorando. La señora Alva parecía no haber comprendido las palabras de su nieta y la miraba asombrada.

—¿Qué es lo que quieres decirme? ¿Has perdido acaso la protección de la señora Rubio? Ya sabes que para resistir el infortunio siempre hay fuerzas en mi alma. Habla, ¿qué ha sucedido?

Josefina no podía contestar, los sollozos embargaban su voz.

—Ya lo comprendo, esas grandes señoras creen que los pobres debemos quedar al nivel de los animales domésticos de su casa —observó la señora Alva con toda la altivez que su sangre y su alcurnia le inspiraban.

—Hoy mismo —dijo Josefina enjugando sus lágrimas— es necesario que vayas donde todas mis parroquianas y les avises que vuelvo a coser vestidos y a trabajar flores.

—Pero dime ¿qué es lo que ha sucedido?

—Mamá, no me exijas que te revele lo que debo callar, es un secreto.

—Josefina, —dijo con solemne acento la señora Alva— mientras más rudas son las pruebas a las que Dios somete la virtud, mayor es el premio que debemos esperar. Ten valor no desesperes; si hoy la señora Rubio nos retira su protección mañana la Providencia nos enviará lo que perdemos con ella si es que hemos sacrificado bienes materiales a los grandes bienes del alma.

Y la señora Alva, con ese espíritu templado en el infortunio y alentada por sus aristocráticas aspiraciones, recibió tranquila y resignada la cruel noticia de que su nieta volvería a trabajar sin tregua ni descanso y la escasez y la pobreza volverían a morar entre los suyos hoy tan felices.

Llegada la hora de comer, Josefina estuvo muy triste, parecíale impasable el frugal alimento que su abuela le presentaba.

¡Dios mío! ¡Era posible que en tan poco tiempo ella se hubiese acostumbrado a los suculentos potajes de la mesa de la señora Rubio!...

Dejó los platos sin haber logrado pasar un sólo bocado.

Se dirigió a su dormitorio; quería pensar con entera libertad en Alcides.

---

537 *Prorrumpir*: exclamar, emitir, estallar, proferir.

- XXIII -

Blanca Sol había principiado a amar a Alcides precisamente porque comprendía que él había cesado de amarla. Sin darse ella misma cuenta, él fue adquiriendo grandes méritos e inmensos atractivos que antes no llamaron su atención, como si el amor hubiera llegado a iluminar la parte más bella del alma de Alcides, aquella parte que sólo podía estimarla hoy que lo amaba[538].

Y luego, para que Alcides se elevara como si vientos amigos lo llevaran a las nubes, tenía a su lado, a la vista el término de comparación. ¡Qué diferencia! ¡Alcides y D. Serafín!

Por primera vez, antojósele hacer la autopsia moral de su esposo. Mas como la disección se verificaba partiendo del punto de vista de lo bello o lo simpático, resultó mi D. Serafín, conceptuado por su esposa, sin ninguna buena cualidad moral.

Muchas veces ocurriole, antes de ahora, calificarlo contentándose con estas sintéticas palabras: *tiene el alma atravesada*; pero hoy no, hoy no se contentaba con este, que juzgó incompleto, calificativo y fue más allá; y como si su corazón necesitara disculpas quiso poner en relieve los defectos de su esposo.

Así, a medida que decrecía su estimación para *él*, crecía su pasión para Alcides; pero con su natural coquetería había retardado con amaño[539] y sagacidad el día de una declaración que fuera inevitable caída.

Por fin, llegó la violenta despedida de Alcides y ése fue el día que puede llamarse estallido de la pasión.

Entonces Blanca Sol amó y amó con verdadera pasión, como sólo amara a los veinte años.

Entonces pensó renunciar a la sociedad, al lujo y vivir vida aislada, modesta, sin más felicidad, sin más alegría que la que él pudiera darle.

---

538   A partir de la segunda edición en libro se omite el siguiente párrafo que sigue a este primero: «No podía explicarse cómo era que tanto tiempo y con tanta frecuencia había tenido cerca de sí, a sus pies, al hombre llamado a despertar su alma a la vida de los afectos, a la ardorosa existencia de la pasión que como necesidad infinita sentía en su corazón».

539   *Amaño*: astucia, maña.

Y ¡cosa rara!⁵⁴⁰ también a sus hijos, a los hijos de D. Serafín principió a amarlos con ternura hasta entonces por primera vez sentida.

Y D. Serafín presenció la escena singular para él de ver a Blanca pasar horas enteras entretenida con las gracias de sus hijos pequeños prodigándoles⁵⁴¹ caricias y palabras de maternal afecto. Y ¡cosa más rara todavía⁵⁴²! dejaba de asistir a tertulias y fiestas dadas por algunas de sus amigas prefiriendo quedarse en casa muchas veces sola y triste.

¿Sería que Blanca iba a principiar a ser *madre de sus hijos y amorosa esposa de él?* Con esta idea su corazón se henchía⁵⁴³ de regocijo y esperanza. Pero luego recordó esa maldita cama separada por todo un jirón de piezas que hasta entonces Blanca se empeñaba en alejar de la suya, y suspiró triste y desconsoladamente.

Si D. Serafín hubiera sido capaz de un tantico más de perspicacia, hubiese observado que en los bailes y paseos la ausencia de su esposa coincidía con la ausencia de Alcides, y que ella dejaba de asistir a fiestas y tertulias sólo por estar bien informada de que no había de encontrarlo a *él* allá.

Qué felicidad es contar con amigos como Luciano; ellos prestan servicios importantísimos y en caso de necesidad hasta descienden de su condición de adoradores apasionados a la de *terceros*⁵⁴⁴. Así Blanca llegó a obtener datos exactos y sabía si Alcides asistiría a tal o cual invitación o frecuentaría a esta o la otra amistad.

Blanca, después de la riña con Luciano, riña a la que él no dio importancia alguna, quiso *hacer las paces* pensando que en esa circunstancia necesitaba más que nunca de su *reporter.*

Luciano no vio en tal conducta sino uno de los raros caprichos de su amiga y cumplía con informarle hasta de los menores detalles de la vida de Alcides, no sin dejar de asombrarse al comprender que Blanca amaba verdaderamente.

Un día D. Serafín decíale a su esposa:

—Paréceme que llevas vida demasiado triste, si tú quieres iremos esta noche al teatro.

—La compañía que trabaja ahora es tan mala, que...

—Cierto, pero como tenemos el palco⁵⁴⁵ abonado⁵⁴⁶, te distraerás allá algo más que en casa.

—Veré a Alcides, pensó Blanca, y convino en asistir por la noche al teatro.

Allí estuvo *él.*

Blanca lo contempló amorosamente; hasta llegó a imaginarse que le sería posible vivir así completamente dichosa sin más alegría que verlo aunque fuera a la distancia.

---

540   A partir de la segunda edición en libro se omite la palabra *más* después de *cosa* en esta expresión.

541   *Prodigar*: dar con profusión.

542   A partir de la segunda edición en libro se añade la palabra *más* después de *cosa* en esta expresión.

543   *Henchir*: llenar, colmar.

544   *Tercero*: En este caso alguien que

545   *Palco*: Aposento de cuatro o seis o más personas en forma de balcón en un teatro.

546   *Abonado*: con una subscripción para un espectáculo.

Había entrado de lleno, totalmente al amor apasionado y resignado.

Vio con inmenso regocijo que Alcides fijó en ella más de una vez sus gemelos[547] de teatro.

—Me ama aún –pensaba con íntima satisfacción.

D. Serafín también estuvo sumamente contento, participaba de la ya rara alegría de su esposa.

De regreso del teatro ella se dirigió a su alcoba, él la siguió resueltamente.

Había concebido un atrevido proyecto.

Blanca había estado tan hermosa, tan seductora que[548]... ¡Vaya! ¿Pues qué? ¿No era él acaso su marido?...

Blanca estaba contentísima, era preciso aprovechar tan propicia ocasión.

Acababa de ver *Orfeo en los Infiernos* y estas óperas bufas[549] *impresionaban* mucho a D. Serafín.

Blanca se dirigió directamente a su espejo. Quería mirarse para cerciorarse una vez más de que estaba hermosa.

Alcides había fijado muchas veces en ella su mirada. ¡Ah! ¡Él volvería a caer pronto a sus pies!...

Sentíase rejuvenecida, hermoseada.

¡Treinta años! No, ella no tenía treinta años. Sólo a los quince se ama así con tanto ardor.

No quiso llamar a Faustina; ella sola pensaba desvestirse.

Principió a desatarse el peinado y sin dejar de mirarse al espejo hablaba con D. Serafín; éste desde el sitio en que estaba veía la imagen de su esposa reproducida en el espejo.

—¿No te parece que el *cerquillo*[550] me sienta mejor así enrizado como lo he llevado esta noche?

—Sí, esta noche has estado muy bien.

Y sin volverse a mirarlo Blanca arreglaba y desarreglaba el undoso[551] cabello que como nube dorada por un rayo de sol llevaba en la frente prestando mayor hechizo a su lindo rostro.

—No sé que tienes esta noche, los ojos te brillan como nunca.

—Es que estoy contenta, muy contenta.

—¡Albricias![552], murmuró don Serafín.

---

547 *Gemelos*: anteojos para ver a distancia.

548 A partir de la segunda edición en libro se añade la expresión *tan seductora*. En la primera edición en libro se lee: «...estado tan hermosa que... ¡Vaya!

549 Una ópera bufa es un subgénero de la ópera que nace en Italia (*l'opera buffa*) que se representaba en los entreactos de obras serias de gran extension. Su carácter, en oposición a las obras serias que se representaban, era el de una bufonada o farsa de un tono subido. En Francia, se desarrolla a mediados del siglo XIX un tipo de ópera bufa o cómica conocida por *opéra bouffe* en la que un ingenioso diálogo hablado se combinaba con una centelleante y ligera música en un género creado para entretener. Su nombre en Francia lo empezó a usar Jacques Offenbach (1819-1880) en 1858 con el estreno de *Orphée aux enfers* (Orfeo en los infiernos); el nombre proviene del lugar donde se estrenó esta obra, Théâtre des Bouffes-Parisiens.

550 *Cerquill*: cabello recortado que se deja caer sobre la frente.

551 *Undoso*: que forma o se mueve como olas.

552 *Albricias*: expresión de júbilo

—Cuánto me alegra verte así.

—Sí, estoy contenta y pienso ir a la primera tertulia que me conviden. Este traje granate que he tenido esta noche, ¿no te parece que me sienta mejor que los otros?

—Sí, has estado muy bien esta noche.

De pronto Blanca se volvió con intenciones de sentarse en el diván a esperar que su esposo se retirara a sus habitaciones para poderse acostar ella y quedose pasmada mirando a don Serafín.

Estaba *instalado definitivamente*.

—¡Qué es eso! ¿Piensas acaso quedarte aquí?

D. Serafín tuvo tentaciones de decir:

—¡No! Pero... tuvo que rendirse a la evidencia y dijo: —Sí, y con amorosa sonrisa balbució entre dientes algunas palabras más que ella no llegó a escuchar.

Blanca sin manifestar enojo por aquel inesperado asalto al lecho nupcial hizo una mueca llena de gracia y continuó riendo maliciosamente[553].

Después de haberse despojado de sus joyas y adornos díjole a su esposo:

—Espérame que ya vuelvo luego –y dirigiose a las habitaciones de sus hijos.

—Cada día esta más corregida. Vendrá presto[554]. Habrá ido a ver a sus hijos –pensaba D. Serafín.

Pero pasaron diez, veinte, cuarenta minutos.

De seguro que esta era una de las extravagancias de Blanca. ¡Qué demonios! ¡No hay como entender a las mujeres! Cuando él se imaginaba que *la suya* estaba más contenta, más satisfecha salía con alguna novedad capaz de sacar de quicio[555] al mismísimo Job[556].

Se vistió apresuradamente. Llamó. ¡Blanca!... ¡Blanca!

A dónde diablos se habrá ido esta mujer.

Se dirigió a las habitaciones de sus hijos.

—La señora, pasó hace poco para el dormitorio de Ud. —le dijo una de las ayas de sus hijos.

—¿A mi dormitorio? ¡Esto sí que sería gracioso!...

Y era verdad. Blanca estaba en el dormitorio de él con la puerta muy bien cerrada.

D. Serafín sintió ímpetus coléricos y estuvo a punto de echar abajo a viva fuerza esa puerta cerrada sólo para él.

Pero dominó su cólera y se volvió diciéndose a sí mismo: —Lo que no ha de ser bien castigado, que sea bien callado.

Y volvió a acostarse en la cama de Blanca, rabioso y desesperado.

Este estado de ánimo no fue parte a impedir que un momento después él durmiera profundamente.

---

553 A partir de la segunda edición en libro se añade después del adverbio afirmativo *sí* lo que sigue («y con amorosa...) hasta «...asalto al lecho nupci ‘«Blanca hizo una mueca...

554 *Presto*: pronto, al instante. En la primera edición en libro aparece la palabra *luego* en vez de *presto*.

555 *Sacar de quicio*: volver loco, exasperar.

556 *Job*: personaje bíblico célebre por su piedad, paciencia y resignación.

Y mientras D. Serafín dormía, Blanca agitada, nerviosa no llegaba a conciliar el sueño.

Y en esas horas de insomnio se entregaba a reflexiones tan serias y profundas que nadie diría brotadas[557] en el cerebro de la veleidosa y superficial Blanca Sol.

Su condición de mujer casada, y casada con un hombre al cual hoy menos que nunca podría amar, presentósele con toda la espantable realidad de su vida.

Pensaba que el matrimonio sin amor no era más que la prostitución sancionada por la sociedad; esto cuando no era el ridículo en acción como era su matrimonio ridículo, que para ella era ya tortura constante de su corazón[558].

¿Qué sucesión de acontecimientos pudo llevarla hasta casarse con D. Serafín?

Y ahora ¿qué remedio?, ahora que menos que nunca quería ser esposa de él.

Antes, cuando aún no amaba a ningún hombre, encontraba más fácil, más hacedero[559] tolerar lo que hoy le era insoportable y repugnante.

Si Alcides la amara como antes, si quisiera consagrarle su vida y su porvenir, ella pensaría en una separación definitiva llevándose a su lado a sus hijos.

¡Mis hijos! Por primera vez al pronunciar estas palabras sentía arrasarse sus ojos en lágrimas[560].

¡Ah! Ellos solos podrían obligarla a aceptar el sacrificio de vivir al lado del hombre ridículo que de más en más tornábasele antipático.

Por dicha de ambos esposos, la escena aquella del dormitorio no volvieron a recordarla y D. Serafín, llevando adelante su principio de que lo que no ha de ser bien castigado debe ser bien callado, manifestose al día siguiente atinadamente tranquilo y sereno como si tal no hubiese sucedido[561].

Así, ella continuó amando a Alcides y él amándola a ella resignadamente.

Esta situación de amante olvidada y desdeñada era la menos apropiada al carácter vehemente y apasionado de Blanca y un día resolvió hablar con Alcides segura de reconquistar aquel corazón que por tan largo tiempo vio a sus pies.

Bajo pretexto cualquiera, el primero que le ocurriera, mandó llamar a Alcides por medio de una esquelita muy perfumada y muy afectuosa.

Él, a pesar de sus enérgicos propósitos de olvidar para siempre a Blanca, llevó a sus labios la esquela, aspiró su maléfico[562] perfume y besó el papel donde ella había posado su mano.

---

557 *Brotado*: surgido, nacido.
558 A partir de la segunda edición en libro se agrega esta última frase a la oración: «ridículo, que para ella era ya tortura constante de su corazón
559 *Hacedero*: que puede hacerse con facilidad.
560 *Arrasarse en lágrimas*: anegarse en llanto.
561 Todas las ediciones omiten el adverbio negativo *no* en esta frase («como si tal hubiese sucedido), pero el sentido de la frase es que don Serafín se comporta de manera sosegada haciendo cuenta que *no* había ocurrido nada desagradable la noche anterior.
562 *Maléfico*: que hace daño.

En ese momento, su amor a Josefina del que creía estar tan seguro se disipó como nube arrastrada por el huracán.

Dos horas después de recibida la esquela, Alcides atusaba[563] sus largos mostachos, perfumaba su siempre hermosa cabellera sembrada ya de hilos de plata y mientras se vestía pensaba que en el amor de ciertas mujeres hay maleficio, algo que es más poderoso que la voluntad y más imperioso que la razón.

Bien sabía que Blanca lo llamaba para principiar de nuevo sus escaramuzas llenas de astucia y coquetería que no harían sino encadenarlo más y más sin esperanza de llegar a la meta de su felicidad.

Conocía el juego siempre falso y mañoso de ella e iba persuadido de que más que el amor lo llevaba allá un capricho o quizá más bien la debilidad de su voluntad para resistir a sus seducciones.

Desde la noche que prometió a Josefina ser su protector y su amigo, Alcides huía de acercarse a Blanca con el mismo empeño que se huye de la desgracia. Desechaba el recuerdo de Blanca como un mal y acariciaba la imagen de Josefina como la imagen de la felicidad.

Quería persuadirse a sí mismo de que su amor a ésta era un sentimiento que nacía de su corazón, en tanto que su pasión a la otra era un amorío que él debía borrar de su recuerdo.

Antes de tomar su sombrero se detuvo a reflexionar sobre su última resolución. Lo que su conciencia, su razón le dictaban era no volver donde la señora de Rubio. Pero... sucedió lo de siempre... Alcides no supo dominarse.

Cuando Blanca lo vio llegar, le sonrió cariñosamente y con su voz de sirena y su mirada de hechicera le tendió[564] la mano diciéndole. —Estamos de paz ¿no es verdad?

—¿Quién puede estar de guerra con Ud.?

—¡Vaya! Confiéselo Ud., pensó darme celos ¿no es cierto?

—¿De qué modo?

—Diciéndome que amaba Ud. a Josefina.

—Y ¿qué le importa a Ud. que yo ame a Josefina?

—Cierto, que no debiera importarme, pero...

—¿Qué? diga Ud.

—Pero no puedo prescindirlo, tengo celos.

—¿Celos? ¿Ud. que no sabe amar?

—El amor llega cuando el amante se escapa.

—Y el amor se va, señora, cuando el amante se cansa.

—Yo creía que el vocabulario amoroso no conocía la palabra cansancio.

—Sí, la conoce, cuando es el cansancio de la burla y el escarnio[565].

—Vaya, Alcides, no hablemos de eso.

Y Blanca le tendió la mano que él se apresuró a estrechar y besar apasionadamente[566].

---

563 *Atusar*: recortar e igualar con tijeras el pelo.
564 En la primera edición en libro se lee *tendiole* en vez de *le tendió*.
565 *Escarnio*: burla afrentosa, injuria.
566 En la primera edición en libro se lee *con pasión* en vez de *apasionadamente*.

Un momento después, siguiendo su costumbre de veterano de las filas de Cupido, Alcides arrodillado a los pies de Blanca le juraba con eficacia y fervorosamente que su amor no había disminuido un punto y que si estuvo aquella noche con Josefina fue para olvidarse un momento de la ingratitud de ella, la única mujer que él amaba.

Las palabras dichas entre ruido de besos, los besos cortados tan sólo para dar paso al suspiro que el exceso de respiración les hacía exhalar. Promesas dichas al oído para que ni el aire al pasar las pudiera sorprender...

¡Ah! ¡quién había de creer que aquella mujer tan tierna, tan apasionada era la misma de otros tiempos, la burlona y satírica Blanca Sol!... ¡Quién había de creer tampoco que el corazón de aquel hombre maldecía en ese momento su suerte que de nuevo lo encadenaba a los pies de Blanca, y acariciando a ésta pensaba en Josefina, en la virtuosa joven cuyo amor le traería[567] la única ventura que él esperaba en lo porvenir: los goces tranquilos de la familia y la dicha serena del amor que le ofrecía la modesta costurera!

Así pues, las palabras de Alcides no fueron como las de ella, expresión de amor y la pasión verdadera; él habló muy bien, pero habló sin convicciones. Frases empenachadas[568] y románticas que sonaban a huecas ampulosidades[569] teatrales más propias para dichas en un salón de baile que en diálogo amorosamente íntimo.

Y para que lo trágicamente ridículo de la vida tuviera su complemento quizá necesario, faltaba sólo que el destino del malaventurado don Serafín trajérale en ese momento para sorprender la primera escena verdaderamente amorosa entre su esposa y Alcides.

En lo más apasionado de este diálogo apareció él entrando no por la puerta que daba al corredor que a esa cuidó Blanca de ponerle picaporte, sino por la puerta que comunicaba con las piezas interiores. D. Serafín penetró en la habitación distraídamente sin imaginarse qué espectáculo tan estupendo por su espantable realidad le esperaba[570].

Ella que lo vio, no tan pronto como hubiera sido preciso para que él no se diera cuenta de lo que pasaba, dio un grito y arrojó violentamente a Alcides lejos de sí.

D. Serafín, adelantose a largos pasos trémulo de rabia y con los crispados[571] puños en actitud amenazante.

Alcides algo inmutado pero tranquilo lo esperó de pie.

Blanca, también de pie, estaba menos pálida que Alcides.

—¡Infames! –vociferó don Serafín furioso.

—Caballero, estoy a las órdenes de Ud.

—Sí, es necesario que yo lo mate a Ud.

—Será un duelo a muerte.

—Y a ti también, ¡adúltera!–gritó don Serafín levantando las manos para lanzar sobre su esposa este horrible apóstrofe.

---

567   A partir de la segunda edición en libro se lee *traía* en vez de *traería*.
568   *Empenachado*: adornado
569   *Ampulosidad*: exceso de artificio o falta de sencillez.
570   Esta última oración de este párrafo se añade a partir de la segunda edición en libro
571   *Crispado*: contraído.

Blanca con su habitual serenidad recurrió a su inagotable astucia y parodiando aquella escena inventada por Dumas en la cual, María Antonieta sorprendida por Luis XVI en el momento en que su amante estaba postrado a sus pies, ella, como la Reina de Francia dijo: —¿Pero qué significa todo esto? Si el señor se ha arrodillado a mis pies sólo para pedirme la mano de Josefina, de mi pobre protegida[572].

Alcides halló la astucia de Blanca como una salida aceptable y dijo:

—Señor Rubio, si cree Ud. que con esto he ofendido a su esposa, le repito estoy a las órdenes de Ud.

—Eso es mentira, yo quiero matarlo a Ud.

—Ahora mismo, si Ud. gusta.

—Qué haré ¡Dios mío! Mira Rubio, te juro que el señor me hablaba de Josefina y me pedía de rodillas su mano.

—¡Quita de aquí infame!

Y don Serafín rechazó tan violentamente a su esposa que la obligó a retroceder dando traspiés[573].

—Señor Rubio, entre dos caballeros como nosotros no hay necesidad de testigos, estoy a sus órdenes.

—Sí, ahora mismo no necesitamos de testigos para romperle a Ud. el alma.

Alcides sin dar importancia a la fanfarronesca[574] bravata de don Serafín salió él primero y bajó las escaleras mirando con aire risueño el ademán amenazador de don Serafín. Éste sin tardar más tiempo que el necesario para tomar su rica caja de pistolas de desafío, que por lo flamante[575] y lustrosas manifestaban que por primera vez iban a perder su virginal pureza, bajó apresuradamente las escaleras.

Ambos se encontraron en la puerta de calle.

Entre dos hombres que quieren matarse por una mujer siempre hay uno que no debía ser sino el matador.

Antes de haber concluido de descender las escaleras, don Serafín alcanzó a escuchar que su esposa lloraba con agudísimos y desconsolados gemidos[576].

—Tal vez mañana estará viuda –pensó sintiendo aflojársele un tanto los músculos tensivos de su cuerpo.

El coche de Blanca estaba casualmente enganchado. D. Serafín subió cometiendo la distracción de sentarse al lado opuesto de la testera[577], lo que le valió una observación de su cochero que muy cortésmente le dijo: —Va Ud. señor de espaldas.

---

572 Esta es una referencia a la novela de Alejandro Dumas (1802-1870) *Le Collier de la Reine* (1849-50), una de las cinco novelas que escribió sobre María Antonieta (1755-1793). La argucia de Blanca Sol se refiere a la escena cuando el rey sorprende a la reina con el conde Olivier de Charny de rodillas ante ella y ésta le dice al rey que el conde sólo le pedía la mano de su antigua doncella y camarera Andrée Taverny.

573 *Traspié*: resbalón, tropezón.

574 *Fanfarronesco*: presuntuoso, jactancioso.

575 *Flamante*: brillante, reluciente, nuevo.

576 La última parte de este párrafo difiere en la primera edición en libro: «...su esposa lloraba desconsoladamente

577 *Testera*: asiento en que se va de frente en un coche.

—¡Oh!... ¡Ah!... ¡Cierto! –y cambió de sitio.

Las lágrimas de su esposa enjuagáronse más pronto de lo que él pudo imaginarse. Cuando sintió que partían los dos coches recordó el susto aquel de marras[578] cuando fue él a llamar a la policía para aprehender a los ladrones, lance risible que sólo pudo acobardar el pusilánime[579] espíritu de su esposo. Después de recordar los detalles de aquella escena con aire de íntima convicción dijo: —¡Él no se batirá!...

Y mientras ella hacía esta exclamación, él en su carruaje tirado por un par de briosos *bayos*[580] se dirigía a la Pampa de Amancaes[581], orden que don Serafín muy enfáticamente había dado a su cochero.

—Siga Ud. a ese carruaje –había ordenado a su vez Alcides subiendo a un coche de alquiler que acertó a pasar en ese momento.

Y ambos carruajes se dirigieron a la Pampa de Amancaes que más de una vez ha sido teatro de algunos duelos y ese día lo sería del de un Ministro de Justicia, del futuro candidato a la presidencia de la República.

En el tiempo que duró el viaje, que no puede ser menos de media hora, don Serafín como hombre prudente y previsor meditó larga y profundamente.

Pensó que Alcides era un tirador de primera fuerza que sin más ni más iba a clavarle una onza de plomo en el cráneo. Se arrepintió de su ligereza en aceptar este desafío sin todas las formalidades del caso.

—Y después de todo –dijo–, si este perillán[582] me mata quién me dice que de aquí no se irá a donde Blanca y ya sin impedimento ninguno los dos se amarán... se... ¡oh!... ¡no!... ¡jamás!...

Luego recordó haber oído la relación de aquellos dos duelos de Alcides de los cuales había resultado uno de los contendientes muerto y éste fue *como él* un marido celoso.

En este punto sintió que horrible escalofrío helaba todos sus miembros.

¡Qué diablos! Un hombre no está obligado a dejarse matar por el primer traga–cureña[583] que quiera ponerlo de blanco de su revólver. De seguro que el que inventó los desafíos no fue un hombre casado y con hijos. Y bien pensado, es la mayor tontería, cuando no se va con entera seguridad de matar, aceptar estos lances que tal vez entran en el plan de las felicidades que con la muerte del marido ha de realizar el rival.

Y don Serafín en el colmo de su rabiosa desesperación se mordía los puños y se retorcía de furor.

A su vez, Alcides también se dio a cavilar que tal vez iba a morir. Y morir por una coqueta sin corazón debe ser cosa risible, decía, dando al diablo la

---

578 *De marras*: consabido, que es conocido de sobra.
579 *Pusilánime*: cobarde, falto de ánimo.
580 *Bayo*: caballo de color blanco amarillento.
581 *Pampa de Amancaes*: un lugar donde desde el siglo XVI los criollos se reunían cada 24 de junio para celebrar la fiesta de San Juan Bautista, tiempo en que se inicia la floración del amancae.
582 *Perillán*: hombre pícaro, astuto.
583 *Traga-cureña*: el que carga el cañón montado en un carro o armazón donde se monta esta pieza de artillería.

hora en que aceptó este desafío. Y si, como era probable, él mataba a ese ridículo marido, que al fin y al cabo era todo un Ministro de Estado, ¿cuántos sinsabores[584] podían venirle? Y luego Josefina, ¿qué diría, al saber que se había batido con el esposo de Blanca?

Bajo la influencia de estas serias reflexiones llegaron ambos a la hermosa Pampa de Amancaes.

D. Serafín con su caja de pistolas bajo el brazo descendió de su coche. Estaba mortalmente pálido, frío sudor humedecía su frente y sus manos trémulas estrechaban fuertemente la rica caja de sus pistolas.

—Creo que hemos parado en el sitio más apropiado, dijo Alcides bajando del coche.

—Sí –contestó el mísero pudiendo apenas articular esta sílaba.

Luego abrió la caja y presentando las pistolas con tembloroso acento:

—No tenemos padrinos que carguen las armas –observó.

—Cada cual cargará la suya.

Las armas se cargaron, las distancias se midieron, las condiciones se ajustaron.

...¡Dios mío! A don Serafín no le quedaba más que una esperanza, que Blanca, mujer fantástica y muy dada a las escenas de efecto y dramáticamente raras, se le presentara y cayendo de rodillas en medio de los dos implorara el perdón de su falta.

A cada instante imaginábase sentir el ruido de un coche que velozmente traía a una mujer (a la suya) que pálida, despeluznada[585] sacaba la cabeza por el ventanillo del coche agitando en la mano un pañuelo blanco con el que quería decirles: —¡Esperad, no os matéis!...

A medida que Alcides veía crecer el terror de D. Serafín mayor empeño manifestaba él en llevar a cabo el desafío. No obstante, quizá él deseaba menos realizar este lance.

Todo estaba ya listo y sólo faltaba que ambos combatientes tomaran sus respectivos sitios[586]. Un momento más y la bola de la pistola de Alcides atravesaría el corazón de D. Serafín.

Pero él acercándose a Alcides, preguntó.

—¿Verdaderamente Ud. desea casarse con Josefina?

—¿Por qué lo duda Ud., señor Rubio?

—Me parecía que esto no era verdad.

—A fe de caballero se lo juro.

—Entonces ¿por qué nos batimos?

—Porque Ud. lo desea.

—¡Yo!...

Un momento después los dos coches regresaban trayendo a los dos contendientes, aunque no muy amigos, muy satisfechos de verse libres de un grave peligro.

---

584 *Sinsabor*: disgusto, desazón.
585 *Despeluznado*: enmarañado el cabello.
586 A partir de la segunda edición en libro se añade esta última frase («y sólo faltaba que ambos combatientes tomaran sus respectivos sitios»).

¡Y eran dos hombres!

¡Ah! si hubieran sido dos leones o dos gallos uno de ellos hubiera quedado valientemente dueño del campo.

Aquí se debe decir como Juan Jacobo Rousseau: «El hombre que piensa es un animal degradado»[587].

---

587 Cita proveniente del ensayo de Rousseau (1712-1778) de 1755 titulado *Discours sur l'origine de l'inégalité et les fondements parmi les hommes*. La cita completa es la siguiente: «J'ose presque dire que l'état de reflexion est un état contre nature et que l'homme qui médite est un animal dépravé» («Me atrevo casi a decir que el estado de reflexión es un estado en contra de la naturaleza y que el hombre que medita es un animal depravado»).

- XXIV -

S iguiendo la tradicional costumbre de menguados[588] y cobardes, que muy bonitamente terminan sus lances de honor refocilando[589] el acobardado ánimo con un suculento almuerzo, D. Serafín y Alcides debieron ir al Americano a terminar su desafío; pero no fue así, y aunque en el primer momento diéronse la mano amistosamente, muy luego cada cual se dio a urdir la manera mejor de asir a su rival por el cuello.

Si antes Alcides fue valeroso y atrevido en los distintos lances de honor en que debió cruzar el acero con algún ofendido marido, ahora que su amor a Blanca había llegado a ese grado en que la razón principia a argumentar –porque al fin después de furiosa lucha se siente ella más poderosa que el amor– el sereno raciocinio sugiriole este dilema: —Ser valiente ante el marido de la mujer que no se ama es ser doblemente cobarde ante la propia conciencia: yo no debo, pues, matar a este desgraciado marido.

De aquí la falta de valor de Alcides nunca comparable a la cobardía de D. Serafín, del señor Ministro de Justicia, Culto y Obras Públicas.

D. Serafín regresaba de este raro desafío muy meditabundo, pero no muy triste.

¡Cosa más rara! Parecíale que un peso inmenso habíanle quitado de sobre el corazón. Pensaba con íntimo regocijo que Blanca, mujer astuta y artificiosa, había de procurar halagarlo, mimarlo quizá acariciarlo para hacerle olvidar la escena aquella que él vio perfectamente y que estaba muy lejos de ser una petitoria de la mano de Josefina.

En adelante sus derechos de marido ofendido le darían valor para exigir muchas cosas que él tanto deseaba y que humildemente le era[590] forzoso callar.

Sí, todo cambiaría[591] en adelante. De víctima iba a pasar a verdugo, de tiranizado a tirano.

Se presentaría siempre muy serio, muy altivo. Y ella de fijo que tendría que ser muy amable, muy cariñosa, muy condescendiente.

---

588 *Menguado*: pusilánime, medroso, cobarde.
589 *Refocilar*: alegrarse o regodear.
590 En la primera edición en libro se lee *érale* en vez de *le era*.
591 En la primera edición en libro se lee *cambiará* por *cambiaría*.

¿No era él el ofendido? ¿No era ella la culpable?

A pesar de sus furiosos celos que tantas amarguras le hicieran apurar, él prefería esta situación de marido ofendido a la otra de marido desdeñado[592].

Las tiránicas y caprichosas arbitrariedades de su esposa tiempo ha pesaban sobre su amoroso corazón con insoportable pesadumbre.

En esos momentos cuando iba a presentarse de nuevo ante Blanca bajo esta nueva faz recorrió en su memoria las distintas épocas de su vida.

Su juventud había sido muy triste, casi solitaria y aislada. Él fue un joven moral no por convicción ni por principios, sino porque su padre le decía a todas horas que debía acostumbrarse a la vida metódica, la única que conserva la salud y asegura la fortuna contra las asechanzas[593] de los que, con el nombre de amigos, no son más que ruines especuladores de los ricos.

Una querida él no la tuvo jamás. ¡Qué había de poder sostener mujer el hombre que por toda renta no llega a contar más que con aquella peseta dada para dulces por su avaro padre!...

Por eso su amor a Blanca fue como estallido de todas sus pasiones y afectos.

La muerte de su padre, que le puso en condiciones de llegar a la posesión de su inmensa fortuna, sólo acaeció cuando él estaba ya encadenado a los pies de la que debía ser su diosa y también su tirana.

Su padre, que siempre le hablara del matrimonio como medio de orden y economía, jamás hubiera consentido que él tomara por esposa a la mujer que en su concepto era la más derrochadora que existía en Lima.

Después de pasar revista a todos estos acontecimientos, rememoró[594] las deliciosas horas de su pasada vida matrimonial.

Y volviendo la mirada hacia al presente antojósole que todo podía volver a su primitivo estado.

Por su parte, si Blanca se enmendaba él estaba llano a perdonarla ésta su primera falta.

Su situación la encontraba de mucha más fácil compostura hoy que lo que estuvo pocos días antes.

Por lo pronto, esa misma noche con todo el imperio y los derechos de un marido celoso volvería a la alcoba de la cual por tanto tiempo estuvo caprichosamente alejado. ¡Ah! Al fin iba a realizar este justísimo anhelo de su amoroso corazón ¡Qué felicidad!...

Y D. Serafín frotándose las manos sonriose con toda la alegría que esta esperanza le trajera.

La verdad es que después de haber sorprendido a su esposa en medio de esta escena significativamente amorosa, él estaba más contento, más tranquilo y más esperanzado de volver a ser como antes dichoso marido.

Lo que indudablemente le convenía era llevar adelante la ingeniosa invención de Blanca y dejarle creer que él no dudaba que Alcides estaba arro-

---

592 *Desdeñado*: ofendido, despreciado, desestimado.
593 *Asechanza*: engaño or artificio para perjudicar a otra persona.
594 *Rememorar*: recordar.

dillado a los pies de ella sólo para pedirle la mano de Josefina.

Bajo la influencia de estas conciliadoras ideas, llegó a su casa; Blanca, aunque abrigando el humillante convencimiento[595] de que su esposo no se batiría, esperábale ansiosa y agitada.

Pero así que lo vio llegar de una sola mirada adivinó lo que pasaba en el corazón de don Serafín y corriendo hacia él con el rostro iluminado por jubilosa expresión díjole:

—¡Gracias a Dios que te veo llegar sano y salvo!

Blanca estrechó entre sus dos manos las de su esposo. Él tuvo necesidad de hacer grande esfuerzo para no abrirle los brazos.

Sintió impulsos generosos, hubiera querido poderle decir. —Conozco tu falta, pero te perdono.

¡Ah! si ella hubiese podido ver en ese momento el corazón de su esposo no se hubiera atrevido a *estereotiparlo* diciendo, como dijo en otro tiempo: *Tiene el alma atravesada.*

Y para ocultarle el triste concepto que ella tenía formado de su valor aventuró tímidamente esta pregunta:

—Y Alcides, ¿ha salido herido?

—No, él está como yo, sano y salvo.

—¡Pues qué! ¿No os habéis batido?

—Naturalmente ¿cómo había yo de ir a matar al novio de Josefina?

—Sí, cierto, pero ¿qué te ha dicho él?

—Me ha dado toda clase de explicaciones que al fin he tenido que convencerme y suspender el duelo.

—¡Habla! ¿qué dice?

—Me ha jurado que su matrimonio con Josefina se realizaría dentro dos meses.

—¡Imposible!, exclamó ella con imprudente angustia.

—¡Cómo! ¿tú no dices que él te pedía de rodillas la mano de Josefina?

—Sí, es verdad... pero...

—Pues, sí señor, Alcides me ha dado la más cumplida satisfacción y en prenda de[596] la veracidad de sus palabras me ha pedido que tú y yo seamos padrinos de su matrimonio con Josefina.

—Y tú ¿qué piensas? ¿Autorizarás con tu presencia un matrimonio que será el escandalo de la sociedad?

—Y ¿por qué no? Josefina es una muchacha bien nacida y virtuosa.

—¡Virtuosa! Pues sabe que la he arrojado de mi casa porque la he sorprendido en citas con Alcides.

—Qué tal mosquita muerta; así son estas beatitas. ¿Quién había de creerlo? Muy bien has hecho. Con que en citas ¿eh? Con razón el pícaro de Alcides nos visitaba con tanta frecuencia ¿Y cómo es que has llegado a tan interesante descubrimiento?

---

595   En la primera edición en libro se lee una leve diferencia: «... convencimiento de que su esposo no se batiría...».

596   *En prenda de*: en señal de

—Aquella noche que Faustina dio de voces diciendo que había ladrones en mi dormitorio eran ellos que aprovecharon de la oportunidad para estar juntos.

—¡Ja, ja, ja! ¡qué tales pícaros!...

Y el señor Ministro que estaba contentísimo reía con la naturalidad del hombre satisfecho.

Sí, don Serafín estaba contentísimo, acababa de salvar de un desafío lleno de peligros y luego venía a saber que Alcides verdaderamente amaba a Josefina.

Y mucho más lo estaría si adivinara hasta qué punto el amor de Alcides para Blanca había principiado a evaporarse dejando lugar a la reflexión y al razonamiento. Y cuando un enamorado reflexiona es porque está desandando el camino del amor o, lo que es lo mismo, ha cambiado de rumbo y avanza hacia más halagüeña y seductora senda.

Como si la razón, apoyada por la indignación, por la conveniencia y por la reflexión, hubiera sido el adalid[597] armado que valerosamente combatía en contra de la señora de Rubio y a favor de Josefina, así día a día fue desapareciendo el amor para la una y arraigándose el naciente amor para la otra.

¡Blanca Sol iba a ser pues vencida por la oscura costurera de la calle del Sauce!...

Y Alcides para evitar toda explicación fingió un gran enojo como resultado del ridículo desafío entre él y don Serafín.

Enojo ¿de qué? ¿De que ella hubiera desafiado las iras de don Serafín agregando la mentira a trueque[598] de salvarlo a él?

¿No lo había mimado, acariciado, besado en esos cortos instantes que precedieron a la desgraciada aparición de su esposo?

Y para colmo de males, en las naturalezas como la de Blanca las desgracias en el amor sobreexcitan el organismo y avivan horriblemente la pasión por lo mismo que el amor propio es el punto más vulnerable de su corazón.

¿Cómo era posible que lo que ella había considerado como gran pasión, como una de esas pasiones que en ciertos hombres resisten a todas las pruebas y sobreviven a todas las decepciones, viniera al fin a encontrarse con que no era más que un sueño, un poco de humo evaporado?... ¿Cómo era posible que todo no hubiera sido más que un capricho, uno de aquellos caprichos que a los hombres como Alcides pueden ocurrirles al doblar la esquina de una calle?...

¡Oh! esto era horrible[599]. Y para venir a parar en tanta indiferencia la había perseguido, casi asediado[600] tanto tiempo y con afán tanto.

¿Había acaso esperado verla rendida, amante, apasionada para vengarse de los desdenes resignadamente sufridos por él y cruelmente inferidos por ella?...

Blanca no sabía qué pensar.

Alcides después del día aquel en que salió de la casa para desafiarse con don Serafín no había vuelto más, ni aún había concurrido a ninguna tertulia de aquellas donde ella iba semanalmente.

---

597 *Adalid*: jefe, guía.
598 *trueque*: cambio.
599 En la primera edición en libro esta oración empieza con la palabra *pero*: «Pero esto era horrible».
600 *Asediado*: perseguido.

En este estado de lucha y sufrimiento vio la señora de Rubio transcurrir una tras otras las horas de los días y los meses[601].

Y ella que esperó ver a Alcides llegar furtivamente en momentos en que *él* no estuviera en casa para decirle: —¡He salvado! Te amo hoy más que nunca. ¡Cúmpleme tus promesas y seamos eternamente felices!...

¡Dios mío! pero esto era agregar la burla al desamor.

Si había habido un desafío tanto mejor. Un amante que se bate con el marido de su amada adquiere méritos inmensos[602], incalculables.

Ella no había creído, no creería jamás que Alcides se hubiera[603] portado, como decía D. Serafín, cobardemente. Él sí, el miserable, él debió ser el que temblaría en presencia de Alcides.

Por su parte, D. Serafín había vuelto a ser feliz. Qué importaba haber visto a uno de los enamorados postrado a los pies de Blanca. ¡Bah! Demasiado lo sabía él que Alcides era uno de los fanáticos adoradores de ella. Mientras tanto cuántas ventajas había alcanzado en su nueva posición de marido ofendido.

Ya había vuelto a vivir como antes, es decir, ya era el marido de su mujer. Ya no se le antojaba a Blanca decir que el humo del cigarro la desvelaba.

Con tal que ella no volviera a cometer otra falta semejante, él la perdonaría de todo corazón.

Por el momento, lo que más necesitaba era desechar toda preocupación o mortificación que ofuscara su inteligencia o perturbara su espíritu.

Sus caudales amenazados de próxima quiebra demandábanle entera serenidad de ánimo y completa consagración a sus negocios.

Principió por renunciar a la cartera de Ministro que tan honradamente llevara y en cuyo desempeño, si alguna vez tuvo fragilidades o cometió faltas[604], fue sólo por ceder a las influencias siempre irresistibles de su querida esposa.

Se prometió a sí mismo no volver a recordar jamás la escena de Blanca con Alcides, este maldito recuerdo le trastornaba la cabeza y le producía grande perturbación mental.

Observó con regocijo que Blanca secundaba sus planes de economía y de orden tan necesarios en sus difíciles circunstancias.

Sólo si le mortificaba el ver que ella, de ordinario tan alegre, tan risueña, tan expansiva estuviera ahora de continuo meditabunda, disgustada muchas veces colérica y hasta alguna vez pareciole notar en sus ojos, indicios inequívocos de llanto.

¡Llorar Blanca! Esto conceptuábalo él inverosímil. A no ser que llorara presintiendo la bancarrota que los amenazaba, única causa a su juicio aceptable para explicarse las lágrimas de su esposa.

Si Alcides hubiera continuado visitándolos, tal vez hubiera llevado sus sospechas al terreno sentimental amoroso.

Pero ¿cómo había de imaginarse que su esposa llorara por un hombre al

601 En la primera edición en libro este párrafo forma parte del anterior y esta oración empieza con la conjunción copulativa y: «Y en este estado de lucha...».
602 A partir de la segunda edición en libro se agrega la palabra *inmensos* en esta oración.
603 En la primera edición en libro se lee la grafía *hubiese* del pretérito pluscuamperfecto del subjuntivo del verbo *portarse*.
604 La primera edición en libro presenta una leve diferencia en esta frase: «si alguna vez dio un mal paso, fue sólo...».

que no había vuelto a ver más hacía ya seis meses, y para mayor abundamiento sabía con evidencia que era el novio de Josefina?

Porque precisa saber que esta vez D. Serafín no desempeñó el papel de ciego y bobalías[605] que dizque es propio de maridos *desgraciados*. No, él tomó muy serias medidas.

Un día llamó al mayordomo de servicio, al que entraba con más libertad a los salones de recibo, y poniéndole un billete de cien soles en la mano díjole:

—Te pagaré muy bien si cada día que yo regrese de la calle me das por escrito la lista de las personas que han venido a visitar a la señora.

—Pierda cuidado el señor, que en eso soy yo muy listo, –habíale contestado el criado.

Y en esta lista que le fue entregada puntualmente todos los días jamás veía el nombre de Alcides.

Respecto a salidas de calle, también obtuvo noticias fidedignas y llegó a informarse de que esas salidas eran para ir *de visitas o de tiendas*, lugares en los cuales Blanca se presentaba con sombrero y en talle[606], traje poco adecuado, al concepto de D. Serafín, para asistir a citas amorosas.

Blanca se retraía día a día con inexplicable indolencia[607] de fiestas y saraos. ¿Para qué ir a esos lugares si ya de antemano sabía que *él* no estaría allá? Hasta para las fiestas de iglesia por las que antes manifestara entusiasmo y deferencia, ahora apenas si llamaban su atención.

En esos días, vinieron a solicitarla para la colecta de una pomposa obra piadosa, nada menos que para la reconstrucción del templo de…

Una suscripción con la que ella hubiera dejado pasmadas y confundidas a las demás colectoras puesto que se trataba de entregar por mensualidades una cantidad que, aunque crecida, ella entre sus numerosos amigos había de reunirla en un santiamén[608], de cuatro papirotazos[609].

Pues así y todo Blanca Sol rehusó él honroso puesto de Presidenta que las señoras reunidas con tan noble fin le designaron.

Lo cual dio por resultado que gran número de las *cursis* que quisieron ser colectoras tan sólo por pertenecer a la sociedad que ella había de presidir, decepcionadas con este fiasco dieron al traste con la suscripción y *la obra piadosa, abandonada y desesperada,* ocultó su rostro entre los escombros de la antigua derruida iglesia.

Muchas de las que se decían señoras del gran mundo, juzgando este eclipse como completa decadencia, pretendieron imitarla esperando elevarse y ocupar el puesto de Blanca en sociedad; pero como ninguna poseía las dotes físicas e intelectuales ni el *chic* de ella, no hubieran llegado ni con mucho a destronarla.

---

605   *Bobalías*: persona muy boba.

606   *Talle*: : americanismo por justillo, que es una «[p]renda interior sin mangas, que ciñe el cuerpo y no baja de la cintura» *(DRAE)*. La siguiente página internet trae ejemplos de los corpiños y justillos que se usaban en Valencia: http://www.mercadocolon.com/indumentaria.html.

607   A partir de la segunda edición en libro se pone la palabra *insistencia* por *indolencia*. Según el contexto, lo que se subraya es la falta de ánimo y poco entusiasmo de Blanca y no tanto un empecinamiento por no hacer nada.

608   *Santiamén*: espacio breve, instante.

609   *Papirotazo*: golpe de dado con el dedo doblado.

- XXV -

Como un medio de dominar la difícil situación creada por los últimos acontecimientos entre Blanca, don Serafín y Alcides, este último compró todos los créditos y valores que directa o indirectamente pudieran servirle en contra de aquél.

La fortuna de don Serafín estaba a punto de desaparecer. Sus gastos tiempo ha que superaban en mucho a sus entradas.

Para llenar este *déficit,* recurrió a los préstamos con ruinosos intereses y estos fueron como el agua que entrando gota a gota en una nave concluye por hacerla hundir.[610]

Las escrituras hipotecarias de don Serafín estaban todas con plazo vencidos, así pues, fácil fue para Alcides comprar esos créditos que, mal pagados los intereses y peor asegurado el pago del capital, le endosaron[611] los documentos creyendo los acreedores salir de un deudor casi insolvente.

La fortuna de Alcides, a pesar de la vida regalada y de los numerosos gastos que la recargaban, no había sufrido el menor desfalco[612]; lejos de esto, distintos y atinados negociados habían casi duplicado el capital recibido en herencia a la muerte de su padre.

Después que Alcides hubo adquirido la transferencia de la mayor parte de los documentos eligiendo los de fácil cobro y también los que gravaban[613] las fincas hipotecadas por don Serafín, llevó su atención a otro punto y pensó en Josefina, en la hermosa florista que debía ser para él ángel custodio que le resguardara de las irresistibles seducciones de Blanca Sol.

En vano fue que Alcides esperara por muchos días recibir de Josefina alguna misiva anunciándole su salida de la casa de la señora de Rubio y llamándolo para presentarlo a su abuela como a su amigo y protector. La pobre Josefina estaba muy lejos de pensar en buscar a Alcides.

En el estado de miseria en que vivía su amor propio y su dignidad impu-

---

610 En la primera edición en libro este párrafo forma uno solo con el anterior.
611 *Endosar*: ceder a otro un documento de crédito.
612 *Desfalco*: decalabro, pérdida.
613 *Gravar*: imponer una obligación sobre un inmueble.

siéronle silencio. Una mujer tan pobre como ella no podía buscar a un joven como Alcides sino para entregarle su honor a cambio de su protección.

Y para colmo de infortunios, en sus apremiantes necesidades su abuela se vio obligada a llevar a la casa de préstamo los únicos muebles de la pieza que servían de *salita* de recibo.

La señora Alva, contando con la protección de Blanca, cometió la imprudencia de notificar a las antiguas parroquianas de Josefina que su nieta no trabajaría ya sino para la señora Rubio; así fue que a pesar de haber participado a todas aquellas que volvía a ser la costurera y florista de otro tiempo, nadie acudió a darle trabajo. Necesitaba que trascurriera algún tiempo y este tiempo sería de insalvables angustias.

Blanca además había cometido la grave injusticia de no devolverle los vestidos ni ninguna prenda de vestir de las que ella dejó al salir de su casa. Los celos la llevaron hasta ese extremo.

Tres meses después de haber dejado la casa de Blanca, Josefina, principió a ver que los zapatos estaban ya demasiado usados y el vestido negro, el de salir a la calle, estaba también algo raído[614].

Como por efecto de economía, fueles forzoso despedir a la única criada que servía para *compras de la pulpería*; los hermanos de Josefina dejaron de asistir al colegio para prestar su pequeño contingente de servicios desempeñando el oficio de *mandaderos*.

Entre los pesares que afligieron el corazón de la señora Alva ninguno tan hondo como el de ver a sus nietos «educándose como hijos de sirvientes». ¡Ah! ¡Y no había remedio! La miseria con sus enflaquecidas manos amenazaba ahogarlos a todos.

Cada día, cada hora la situación tomaba aspecto más alarmante y el porvenir presentóseles a cada una de las personas que componían la familia sombrío y aterrador, cual jamás lo vieron en su vida.

Al fin Josefina resolvió ir a buscar trabajo a casa de una modista de fama; allí trabajando todo el día ganaba apenas para la subsistencia de sus hermanos y de su abuela.

El orgullo de la señora Alva sintiose cruelmente lastimado al ver a su nieta, a la hija de un acaudalado hacendado, de *peona* de un taller de costura.

Entre los muchos recursos que para remediar la angustiosa situación de la familia pudieron haber aceptado casi todos tocaban con la insalvable valla de las ideas aristocráticas de la señora Alva.

¡Ir los niños a una escuela municipal a rolar con la gente del pueblo! ¡Oh! No, imposible. Consentía en que Josefina trabajara flores y vestidos y esto era ya demasiado para su orgullo y sus antecedentes de gran señora.

A pesar de su recto criterio y sus austeras virtudes, no cedía un punto así que[615] se trataba de sostener su nombre y su condición que la colocaban en la *primera clase*.

---

614   *Raído*: gastado, usado.
615   *Así que*: cuando.

Aun en medio de esta pobreza, ella esperaba confiada en Dios que premiaría sus virtudes y le devolvería su perdida fortuna. Cada día que pasaba asombrábase de que ése no fuera el que le anunciara su rehabilitación en la sociedad. —No, esto no puede durar así, ¿acaso mi fortuna fue mal adquirida? Dios se acordará de nosotros; esperemos, –decíale a Josefina.

Y ambas esperaban si no tranquilas, esperanzadas y resignadas con sus desgracias.

¿Qué era mientras tanto de Alcides? ¿Él, el causante de la desgraciada situación de Josefina y el sólo llamado a prestarle su apoyo y cumplirle el juramento pronunciado la noche aquella de angustiosa situación para él y de noble y abnegada resolución para ella[616]?

Alcides buscaba desesperadamente a la joven costurera, pero sucedió que había perdido su huella.

Recordaba que Josefina, un día de los muchos que hablaba con él en el corredor de la casa de la señora de Rubio, habíale dicho: —Ya mi abuela ha dejado las estrechas y húmedas habitaciones de la calle del Sauce, ahora vive en otras situadas en la calle de... es una casita más aseada y mejor ventilada.

Desgraciadamente, después que perdió Josefina la protección de Blanca, no pudiendo pagar su nueva y cómoda morada, se vio en la necesidad de ir a ocupar otra en apartada calle más pobre y más triste que la primera.

Alcides preguntó, inquirió sin que persona alguna llegara a darle noticias ciertas de la joven.

Sucedió que habiendo en corto tiempo ocupado tres domicilios en distintas calles, los vecinos últimos ni aun conocían de vista a la joven costurera.

Seis meses habían ya transcurrido y Alcides no se decepcionaba en sus pesquisas[617] e indagaciones para conocer el paradero[618] de Josefina.

Días enteros pasaban los espías asalariados por Alcides apostándose en la esquina de esta o la otra calle donde vivía alguna joven que, según noticias recibidas, poseía las condiciones físicas por él designadas.

Alcides no alcanzaba a explicarse cómo era posible que en Lima no se pudiera conocer el domicilio de una persona que aunque pobre era de las que se llaman *decentes*.

Desesperaba ya de descubrir a la hermosa florista, que día a día cautivaba su corazón con el incentivo que para el amor posee todo lo difícil, lo misterioso, lo desconocido, cuando al fin llegó a presentarse feliz oportunidad para realizar sus ansiados descubrimientos y esta oportunidad no debía ser otra que una de las famosas procesiones de Lima.

Cada país, cada ciudad, cada pueblo tiene sus costumbres, sus tradiciones, sus preocupaciones que en el transcurso del tiempo llegan a imprimirle lo que puede llamarse su fisonomía moral y característica.

Esta fisonomía característica de Lima hase delineado mejor que en otras

---

616   A partir de la segunda edición en libro se agrega la última parte de esta oración desde «y cumplirle el juramento... resolución para ella».

617   *Pesquisa*: averiguación, indagación.

618   *Paradero*: señas, sitio, dirección.

de sus raras costumbres en la de ciertas procesiones que, como la del Señor de los Milagros[619], es propia sólo de Lima.

Desde que Alcides buscaba a la costurera de la calle del Sauce no había dejado de asistir a ningún espectáculo o fiesta en que se congregara gran multitud de gente atisbando con mayor cuidado los lugares donde concurren muchachas bonitas y pobres.

La procesión del Señor de los Milagros es concurridísima por la clase que en Lima está representada por la gente de color: negros, mestizos, indios, pero todos vestidos con esmero y llevando la flamante levita[620] comprada expresamente.

Las criadas *de casa grande* y toda la gente *del pelo*[621] también se presentan emperejiladas[622], ataviadas con trajes y mantas flamantes desplegando en este día lujo inusitado que a mengua[623] tendrían no estrenar rico vestido en tal procesión.

Si el extranjero que pisa nuestras playas hubiera de juzgarnos solamente por la híbrida concurrencia que viera en este día, apuntaría en su cartera algo semejante a esto: «En el Perú por cada cara blanca que se ve hay diez de color».

Pero si el tipo de la raza blanca es escaso, en cambio parece que las más guapas y lindas jóvenes se dieran cita para ir allá, pero cubriéndose con la tradicional manta peruana, que coquetería de la mujer limeña en todo tiempo ha sido ocultar su rostro dejando solamente visible lo suficiente para que descubran que es hermosa y seductora.

Sin saber por qué vago presentimiento llevó a Alcides a la popular procesión para buscar allá a su encantadora aunque humilde dama.

Un sabueso[624] husmeando la presa perdida en el bosque sería apenas comparable a Alcides buscando a la joven en medio de ese bosque de cabezas humanas que se apiñan[625] y se agrupan oscureciendo la atmósfera con el humo del incienso de las mil sahumadoras[626] que van delante del anda del Señor de los Milagros.

Jamás acostumbraba Josefina asistir a ninguna fiesta pública ni procesión

---

619 La procesión del Señor de los Milagros (conocido también como Cristo de Pachacamilla o Cristo Moreno) es una tradición distintivamente peruana. Se refiere al recorrido por las calles limeñas todos los años en el mes de octubre de la imagen de un Cristo crucificado pintada por un esclavo a mediados del siglo XVII, la cual está ubicada en el altar mayor del Santuario y Convento de Las Nazarenas. Esta procesión se remonta al año de 1687, cuando hubo el 20 de octubre un maremoto que arrasó con el puerto del Callao y parte de Lima y derribó la capilla que se había levantado en honor a la imagen del Cristo crucificado quedando solamente en pie la pared con la imagen. Una copia al óleo de la imagen fue confeccionada y llevada en procesión por las calles de Lima implorando al Cristo para que aquietara la furia de la naturaleza.

620 *Levita*: «[v]estidura masculina de etiqueta, más larga y amplia que el frac, y cuyos faldones llegan a cruzarse por delante» *(DRAE)*.

621 *Del pelo*: de poca importancia.

622 *Emperejilado*: adornado con mucho esmero.

623 *A mengua*: descrédito.

624 *Sabueso*: se refiere a un perro sabueso que tiene un olfato muy fino.

625 *Apiñar*: congregar, agrupar.

626 *Sahumador*: perfumador, vaso para quemar perfumes.

religiosa; fue pues la casualidad o, como dicen los fatalistas, su destino que envolviéndola en el torbellino de acompañantes llevola allá.

Venía ella de entregar algunos trabajos, ansiosa de recibir la paga que siempre llegaba a la casa para llenar urgentes necesidades, cuando sin poder evitarlo se dio con la popular procesión que, después de haber comido y bebido en los Huérfanos, venía a la Encarnación; porque es fama que Nuestro Señor come y bebe en una Iglesia, duerme en la otra y va al siguiente día a refocilarse con el almuerzo en[627] la vecina parroquia.

Los que conocemos el significado de estos dichos vulgares sabemos, y el que no lo sepa de fijo que ha de adivinarlo, que no es nuestro Señor el que como bebe y duerme sino sus acompañantes que se corroboran y confortan con los apetitosos potajes nacionales preparados *ad hoc* entre los que figuran, en primer término, los turrones[628] de miel.

En el momento en que Alcides observaba con mayor afán vio que algunas mujeres se dirigían a un punto como si trataran de socorrer a una persona; dirigiose allá con natural curiosidad y divisó que sostenida por pobre mujer del pueblo estaba una joven que había caído al suelo privada de sentido.

Al pronto no pudo verle el rostro, pero alcanzó a ver blanca delicada mano que debía pertenecerá distinguida señora.

El corazón le dio un vuelco[629] cual si alguien hubiérale dicho al oído: —Ésa es la mano de la mujer que amas y buscas.

Atropellando y arrollando a los que le impedían el paso llegó a colocarse al lado de la desconocida.

En ese momento otra mujer descubría el rostro de la joven agitando al aire con su pañuelo y diciendo: —Es el calor de la concurrencia lo que debe haberle producido este desmayo.

Al mismo tiempo Alcides, profundamente impresionado, exclama: —¡Es ella, es ella! ¡Josefina!

Y pasando por entre la multitud pudo llegar hasta colocarse delante de la joven.

—Es mi hermana, permítanme llevármela, es necesario sacarla de aquí.

Y diciendo y haciendo Alcides levantó a la joven en sus robustos brazos, como lo haría con una criatura, dirigiéndose luego al primer coche que se presentó por allí.

---

627 En la primera edición en libro se pone la preposición *de* en vez de *en*.

628 *Turrón*: El turrón peruano, el famoso turrón de doña Pepa, es diferente del turrón español que es una «[m]asa dulce de almendras, avellanas o nueces, tostadas y mezcladas con miel y otros ingredientes» (*Pequeño Larousse Ilustrado*) al que por lo general se le da forma de tableta rectangular. El turrón peruano es una especie de galleta con mucho sabor a anís bañada en miel de azúcar cruda sin refinar (la *chancaca* en el habla peruana), aromatizada con frutas y finalmente cubierta con grageas de colores. Según Rosario Olivas Weston (*La cocina cotidiana y festiva de los limeños en el siglo XIX* publicado por la Escuela Profesional de Turismo y Hotelería de la Universidad San Martín de Porres, 1999), la más antigua referencia al turrón en el Perú aparece en el libro *Lima antigua* (1890) de Carlos Prince, quien dice: «El turronero sólo acostumbraba salir los días de la procesión del Señor de los Milagros… y hoy la pregona todo el año» (primera serie, pág. 36, citado en Olivas Weston).

629 *Darle a uno un vuelco el corazón*: tener el presentimiento de algo.

Una mujer del pueblo mirándole decía: —¡Caramba! por las ganas con que la aprieta yo diría que no es su hermana sino su *conocía*[630].

—Así son estos blancos, más pícaros que nosotros y luego con quebrantarse *pa atrás*[631] creen que lo tapan todo.

—Je, je... Je ¡qué buena cosa! Y delante[632] del Señor de los Milagros nosotros le hemos *entregau*[633] a la muchacha *pa*[634] que...

—Calla hombre, no hables indecencias.

—Con razón los *comercios* dicen que deben quitar las *procisiones pa* que no *hayga*[635] lugar a escándalos.

—Si los blancos no vinieran a meterse aquí nada malo se viera.

—Y se la lleva de veras –dijeron algunos mirando asombrados a Alcides que con gran dificultad lograba abrirse paso por entre la compacta multitud formada en su mayor parte por sahumadoras[636] que con lujosos pebeteros[637] van delante del anda del Señor de los Milagros.

En ese momento un individuo vestido con la extraña túnica morada[638] acercose a este grupo y con voz pedigüeña[639] y gangosa[640] decía: —Para la cera de mi Amo y Señor de los Milagros.

El ruido de algunas monedas caídas en el platillo respondía a la demanda de estos que se dicen devotos del Señor de los Milagros.

---

630   *Conocía*: (*pop.*) conocida.

631   *Pa atrás*: (*pop.*) para atrás. La expresión con el verbo *quebrantarse* en este caso quiere decir fingir o hacer de cuenta que nada sucedió.

632   En las ediciones posteriores a la primera en libro se lee la palabra *adelante* en vez de *delante*, lo cual vendría a ser un barbarismo según el contexto. Los barbarismos en esta sección Mercedes Cabello los pone en letra bastardilla, de ahí que opte por dejar el texto en este caso conforme a la primera edición.

633   *Entregau*: (*pop.*) entregado.

634   *Pa*: (*pop.*) para.

635   *Procisiones pa que no hayga*: (*pop.*) procesiones para que no haya.

636   *sahumador*: persona que vende la materia que se vende el material para quemar y despedir aromas para perfumar o con fines de purificación.

637   *Pebetero*: «[r]ecipiente para quemar perfumes y especialmente el que tiene cubierta agujereada» *(DRAE).*

638   *Túnica morada*: En la tradición del Señor de los Milagros en Lima, los devotos se visten todo el mes con hábitos morados; las mujeres llevan una soga blanca a la cintura y los hombres una corbata morada al cuello.

639   *Pedigüeño*: que pide mucho y con impertinencia.

640   *Gangoso*: que habla con la nariz tapada o como si lo estuviera.

- XXVI -

Después que Alcides subió al coche llevando en brazos su preciosa carga encontrose perplejo sin saber qué determinación tomar.

—He aquí un trance difícil e inesperado, decía mirando a la joven que, pálida, inerte con la cabeza reclinada y la frente cubierta con algunas guedejas[641] de pelo, estaba allí asemejándose más a una muerta que a un ser lleno de vida y juventud como era ella.

Llevarse a la propia casa a una mujer desmayada es indigno de un caballero; entregarla a manos extrañas y decir que había sido recogida como una desconocida hubiera sido lo más expedito[642], pero Alcides no quería ni pensaba abandonar a la que en ese momento era para él tesoro de inapreciable valor.

Tiempo hacía que miraba a la modesta costurera como áncora[643] de salvación a la que él quería asirse como único arbitrio para huir de Blanca, de ella a quien ya principiaba a temerla más que amarla. Josefina que tan noble y generosamente quiso sacrificarse por salvarlo del ridículo que Blanca le deparaba[644] la noche aquella del 12 de agosto[645]; Josefina, la casta doncella que podía brindarle todo el sentimentalismo y la ternura de su virgen y amante corazón, estaba allí en su poder, suya era y nadie podría arrebatársela.

Y Alcides contemplaba amorosamente el desmayado cuerpo de la joven.

Mientras hacía todas estas reflexiones el coche, tomando la dirección opuesta a la que traía la procesión, había doblado para la calle de Belén y se dirigía a la de Boza donde vivía Alcides.

Hay hechos casuales que la mano del destino parece combinar con un fin preconcebido.

¡Qué hacer!... No hubo remedio...

Alcides hizo detener el coche y como en la procesión él mismo llevola en brazos a sus habitaciones.

---

641 *Guedeja*: mechón de pelo.
642 *Expedito*: libre de estorbos.
643 *Áncora*: (*fig.*) lo que sirve de ayuda o amparo en situaciones de peligro o infortunio.
644 *Deparar*: presentar, proporcionar, poner delante.
645 Esta frase («Josefina que tan noble y generosamente...del 12 de agosto») se añade a partir de la segunda oración en libro.

Un momento después, Josefina, siempre desmayada, estaba recostada en uno de los ricos divanes del salón de recibo de la casa de Alcides[646].

Contemplola un momento. El parecido del rostro de Josefina con el de Blanca avivó el recuerdo de *ella*. Pero ¡ah! ¡Cuánta distancia entre la una y la otra! La misma que entre Luzbel y el ángel que huella[647] su cuerpo.

Desechó estas reflexiones. Principiaba a alarmarse por este ya largo síncope. ¡Sería situación tremenda y de graves consecuencias[648] si Josefina estuviese muerta! Se apresuró a aspergear[649] con agua fría su rostro, colocó su mano sobre el pecho de la joven y observaba atentamente. ¡El corazón latía! Llamola sacudiéndole el cuerpo. —¡Josefina! ¡Señorita Josefina!...[650]

Al fin ella exhaló largo y angustioso suspiro y recobrando el conocimiento miró asombrada la elegante y lujosa alcoba de Alcides; luego[651], fijando en él sus ojos abiertos desmesuradamente en señal del asombro que la poseía exclamó: —¡Dios mío! ¿Qué ha sido de mí? ¿Dónde estoy?...

Alcides, con el más sincero y afectuoso tono que le fue dable emplear, díjole: —Está usted en mi casa, en la casa de un caballero que sabrá respetar como merece a la señorita Josefina.

Ella intentó con un brusco movimiento ponerse de pie, pero su cuerpo no obedeció a su voluntad y volvió a mirar a Alcides cual si dudara de sus palabras.

—Lo que necesitamos ahora es que usted recobre sus fuerzas para llevarla luego a su casa. ¿No le parece bien?

—Sí, ahora mismo –y Josefina haciendo un nuevo esfuerzo se incorporó y púsose de pie en actitud de partir.

—Espero, señorita Josefina, que me concederá usted un sincero perdón por mi osadía al traerla a mi casa, pero es el caso que yo no conocía la dirección de la casa de usted y...

—¡Ah! es verdad yo vivo en la calle de...

Josefina se ruborizó sin atreverse a dar la dirección y las señas de las pobres y humildes habitaciones que ella con sus dos hermanos y su abuela ocupaban en una de las más retiradas calles de Lima.

El tono afectuoso y caballerosamente ingenuo de las palabras de Alcides devolviéronle su natural confianza y su habitual tranquilidad. Y a más, aquel *usted* acompañado de la palabra *señorita* eran pruebas de respeto que debía llevar en consideración.

Josefina tomó de nuevo asiento.

¡Ella en las habitaciones de Alcides!... ¡Lo veía y no podía creerlo!

¿Cómo saldría de allí? ¿Qué diría para no alejarse tan presto como su conciencia y su dignidad lo exigían? Porque era la verdad, que ella no pensaba ni deseaba retirarse sin llevar alguna esperanza que alentara su enamorado corazón.

---

646 Este párrafo forma uno solo con el anterior en la primera edición en libro.
647 *Hollar*: profanar.
648 Esta primera parte de la oración es diferente en la primera edición en libro: «¡Sería caso desesperado si Josefina estuviese muerta!»
649 *Aspergear*: rociar, asperjar, salpicar, mojar.
650 Este párrafo forma uno solo con el anterior en la primera edición en libro.
651 En la primera edición en libro se pone la conjunción copulativa y en vez de *luego*: «...alcoba de Alcides y fijando en él sus ojos...».

Encontrose indecisa sin decidirse a aceptar ninguno de los recursos que su mente le sugería.

Manifestarse agradecida, cariñosa estando sola con él no le pareció propio ni digno y a más, pudiera ser peligroso.

Ella nunca se había encontrado sola con un hombre y menos en sus propias habitaciones como estaba ahora.

Felizmente el momento de silencio que dio lugar a todas estas reflexiones no fue largo y Alcides vino a sacarla de tan embarazosa situación; él se complació en referirle cómo fue que asistió a la procesión impulsado sólo por la esperanza de encontrar a una persona, no, no era sólo una persona era más, era[652] un tesoro que él buscaba hacía largo tiempo. Y luego con sencillez y naturalidad le refirió cómo el corazón le palpitó cuando en medio del tumulto formado por las zahumadoras[653] alcanzó a ver una mano blanca y delicada que él adivinó debía ser la de ella.

En este punto Josefina exhaló largo y doloroso suspiro.

Recordó que esa mano blanca y delicada de que hablaba Alcides estaba llena de callosidades producidas por el uso constante de la tijera y de algunos instrumentos de florista.

—Mucho tiempo hace que me ocupo de usted señorita Josefina.

—¡¡De mí!![654]

—Sí, yo la le he buscado desesperadamente.

—¡Gracias! –dijo ruborizándose sin atrever a preguntarle para qué podía él buscarla.

Luego Alcides le habló de amistad, de amor, de los afectos puros y elevados que sólo puede inspirar la mujer buena y virtuosa.

Sin alardes[655] de conquistador le hizo la narración de cómo él había formado muchas veces el proyecto de contraer matrimonio[656] dando siempre con la amarga decepción de hallarse con alguna joven vana, superficial y sin corazón. Es que había cometido la ligereza[657] de esperar hallar en los aristocráticos salones que él frecuentaba a la que debía ser su esposa.

Y Alcides riendo se preguntaba[658]: —¿Cómo es que he podido olvidar[659] que hay prendas[660] morales que sólo pueden hallarse en la mujer modesta y virtuosa?...

---

652   Esta frase («no era sólo una persona era más, era») se añade a partir de la segunda edición en libro. En la primera edición se lee: «...esperanza de encontrar a una persona, no, a un tesoro que él buscaba...».

653   En esta oración también hay una diferencia con la primera edición: «Y luego cómo el corazón le palpitó cuando en medio...».

654   En la primera edición en libro se añade a esta exclamación «¿es cierto eso?»

655   *Alarde*: jactancia, ostentación.

656   El principio de este párrafo es ligeramente diferente en la primera edición: «Le refirió cómo él había formado muchas veces el proyecto...».

657   *Ligereza*: algo hecho o dicho de manera irreflexiva o poco meditado.

658   La primera edición en libro trae la palabra *decía* y las siguientes ediciones *se presentaba*. Este último verbo no tiene sentido en el contexto del pasaje.

659   El principio de esta pregunta es ligeramente diferente en la primera edición: «¿Cómo es que pude olvidar que hay...».

660   *Prenda*: atributo.

Alcides estuvo atinado y hasta elocuente en estas íntimas confidencias.

—Ahora espero que no me sucederá otro tanto; al fin creo haber hallado a la mujer soñada y esperada.

A Josefina le parecía que el corazón quería romperle el pecho, tan violentos y acelerados eran sus latidos.

Y Alcides decía: —A medida que más se conoce el mundo, más se estiman ciertas cualidades morales y concluimos por convencernos de que nada hay comparable a una mujer buena y virtuosa.

¡Dios mío! ¿Sería verdad lo que estaba oyendo? Ella valía algo, valía mucho, puesto que se sentía buena y virtuosa como decía Alcides.

En ese momento hubiera apostado y sostenido que llevaba en la frente una diadema[661], no material como la de las reinas sino una diadema de luz que iluminaba su alma. Sentía vértigo como cuando se siente uno elevarse repentinamente a inconmensurable altura.

Josefina, concluyó por reírse franca y alegremente de algunas historietas con que Alcides quiso amenizar esos momentos de íntima comunicación.

—¡Qué bello pasar toda la vida así, al calor de los más dulces afectos del alma!

Y estas palabras las decía Alcides no fingiendo la felicidad que no sentía sino inspirado por aquella situación deliciosamente tranquila y risueña.

Josefina también estuvo locuaz[662], expansiva como si se hallara en completa seguridad; hasta llegó a olvidarse que estaba en la habitación de un hombre soltero y, que a más, era su enamorado.

Así que fue llegada la hora de retirarse[663], Alcides llevó a Josefina a la habitación contigua, al cuarto de vestirse.

—Venga usted Josefina, se arreglará usted un poco el peinado y se prenderá la manta.

Y ella lo siguió resueltamente y ¿por qué no? Iba escudada[664] por el título que Alcides acababa de darle. *Era una mujer virtuosa* y Josefina sentía humillos vanidosos considerándose persona de punto[665].

Alcides salió un momento; fue a dar orden que trajeran un carruaje.

Josefina lo esperó tranquilamente y se entretenía en examinar las habitaciones de Alcides.

¡Cuánto lujo para un hombre solo!... Aunque estaba acostumbrada a ver el rico mueblaje de la casa de la señora de Rubio, encontró tanto o mejor amuebladas las habitaciones de Alcides.

¿Sería posible que ella llegara a vivir algún día con esos cortinajes, con esas alfombras y con todo ese boato[666]?...

---

661 *Diadema*: corona.

662 En la primera edición en libro este párrafo empieza con la conjunción copulativa y: «Y Josefina también estuvo…».

663 En la primera edición en libro este párrafo empieza de manera levemente distinta: «Cuando llegó la hora de retirarse…».

664 *Escudado*: protegido.

665 Esta última frase se agrega a partir de la segunda edición en libro: «y Josefina sentía humillos vanidosos considerándose persona de punto».

666 *Boato*: ostentación, lujo.

¡Y vivir con Alcides, al lado del hombre amado en cuya compañía la más oscura choza había de parecerle un palacio!... ¿Sería posible que ella con sus flores de trapo, con sus ayunos por necesidad, con sus desvelos por trabajar sufriendo resignadamente sus miserias, sus angustias, su abandono; sería posible que con todo esto se pudiera conquistar la riqueza, el lujo, un palacio y más que el palacio el corazón del hombre que ha tiempo ella amaba y lo amaba sin esperanza?...

Pero ¡ah!, pensando en estas cosas había olvidado que era necesario antes que viniera el señor Lescanti arreglarse el pelo y prenderse su *manta*, esa manta que ni siquiera era de vapor como la de la gente rica, sino de cachemir, que ella usaba «así de cualquier modo como la llevan las *beatas* sin un solo alfiler».

Josefina se sonrió pensando cuán súbitamente podría ese pobre y raído vestido trocarse por el elegante y lujoso que llevaría si por acaso llegaba el día que ella fuera una gran señora, la señora de Lescanti.

Alcides volvió y miró complacido a Josefina; ella se arreglaba tranquilamente como si estuviera en su propia alcoba.

—Será preciso, señorita Josefina, cuidar de que no la vean salir de mi casa.

Esta advertencia le produjo el efecto de rudo golpe dado por la realidad.

¡Ah! cierto, había allá, en la calle, un público que no la conocía que al verla salir de la casa de un hombre soltero, a ella que iba tan pobremente vestida, la tomaría o por la sirvienta o quizá por una mujerzuela que había ido a vender su honor. ¡Ah![667] ¡Y ella que se imaginaba llevar en ese momento aquella diadema de luz que deslumbraría a cuantos la mirasen!

—¿Qué haré? ¿Será preciso cubrirme con la manta para que no me conozcan?, –preguntó con tristeza Josefina.

—No, será más seguro que salga yo al balcón y cuando no se vea en toda esta calle a una persona conocida le daré aviso.

Estos detalles la preocuparon. Así se comportaría Alcides con otras, con las que venían donde él no traídas desmayadas como había llegado ella, sino traídas por sus propios pies y llevadas por su propia voluntad.

En casa de Blanca, en los aristocráticos salones de la señora de Rubio es donde había oído ciertas historias que le revelaron la posibilidad de muchas cosas que antes hubiera ella juzgado como inverosímiles y absurdas.

Muchas veces en la época que había vivido al lado de la señora de Rubio ocurriole comparar sus sentimientos, sus ideas, sus aspiraciones con los sentimientos, las ideas y aspiraciones de Blanca, y aunque siempre estuvo de su parte la nobleza, la rectitud, la abnegación y todo lo que es propio de un espíritu superior, nunca se había atrevido a considerarse superior a una gran señora, a la señora de Rubio; pero hoy sí, hoy que era amada y respetada imaginaba estar a inconmensurable altura, más arriba aún que la señora de Rubio.

En este punto llegó Alcides a decirle: —Salga usted señorita. Ahora no hay cuidado.

---

667 A partir de la segunda edición en libro se agrega esta interjección.

—Adiós, señor Alcides.

—Hasta mañana.

Y ambos diéronse cordial apretón de manos.

¡Qué poder tienes tú, oh, virtud, que así te impones a las conciencias más despreocupadas!...

Así exclamaba Alcides, viendo alejarse a Josefina, a la honrada costurera que había tenido entre sus brazos estando él solo en sus propias habitaciones sin sentir por ella más que cariño, respeto, anhelo de labrar su felicidad.

Y la semejanza del rostro de Josefina con el de Blanca era un nuevo incentivo para el amor de Alcides.

Si él fuera a referirles a sus amigos esta escena entre él y Josefina, habían de juzgarla inverosímil y más propia de una novela romántica que de la vida de él, de Alcides Lescanti que amaba a Josefina con ese amor, mezcla de voluptuosidad y delicadeza, que lo llevaba a estimar en mayor valía las cualidades físicas y morales de la mujer con ese refinamiento del hombre que ha libado el amor hasta sentir el cansancio y tal vez el hastío quedándole sólo el frío análisis que le convierte en una especie de catador[668] de lo bueno y muy bueno.

Al día siguiente, Alcides sentía anhelo por ir a casa de Josefina. Temía que su abuela, la señora Alva, tuviera conocimiento del incidente de la víspera, y comprendía que el hombre que lleva a su propia alcoba a una joven desmayada puede aparecer como un villano o un infame si no se presenta a la casa de ella a dar cumplida explicación, y Alcides, que en asuntos de caballerosidad creía medir los puntos más altos conocidos, quería que esta explicación fuera muy cumplida.

A la hora que él acostumbraba visitar a las de su clase, a las de su alcurnia, a la hora de las visitas de etiqueta, a las cinco de la tarde se acicaló y vistió con el mayor esmero para ir a casa de Josefina, a la Calle de Maravillas[669], esto como si dijera al otro mundo, al mundo de los desvalidos.

Qué lejos es necesario ir a buscar a la verdadera virtud –pensaba Alcides recordando la apartada calle en que vivía la pobre costurera.

Y mientras Alcides alegremente se preparaba para ir a visitar a Josefina, ella, allá en los dos cuartos que servían de única morada a las cuatro personas que componían su familia, había caído en profunda melancolía.

¡Cuándo volvería a verlo! Mañana le había dicho él, al despedirse, pero aquello no podía ser más que vana promesa que no debía cumplirse.

¡Cómo era posible esperar que fuera él, el señor Lescanti, hasta la calle de Maravillas buscando unos cuartos que por más señas ni siquiera daban a la calle sino que estaban como escondidos en el interior de una casa derruida[670] y mal parada! Cómo sería dable que el señor Lescanti llegara hasta allá atravesando mil callejuelas y luego el patio de una casa, sucio polvoroso, sin veredas para llegar a entrar por el callejón, pasar por un sitio próximo del bo-

---

668   *Catador*: el que prueba o gusta algo para determinar el sabor de algo.

669   Acaso se refiera a la Calle Maravillas, la actual cuadra 14 del Jirón Ancash en Lima en la zona conocida como Barrios Altos. Se le dio este nombre por la Capilla del Santo Cristo de Maravillas que se encontraba en esta calle dentro de la iglesia del mismo nombre.

670   *Derruido*: destruido, arruinado.

tadero[671] donde se sentían malos olores como que era casa de vecindad...

¡Dios mío! ¡Cómo era dable que ardiendo tanto amor en el corazón y bullendo[672] tantas ideas poéticas en la mente se pueda vivir, esperar la felicidad rodeada de lo más prosaico y horrible que presenta la miseria!...

Josefina, contemplando el triste cuadro de su misérrima situación, sentía desfallecimientos y dolor indecibles[673].

Pero a pesar de todas estas reflexiones, ella procuró estar lo mejor que le fue posible[674]. Se vistió con el único vestido elegante que la quedaba y en el peinado desplegó todas sus dotes artísticas, de florista y modista del mejor gusto.

En cuanto a la habitación que le servía de salita de recibo, empleó en su arreglo sumo cuidado y diligencia para presentarla tan limpia y decente cuanto era posible exigir de los pobres trastos que la ocupaban.

Felizmente habían tocado con una señora muy caritativa que al saber que los muebles de la salita estaban en casa del prestamista les dio el dinero necesario para desempeñarlos a condición de que entregaran cada domingo un sol[675].

Sin este bendecido recurso ella no hubiera contado ni con una silla para convidarle un asiento al señor Lescanti.

Compró un ramillete de flores con margaritas y juncos que perfumaban deliciosamente la atmósfera. Primero lo colocó en un vaso del comedor, pero luego vio que esto «hacía mal efecto» y cambió de idea; desató el ramillete y lo arregló en un pequeño azafate[676] a manera de misturero[677] para que así se lucieran todas las flores.

—¡Jesús! hija, hoy estás fantástica y derrochadora, lo menos has gastado veinte centavos en ese ramo de flores.

—Es preciso algún día darle gusto al gusto –decía Josefina casi alegre principiando a acariciar fundadas esperanzas de que Alcides había de venir a buscarla.

Y Alcides llegó, sí, llegó y muy categóricamente pidió la mano de la señorita Josefina.

La señora Alva, que conocía a Alcides y sabía que él era uno de los más ventajosos partidos que alcanzar pudiera la más distinguida joven de la aristocrática sociedad limeña, estaba a punto de perder el juicio de alegría.

No se cansaba de hablar y comentar tan fausto[678] acontecimiento; no obs-

---

671 *Botadero*: basurero.

672 *Bullir*: hervir.

673 A partir de la segunda edición en libro se añaden éste y casi los dos párrafos anteriores: «...casa derruida y mal parada! Cómo sería dable que el señor Lescanti llegara... sentía desfallecimientos y dolor indecibles».

674 Esta oración es ligeramente distinta en la primera edición en libro: «A pesar de todas estas reflexiones, Josefina procuró estar lo mejor...».

675 En la primera edición, este párrafo forma uno solo con el anterior.

676 *Azafate*: bandeja.

677 *Misturero*: peruanismo por adorno de «flores rociadas con agua de olor que se ofrecía antiguamente en pequeñas bandejas a quienes visitaban una casa o a las imágenes religiosas que salían en procesión» (*Diccionario de peruanismos*).

678 *Fausto*: feliz.

tante aseguraba que no le causaba a ella novedad pues bien segura estaba de que la virtud de su nieta había de recibir el justo premio que Dios depara a los buenos.

A pensar de otra suerte, era preciso ser como los ateos que no creen en premio ni castigo cuando la justicia de Dios si tarda no olvida jamás.

Alcides había vuelto al día siguiente a advertirles que no pensaran en gasto ninguno para el ajuar de la novia.

¡Ah! risible advertencia que hirió el orgullo de la aristocrática señora Alva.

El señor Lescanti pediría a París un ajuar completo para Josefina, no de otra suerte pensaba obsequiar a la virtuosa costurera, a la que esperaba ver convertida en gran señora.

Tres días después la señora de Alva con sus tres nietos ocupaban aseada y elegante casita perfectamente amueblada. Allí permanecerían en tanto que se corrían las diligencias matrimoniales y se terminaban los preparativos de mudanza de ajuar en la casa de Alcides.

La señora de Alva continuó diciendo todos los días con acento profundamente convencido: —Yo siempre esperé que Dios premiara a la virtud modesta y al trabajo honrado.

- XXVII -

La pendiente de la desgracia es rápida y casi siempre inevitable. Blanca sentía el vértigo que produce el curso de acelerada y violenta caída. En esta situación, el espíritu más templado se siente desfallecer y postrarse; las adversidades de la suerte parecían darse cita para abatir su altivo carácter.

Los acreedores, los escribanos, los agiotistas[679] entraban y salían a su casa con el aire insolente y el tono descomedido[680] del que no espera ya sacar en dinero lo que da en consideraciones y respetos.

Blanca sabía que Alcides compraba con gran empeño los créditos y las deudas hipotecarias de don Serafín, sin duda para apremiarlo y obligarlo a una inevitable quiebra.

Sabía también que éste en venganza propalaba[681] la especie, aunque no muy acreditada sí muy repetida, de que habiendo tenido ambos un duelo, Alcides habíase portado cobardemente.

Para darle mayor viso de verdad, aseguraba don Serafín que Alcides había le dado cumplida satisfacción jurándole casarse con Josefina, la joven florista protegida de su esposa y seducida por Alcides, y por cuya causa había querido batirse para obligar a su seductor a darle su nombre y reparar su falta[682].

Los mendigos no gustan tanto alardear de sus imaginarios caudales como gustan los cobardes alardear de su pretendido valor.

Si don Serafín no se hubiera manifestado tan cobarde en el duelo aquel de la Pampa de Amancaes, tal vez hubiera guardado secreto de ese malhadado desafío. Pero él, el timorato magistrado, el amoroso marido, el cumplido caballero cometió la imperdonable falta de ser pueril y mentiroso en un lance de honor en el que estaba comprometida la reputación de su esposa y la circunspección de su conducta[683].

---

679 *Agiotista*: especulador.
680 *Descomedido*: grosero, descortés.
681 *Propalar*: divulgar un secreto.
682 En la primera edición, este párrafo y los dos anteriores forman un solo párrafo. La única variante es que este párrafo comenzaba con la conjunción copulativa *y*: «Y para darle mayor viso de verdad…».
683 En la primera edición en libro, este párrafo y el anterior forman uno solo.

El pobre hombre estaba desesperado.

Principiaba a comprender cuán fácil es pasar de caballero a villano, de honrado a pícaro, de pundonoroso[684] a desvergonzado; tan fácilmente —decía— como se pasa de rico a pobre.

Había necesitado mentir, tal vez si pronto necesitaría robar, defraudar, estafar, para salvar la ruina que lo amenazaba.

Cada día, cada hora se le presentaba trayéndole su contingente de reclamos, demandas, apremios... Y no solamente él, también su esposa, viose[685] envuelta en este cúmulo de desgracias y descalabros[686].

Una demanda judicial fue más que otras la que vino a llenar de vergüenza y oprobio a la señora de Rubio.

En las continuas y apremiantes necesidades de Blanca para satisfacer sus deudas originadas por su excesivo lujo, recurrió a sus joyas y las envió en varios lotes a una casa de préstamo recibiendo por ellas cinco mil soles.

En estas circunstancias necesitó asistir a un baile.

Presentarse sin un solo brillante, cuando el mundo entero hablaba de la próxima ruina de su esposo, hubiera sido confirmar estas suposiciones y tal vez precipitar su caída.

Además, ella, para no afligir a su esposo y complicar más aún su difícil situación, habíale ocultado que sus brillantes estaban todos en casa de un prestamista.

En esta circunstancia presentose este gran baile al que ella debía asistir. Blanca, pues, no halló otro arbitrio que dirigirse al actual poseedor de las joyas y manifestarle sus angustias por haberlas llevado a la casa de préstamo sin el consentimiento de su esposo.

Luciano, el *reporter* de Blanca, había venido a decirle que, informada la sociedad toda de la próxima ruina del señor Rubio, suponían con manifiesto regocijo que ella no asistiría al baile.

—¿Y quiénes son las que tal suposición hacen?

—Sus amigas, o mejor dicho, sus rivales, aquellas a quienes tanto ha humillado Ud.

—Pues bien, ya les haré ver que esa es deducción falsa y que yo iré al baile más lujosa y mejor vestida que nunca.

—Por eso me gustan las mujeres como Ud. —dijo entusiasmado Luciano al escuchar el tono arrogante con que Blanca pronunció las anteriores enérgicas palabras.

Aquel día Blanca fue donde su modista a pedirle el más lujoso y elegante vestido que jamás hubiera salido de sus manos.

El precio no importaba cual fuera, ella necesitaba estar esa noche deslumbradora.

---

684 *Pundonoroso*: que tiene honor.
685 En la primera edición se lee *se vio* en vez de *viose*.
686 *Descalabro*: infortunio, contratiempo, desventura.
687 *Pignorado*: empeñado
688 *Alhaja*: joya.

Luego resuelta, convulsa, agitada dirigiose a la calle de..., a casa del prestamista donde estaban pignoradas[687] sus alhajas[688].

—Sálveme Ud. se lo ruego; Rubio me mataría si supiera que en vez de pedirle a él el dinero, que nunca me ha negado, he venido a empeñar mis alhajas.

—Señora lo que Ud. me pide es imposible.

—Imposible cuando sólo quiero que me preste Ud. las alhajas para una sola noche y al día siguiente se las devuelvo. ¡Oh! qué desgraciada soy...

—Yo, señora tengo un socio a quien debo darle cuenta del dinero invertido y de las prendas pignoradas; éste ha encontrado excesiva la cantidad de cinco mil soles que yo he dado sobre los brillantes de Ud. y todavía quiere Ud. que yo se los preste ¡oh! no, señora, no puedo.

—¿Ésa es su última palabra?

—Sí, irrevocable.

Blanca llevando a los ojos su pañuelo de rica batista[689] prorrumpió en amarguísimos sollozos:

—¡Dios mío!... ¡Qué va a ser de mí!... ¡Yo voy a volverme loca!... Qué le diré a él... ¡Esto es horrible!... ¡Oh![690]

En este punto el prestamista miró fijamente a Blanca[691].

El llanto de una mujer joven y hermosa puede ablandar a las piedras y también a los agiotistas.

— No se aflija Ud. señora, aún podemos hacer alguna combinación.

—¿Cuál? preguntó ella con imprudente rapidez dejando conocer que en su llanto había mayor dosis de ficción que de verdadera angustia.

El agiotista era un judío inglés de complexión robusta y aire simpático a pesar de sus cincuenta años. Miró a la señora Rubio con ojos codiciosos y acercándose a ella díjole: —Señora, usted puede hacer lo que quiera de un hombre como yo; no necesita usted llorar sino pedir, o mejor mandar.

Blanca, sonrió con gracia y coquetería y el sectario de Israel tomole la mano y la llevó a sus labios.

—¡Vaya! qué atrevido es usted –y retiró precipitadamente su mano.

—¿Se ha enojado usted?

—No me enojo si usted me presta las alhajas.

—Si usted me las pide así con esa sonrisa que me enloquece no sólo las alhajas sino también la vida.

—Gracias, las alhajas sólo por veinticuatro horas.

—¿Volverá usted a traermelas *personalmente* mañana? –y acentuó esta palabra.

Y el flemático hijo de Albión[692] frotábase las manos de contento con la esperanza de recibir al siguiente día las alhajas traídas *personalmente* por la señora de Rubio.

—¡Oh! qué linda es usted –y mirando con ojos amorosos a Blanca acercó su silla a la de ella.

---

689 *Batista*: tela fina delgada de hilo o algodón.
690 Esta interjección se agrega a partir de la segunda edición en libro.
691 Esta oración se añade a partir de la segunda edición en libro.
692 *Albión*: nombre dado por los griegos a Gran Bretaña.

—¿Quiere usted prestarme las alhajas? –preguntó ella enfadada aunque no resuelta a irse sin realizar su propósito de llevarse los brillantes.

Y el judío inglés, para asegurar no sólo las alhajas que iba a prestar sino también la vuelta de la señora Rubio, exigiole que firmara un documento en el cual declarara que llevaba sus propios brillantes para usarlos aquella noche obligándose a traerlos al día siguiente por haber recibido cinco mil soles sobre ellos.

Blanca después de haber firmado el documento salió humillada, avergonzada de haber necesitado recurrir a las lágrimas fingidas aceptando sin contestar con una bofetada, como ella lo hubiera hecho en otra circunstancia, los galanteos de un prestamista que además había osado tomarle el brazo y oprimírselo como si tratara con una mozuela de tres al cuarto[693].

Para colmo de males, Blanca no pudo devolverle los brillantes. Don Serafín se los había pedido al siguiente día del baile con estas palabras[694]:

—Querida mía, hoy necesito que, para salvar mi crédito, hagas tú un pequeño sacrificio.

Blanca palideció como si presintiera aquel nuevo golpe que debía herirla.

—¿Cuál?... ¿Habla qué hay?

—Dentro de tres días debo entregar una suma que para mí debía ser sagrada; es un depósito de menores que, caso de no entregarlo, me traería un juicio criminal y tal vez algo más.

—¿Y qué piensas hacer?

—Yo, ir a la cárcel o poner en remate los muebles de la casa que es lo único que nos queda.

—¡Imposible! ésa sería la mayor humillación que pudiera venirnos.

—Estoy arruinado y no tengo como pagar esa deuda; no me quedan más que dos recursos: o la fuga o el suicidio. Habla, ¿qué prefieres?

Y don Serafín con los ojos arrasados en lágrimas y la expresión angustiada miraba a su esposa.

—Y ¿qué es lo que yo puedo hacer para salvarte?

—Tus brillantes serían suficientes para pagar esa deuda.

—¡Imposible! Yo no puedo vender mis brillantes.

Don Serafín, que no esperó recibir esta contestación, palideció y con voz agitada y colérica díjole:

—Tú sola eres la causa de mi ruina y prefieres verme en la cárcel a desprenderte de lo que te será ya inútil, porque es preciso que sepas que en adelante no tendrás no sólo para bailes y gastos superfluos, sino[695] ni aun para los gastos más indispensables de la casa.

—Hace tiempo que vienes repitiéndome la misma cantinela[696].

---

693   *De tres al cuarto*: no vale gran cosa, de poca estimación, de pacotilla.

694   La primera edición en libro es un poco distinta a las siguientes: «... Blanca no pudo devolver los brillantes. Don Serafín pidiéselos al siguiente con estas palabras».

695   Todas las ediciones traen la conjunción adversativa *pero*; sin embargo, la construcción de la oración exige que sea *sino* ya que denota adición a la cláusula anterior en correlación con *no sólo*, elemento sintáctico que en estos casos va acompañado de esta conjunción.

696   *Cantinela*: (*colq.*)«[r]eptición molesta e inoportuna de algo» (*DRAE*).

—Sí, porque hace mucho tiempo que vivo ficticiamente pagando las deudas de unos con dinero que tomo de otros a intereses más crecidos.

—¡Dios mío! ¡Dios mío! ¡Sálvame de esta espantosa ruina! Y Blanca cubriose el rostro con ambas manos.

¡No hubo remedio! Era preciso vender las joyas para pagar esta deuda que, con el requisito de ser depósito de bienes de menores, hubiera dado el resultado de llevar a su esposo irremisiblemente a la cárcel.

El judío inglés, que con este fiasco se consideró burlado no sólo en sus esperanzas amorosas sino más aún en la cantidad de dinero entregada por las alhajas, no trepidó en llevar a la señora de Rubio ante los tribunales de justicia acusándola de estafa y presentándose criminalmente contra ella. Y, convencido de que no debía esperar ni brillantes ni amor, desahogó su rabioso despecho difamando a la señora Rubio y relatando con calumniosos detalles la escena en que ella fue a suplicarle que le prestara sólo para[697] veinticuatro horas las prendas pignoradas.

---

697 La preposición más adecuada sería *por* puesto que implica duración y no tanto fin o término.

- XXVIII -

La noche del baile de la señora M., Blanca estaba verdaderamente hermosísima.

En el momento que ella de pie delante de un gran espejo de vestirse daba la última mirada a su elegante y lujoso tocado, don Serafín quedose contemplándola un momento y acercándose a ella imprimió apasionadamente sus labios en la mórbida, descubierta espalda de su esposa[698].

—Cuando te veo así, me figuro que aún somos felices y olvido los quebrantos de mi fortuna y la pobreza que muy pronto nos acompañará.

—No pienses en eso.

Y ella alejó de su memoria tan importuno recuerdo.

Don Serafín quedose por un momento pensando que la fortuna que se va suele llevarse influencias, admiraciones, simpatías, amigos y todo lo que constituía su elevada posición social. Y esta cruelísima realidad había de herir más que a él a su querida esposa.

Cuando Blanca llegó al salón de baile, un murmullo bastante perceptible dejose oír en los distintos grupos de señoras y caballeros.

Todos estaban poco o mucho algo informados que el señor Rubio no llevaba en su gaveta un solo real que suyo fuera.

Por todos los ámbitos del salón oíanse estas o semejantes palabras:

—Hoy viste de gran lujo y mañana tal vez no tenga un real para la plaza.

—Es natural. El Banco de Londres, dicen que le ha protestado letras[699] por más de cincuenta mil soles.

—Las calaveradas y derroches de esa mujer, hubieran dado fin con la fortuna del mismo Creso[700].

---

698   En la primera edición en libro este párrafo forma uno solo con la oración anterior.

699   *Letra*: se refiere a letra de cambio, la cual es un documento por medio del cual se gira una cantidad de dinero de una persona a otra.

700   *Creso*: fue el último rey de Lidia (región del Asia Menor a orillas del mar Egeo), de 560 a 546 a. de J. C., y debido a su gran riqueza y la prosperidad de su país, se decía que él era el hombre más rico de su tiempo. «La fama de sus riquezas [...] hizo proverbial su nombre para designar a alguien colmado por los bienes de la fortuna» (*Pequeño Larousse Ilustrado*, pág. 1224).

—Dicen que ella sostenía a varios amantes; es natural que tuviera este fin.

—Justo castigo de la Providencia.

En otro grupo decían:

—¡Pobre hombre aquel! –y señalaban a D. Serafín– víctima de esa mujer sin corazón.

—Cuando él se casó con ella tenía cuatro millones de soles esto me consta.

—Ella tiene todos los vicios de un hombre corrompido y además todos los defectos de la mujer mala[701].

Con esa perspicacia y penetración propia de su clara inteligencia, Blanca si no escuchó, adivinó lo que a su alrededor pasaba.

Notó que en el trato de hombres y mujeres se operaba tal cambio que a medida que se acentuaba mayor mortificación traía a su vanidad de mujer y de señora. Los hombres casados y serios la miraron con desprecio e indignación alejándose de ella como si les causara repugnancia; en cuanto a las mujeres, solteras y casadas, la miraban con extrañeza y en el aire desdeñoso con que la trataban traducíanse estos conceptos: —Ya tú estás abajo y nosotras arriba; ya tú, Blanca Sol, dejaste de ser la mujer a la moda para pasar a ser la vergüenza de los salones. ¿Qué hay de común entre tú y nosotras? Quita allá, tú no mereces rolar con la gente de alto tono.

Y las que así pretendían despreciar a Blanca eran las mismas que un día no lejano fueron donde ella a valerse de la amistad y el favor para llegar a obtener el codiciado destino, objeto de las aspiraciones de esa multitud que vive en sociedad como la *tenia*[702] en el organismo, chupando los jugos sociales.

Sí, allí entre esas señoras muchas de ellas afirmaban que en el despacho ministerial de D. Serafín, o quizá sobre las faldas de Blanca y bajo sus influencias, habíanse firmado los despachos del favorecido hermano del no menos favorecido esposo, poseídos todos de lo que entre nosotros no es ya empleomanía[703] sino furor, que los lleva a convertirse en perseguidores perpetuos de las personas influyentes[704].

Sólo los jóvenes solteros, los calaveras que van en pos de fáciles conquistas, rodearon con mayor empeño a la señora de Rubio.

Pero ¡Dios mío! ¡Qué cambio! Su lenguaje tenía la familiaridad insultante del que no teme ofender a una gran señora; no era la galantería de otros tiempos sino la petulancia[705] del que se cree con derecho a decir con los ojos, ya que no con la boca: —Eres mujer fácil, no debo temer un rechazo.

---

701   En la primera edición en libro sigue a esta de chismes y cotilleos en forma de diálogo una última intervención, que se omite en las ediciones posteriores:«–Pero nada es comparable con el lance del prestamista; fue a robarle las alhajas ofreciéndole pagarle [*sic*] con su amor.

702   *Tenia*: la solitaria, un gusano intestinal que vive en el tubo digestivo y puede llegar a medir varios metros de largo.

703   *Empleomanía*: «[a]fán con que se codicia un empleo público retribuido» (*DRAE*).

704   Este párrafo y el anterior forman uno solo en la primera edición en libro y la versión en ésta es un tanto distinta: «Y entre esas mismas señoras, muchas de ellas afirmaban que en el despacho ministerial de don Serafín, o sobre las faldas de Blanca, se habían firmado los despachos del hermano o del esposo, favorecido con alguno de esos codiciados destinos que la empleomanía de ciertas familias, que son en sociedad como la tenia en el organismo humano que viven chupando tan sólo para alimentar su estéril vida, no es ya manía sino furor que las lleva a convertirse en perseguidoras perpetuas de las personas influyentes».

705   *Petulancia*: descaro, insolencia.

¡Ella, la altiva, la orgullosa Blanca Sol!

En el primer momento tuvo la suficiente serenidad para mirar desdeñosamente a esa turba de aduladores que no ha mucho la aplaudían y admiraban y que hoy le volvían las espaldas.

¿Y Alcides? También él huía de ella como de un verdadero mal.

Por primera vez, Blanca se quedó sin bailar la primera cuadrilla[706]; es decir, la cuadrilla oficial que ella acostumbraba bailar en el puesto de preferencia.

¿Dónde estaban sus amigos? Aquellos que se disputaban el honor de alcanzar no sólo un baile sino una sonrisa, una mirada...

Los amigos de Alcides, en otro tiempo también de Blanca, fueron donde él a participarle que no pensaban bailar esta noche con ella.

—Hacéis mal en decírmelo ¿o creéis que acaso que voy a hacerle guerra de alfilerazos[707]? decíales él desaprobando su conducta.

Desde que en el público comprendieron la inevitable ruina de la fortuna de don Serafín, todas las iras sociales como amenazadora tromba[708] se arremolinaron alrededor de Blanca.

La envidia de las mujeres, la maledicencia de los hombres, las rivalidades y emulaciones de las unas y las protecciones rechazadas de los otros largo tiempo sufridas estallaron al fin con explosivo furor.

El aura halagadora de la adulación iba a convertirse en furiosa y destructora tempestad.

Cuando el brillo del oro o la grandeza del poder no subyugan y deslumbran a la Adulación, ella como Saturno[709] devora a sus propios hijos.

Blanca, la reina de los salones, la orgullosa y altiva joven que ayer era admirada, buscada, adulada quedará hoy oscurecida y anonadada cual si caído hubiera en un abismo.

Lo que eran excentricidades, caprichos, agudezas, exceso de gracia, de imaginación, turbulencias de una inteligencia fantástica, serán hoy faltas inexcusables, aberraciones de un alma tórrida, vicios horribles apenas perdonables en un hombre y por ningún motivo disimulables en una señora de alta alcurnia.

Todos estos juicios, todas estas ideas se agitaban alrededor de Blanca formando como horrible anatema que pesaba sobre su frente.

Y Alcides, que él sólo podría consolarla de tantas desventuras, también él huía de ella mirándola con adusto[710] ceño y pensando sólo en Josefina.

Aquella noche Blanca, aprovechando de estar Alcides solo y recostado en el alfeizar[711] de una ventana, acercose a él con la intención de hablarle.

Si la hubiese visto venir, se hubiera alejado de ella. Pero Blanca se le presentó delante de una manera imprevista y con aquel aire lleno de gracia y co-

---

706 *Cuadrilla*: cierto baile de salón.
707 *Alfilerazo*: palabra o dicho con que se intenta indirectamente herir o humillar a alguien.
708 *Tromba*: borrasca, tempestad.
709 *Saturno*: dios de la agricultura y la cosecha, según la mitología romana. Obtiene de su hermano mayor Titán el favor de reinar en su lugar a condición de que mate a toda su descendencia para que la sucesión del trono pase a los hijos de Titán. Es por esta razón, según lo convenido con Titán, que Saturno devora a sus propios hijos.
710 *Adusto*: austero, severo, hosco.
711 *Alfeizar*: antepecho de una ventana.

quetería con que ella en sus mejores tiempos cautivara a sus numerosos adoradores, díjole:

—Alcides, ¿todavía le duran a usted sus resentimientos?

De pronto él no supo que contestación dar; mas presto, tomando el tono
de exquisita galantería que érale habitual: —Señora –dijo,– entre una reina
y su vasallo no caben resentimientos posibles.

—¡Reina destronada que viene hoy a implorar compasión!...

Y estas palabras las decía profundamente conmovida, casi llorosa.

—Una mujer como usted, señora, jamás debe darse por vencida.

—A no ser que un hombre como usted sea el vencedor.

—Yo, señora, hace mucho tiempo que he abandonado la arena donde
usted esgrime sus armas saliendo siempre vencedora.

—Sí, lo sé, que usted como todos mis amigos me abandona y huye de mí.

—Siempre he huido de la desgracia cuando puedo alcanzar la felicidad.

—La felicidad sin el amor es irrealizable. ¿No lo cree usted así, Alcides?

—Antes creía como usted, ahora creo que la felicidad sin la virtud es imposible.

Blanca vio en estas palabras cruel alusión dirigida a ella y se mordió los
labios esforzándose para dominar su emoción.

—Pero ¿cuál es la causa de ese cambio en sus ideas? –y Blanca procuró
reír alegremente.

Y Alcides refiriole a Blanca una historia en la que figuraba un joven, no
–dijo– era ya un hombre que peinaba canas y por eso era más grave lo que iba
a referirle[712]. Un día ese hombre amó a una mujer, la amó tanto que ciego,
loco de amor cifró[713] en ella su felicidad y puso a sus pies su fortuna, su vida
y todo cuanto poseía sintiendo tan sólo ser tan mezquina la ofrenda que podía
rendir a las plantas de su amada.

Y cuando él esperó haber alcanzado la dicha de ver realizarse las falaces
promesas con que alentaba su pasión, ella, esa pérfida mujer[714] lo tomó como
instrumento de sus extravagantes coqueterías y una noche lo llevó a su alcoba
para que fuera el objeto de la risa y el escarnio[715] de sus amigos. Por fortuna,
aquella noche conoció de cerca a una joven; ella lo salvó del suicidio cuando
él desesperado miraba la muerte como la única salida por donde pudiera huir
de la influencia maléfica de ella, de esa mujer sin corazón[716] que pretendía
herirlo con el[717] arma terrible del ridículo, que si no mata el cuerpo, mata irremisiblemente el alma; pero no fue así y queriendo hacerle el mayor mal[718], le
procuró el bien más apreciado de la vida, el que puede ser fuente de inago-

---

712   Esta oración en la primera edición en libro es levemente distinta: «Y Alcides refiriole de
        como un día un joven, no, era ya un hombre que peinaba...».

713   *Cifrar*: reducir varias cosas a una sola que se considera fundamental.

714   A partir de la segunda edición en libro se añade la frase «esa pérfida mujer».

715   *Escarnio*: injuria, burla afrentosa.

716   La primera edición presenta leves diferencias: «...la influencia maléfica de ella, de
        ella,mujer sin corazón».

717   La primera edición en libro pone el adjetivo demostrativo *esa* en vez del artículo *el*.

718   La primera edición presenta leves diferencias: «...irremisiblemente el alma; pero no que-
        riendo hacerle el mayor mal».

tables alegrías y este fue el de conocer y tratar íntimamente a una mujer buena y amante que le había ofrecido su corazón como refugio contra las coqueterías de ella revelándole al mismo tiempo su amor puro y desinteresado.

Y Alcides fue hasta preguntarle a Blanca. —Y dígame usted señora, ¿no cree usted que él sólo dándole su nombre y labrando[719] la felicidad de esa joven le retornará[720] lo que le debe, lo que es justo tributo por el bien recibido?...

Blanca guardó silencio; pálida y temblorosa se respaldó en un sillón como si temiera caer. Después de un momento con breve y agitado acento preguntó:

—Ama usted a Josefina ¿no es verdad?

—Sí, la amo y muy pronto será mi esposa.

Aquella noche, Blanca salió del baile llorosa, humillada, abatida en su altivez y amando más que nunca a Alcides.

El amor puro, desinteresado, noble, lleno de mutuas abnegaciones y recíprocos sacrificios deja en la memoria un reguero[721] de gratos y queridos recuerdos que son como un reguero de estrellas que alumbran la existencia, aun después que las sombras de los años derraman su triste lobreguez[722]. No así el amor lleno de luchas, de sinsabores, de falsías y perfidias que vierten su amargor sobre todos los recuerdos que evoca la memoria y cuando la pasión se calma y el ánimo se serena sobreviene la indiferencia y muchas veces el odio, odio implacable para aquel ser ingrato que envenenó, que acibaró[723] el sentimiento más dulce y más bello que existe en el alma.

Así Alcides había principiado a odiar a Blanca después de haberla amado largo tiempo con verdadera pasión.

¿Qué importaba que él comprendiera que al fin Blanca correspondía a su amor? Su corazón, fatigado de luchas y decepciones, sólo apetecía los afectos tranquilos, apacibles que curan las heridas del alma y aseguran la dicha del porvenir; y esos afectos, Josefina, sólo ella podría ofrecérselos[724].

Y así, de una a otra reflexión y de una a otra deducción llegó hasta ver la mano de la Providencia que lo designaba a él como el castigador de las culpas de la coqueta y malversadora Blanca Sol.

Y juzgándose elegido para tan altos fines, aceptó el erróneo concepto de los que se imaginan que Dios ha menester de un hombre para castigar a otro hombre, a semejanza de ciertos enamorados que necesitan de una mujer para seducir a otra.

Él castigaría, pues, a Blanca, la castigaría no en venganza ni en desagravio de los desdenes sufridos, sino como medio de corrección, como medio de quitar de la sociedad la piedra de toque[725] del escándalo.

Blanca en la pobreza se vería obligada a cuidar de sus hijos y consagraría

---

719   *Labrar*: hacer o causar algo gradualmente.
720   La primera edición presenta leves diferencias: «...su nombre y labrando su felicidad le retornará».
721   *Reguero*: (*fig.*) chorro continuo.
722   *Lobreguez*: oscuridad.
723   *Acibarar*: producir turbación o confusión con algún contratiempo o pesar.
724   Este párrafo y el anterior forman uno solo en la primera edición en libro.
725   *Piedra de toque*: (*fig.*) lo que lleva al conocimiento de la calidad de algo.

sus horas al trabajo y a las atenciones domésticas.

No era el odio, no, lo que lo llevaría a precipitar la ruina de don Serafín.

Y en el último caso, traída por él o por otro, la bancarrota de la casa mucho tiempo hacía que él la veía inevitable.

Y tan inevitable fue que las joyas que ella quiso llevar al baile pretendiendo ocultar así la ruina de su fortuna dieron margen a los acreedores para presentarse en demanda de esos brillantes con los que esperaban saldar en parte sus cuentas.

Ya hemos visto que antes que los acreedores, D. Serafín pidió los brillantes para poder devolver un depósito de bienes de menores[726].

---

726 Estos dos párrafos finales de este capítulo se añaden a partir de la segunda edición en libro.

- XXIX -

Ocho días después, Don Serafín, azorado[727] y balbuciente, acercose a su esposa y estrechándola en sus brazos con extrema desesperación[728]:

—¡Ya no hay remedio! —exclamaba— ¡estamos arruinados!... Todas mis entradas están embargadas... mañana no contaremos con un real seguro... ¡Oh! ¡Mis hijos!... tú... en la miseria... ¡qué va a ser de mí!... Yo no resisto este golpe... ¡Dios mío!

Ella aterrada mirábale sin poder proferir una sola palabra.

Don Serafín sollozaba y hablaba al mismo tiempo y tomando a Blanca por una mano llevola a su escritorio para mostrarle sus libros de cuentas.

No había duda, todas sus propiedades estaban hipotecadas y los intereses no pagados habían agrandado las deudas hasta el punto de sobrepasar al valor de la propiedad hipotecada.

Alcides era el acreedor más temible por lo mismo que representaba la mayor cuantía de sus deudas; él era el que había trabado embargo y pedido judicialmente el remate de las fincas gravadas con hipotecas; él era dueño de la mayor parte de los créditos de don Serafín.

Blanca no podía darse cuenta de cómo era que Alcides, de quien referían tantos actos de generoso desprendimiento y caballeroso comportamiento, fuera para ellos tan ruin y cruel acreedor.

Entonces recordó las inepcias[729] propaladas por D. Serafín presentando a Alcides como infame seductor de su costurera y Blanca comprendió que Alcides realizaba una venganza, algo cobarde a su juicio, pero al fin como venganza encontrola justificable.

Ella no podía imaginarse que Alcides, más que castigar a D. Serafín, proponíase corregirla a ella quitandole la fortuna como medio de convertir a la gran coqueta y gran señora en buena y honrada madre de familia[730].

Blanca volviose a su alcoba; necesitaba estar sola.

---

727 *Azorado*: pasmado, alterado, turbado, temeroso.
728 La primera edición en libro trae algunas diferencias: «Don Serafín, azorado y balbuciente, acercose a ... sus brazos en el colmo de la desesperación».
729 *Inepcia*: necedad, estupidez.
730 Este párrafo y los dos anteriores se añaden a partir de la segunda edición en libro.

¡Cuántas reflexiones a cual más dolorosas y aflictivas acudieron entonces a la mente de la señora de Rubio[731]!

¡Dios mío! Ella pobre como Josefina, más quizá que ella ¡y con seis hijos!

Seis hijos que si hoy apenas le ocupaban algunos instantes robados a sus compromisos sociales, mañana, cuando no tuviera dinero para pagar no-drizas, ayas y sirvientas había de verse ella obligada a servirlos, a cuidarlos y a amamantarlos... Ella, que tanto se fastidiaba y tan cruelmente se aburría de-sempeñando los quehaceres domésticos para los que sólo deben haber nacido mujeres vulgares y de mísera condición.

¡Seis hijos y en la miseria! ¡Oh! esto era más espantoso que todo lo que ella había visto hasta entonces[732].

Haber gastado, derrochado, lucido, haberse encumbrado hasta la altura que produce vértigo para luego caer y caer, no donde antes estuvo, no en su antigua posición social cuando tenía acreedores que no la apremiaban y amigos que la servían, sino a las profundidades de un abismo, del abismo de la miseria.

¡Qué diferencia! Ayer todavía era ella la reina de los salones; ayer disponía de influencia, gozaba de consideraciones, contaba con amigos y poseía toda lo que en sociedad vale tanto como el oro, más aun que el oro.

¡Qué diferencia! Ayer todavía podía coquetear, reírse, burlarse de los tontos *y costeársela* con los inocentes, con los mentecatos[733] como Luciano, ¡qué sandios[734]!, imagínanse posible y hasta fácil el conquistar el corazón de una mujer y una mujer como ella[735].

¿Quién era el causante de todo este brusco y horrible cambio? ¿Quién? Mi marido –pensó Blanca; pero luego con esa lógica clara de su raciocinio desvió de allí su pensamiento y juzgó con mejor criterio su situación.

No, no era su esposo el causante de su caída y de su próximo eclipse social; en opinión de Blanca era la sociedad, esa sociedad estúpida que rinde ho-menaje sólo al dinero.

¿En qué había cambiado ella? ¿No era ahora la misma de ayer, la misma de cuando todos creían que los dos millones de soles de su esposo habíanse duplicado y juzgaban que resguardada por cuatro millones nadie se atrevería a herirla?...

¡Miserables! En el último baile mirábanla con miradas despreciativas; pa-recía que se holgaban de no llevar ya sobre la conciencia el peso de cuatro millones que continuamente los obligaba a la admiración y a la servil adu-lación[736].

Ellos, a los que tanto había ella despreciado, ¡se atrevían a despreciarla!

Pensó no volver jamás al seno de esa sociedad, pero allí estaba él, allí estaba Alcides, el hombre que ella amaba, el que era causa de sus penas, de sus con-

---

731 Esta oración y la anterior forman un párrafo en la primera edición en libro.
732 En la primera edición en libro, esta oración forma parte del párrafo anterior.
733 *Mentecato*: simple, necio, tonto.
734 *Sandio*: tonto, necio.
735 Este párrafo y los dos anteriores forman un solo párrafo en la primera edición en libro.
736 Este párrafo y los dos anteriores forman un solo párrafo en la primera edición en libro.

trariedades y hasta de sus lágrimas. Sólo por verlo a él, por hablarle una vez más aceptaría el sacrificio de asistir a bailes y fiestas que ya le cansaban[737].

Luciano vino a visitar a su amiga Blanca Sol.

Desde el primer momento comprendió ella que Luciano era portador de alguna noticia de bulto, como si se dijera un notición.

—¿Qué hay de nuevo? ¿Qué dice el mundo?

—Malas nuevas traigo hoy.

—Hable usted, ya adivino lo que es.

—Alcides Lescanti se casa con la costurera de usted.

—Pensará abrir un taller de costura.

—Lo cierto y positivo es que se casa con Josefina.

—No sea usted crédulo, lo que Alcides se propone es cazarla no casarse.

—Mucho me temo que usted se equivoque por esta vez.

Y Luciano refirió con pelos y señas todos los datos que él tenía en tan importante asunto.

Blanca conceptuaba como absurdo estupendo, como negación de todas las leyes sociales el matrimonio de Alcides con Josefina.

Sería posible que él pudiera amarla hasta el punto de darle su nombre. No, ¡imposible!... Y Josefina, la florista que ganaba tres reales trabajando día y noche, pasaría a ser la señora de Lescanti, dueño de una de las mejores fortunas de Lima. —Si yo pudiera impedir este matrimonio –pensaba la señora Rubio– se salvaría mi fortuna y mi felicidad... Esperemos, aún no está todo perdido...

Y después de estas palabras, Blanca se dio a proyectar la manera y forma como pudiera impedir el matrimonio de Alcides con Josefina, resuelta a aceptar todos los medios con tal de llevar a término sus proyectos.

Lo más eficaz, indudablemente, era, ir a la casa de él; ir a buscarlo en sus propias habitaciones. Se estremeció al pensar que tuviera que aceptar tan desdorosa[738] resolución: ir ella, Blanca Sol, a buscar a un hombre y a un hombre que no la amaba y quizá la despreciaba; ¡oh! esto era horrible, ¡preferible sería morir de miseria, de amor, de desesperación, de todo menos de vergüenza sufriendo humillaciones, desprecios, ignominia!...

Después de mil indecisiones, y vacilaciones, de larga y tenaz lucha de su dignidad, de su orgullo que sentíanse lastimados; después de vestirse, primero con rico traje color de bronce, luego con otro negro más sencillo para no llamar la atención desechando aquél por muy lujoso, después de ir, de venir deseando que algún acontecimiento, algún inesperado impedimento viniera a frustrarle su salida..., al fin llevose ambas manos al pecho diciendo:

—¡Mi corazón y mi destino me llevan allá!...

En los corredores encontró a una pordiosera[739]:

—Una caridad por amor de Dios, señorita.

—Toma y pídele a Dios por mí –y arrojó en la mano de la mendiga un sol de plata que la dejó alelada mirando largo tiempo la moneda.

---

737 En la primera edición en libro este párrafo y la oración forman un solo párrafo.

738 *Desdoroso*: desdorado, deslucido, deslustrado.

739 *Pordiosero*: mendigo.

Daban las nueve de la mañana cuando ella salió envuelta elegantemente en su manta.

Esta salida fuera de las horas de visitas no inspiró sospechas; Blanca acostumbraba salir al templo todos los días, y esta era la hora de misa en San Pedro.

Cuando llegó a la casa de Alcides subió las escaleras y en el salón principal que estaba abierto encontró a José, un viejo criado, ocupado en limpiar y arreglar los muebles.

Blanca preguntó:

—¿El señor Alcides Lescanti está en casa?

—No señora acaba de salir.

—Y volverá luego.

—Es casi seguro que no volverá hasta la noche.

Blanca con la impaciencia que la caracterizaba arrugó el ceño y llevose con ademán desesperado una mano a la frente exclamando:

—¡Oh, qué desgracia!

José fijó en ella su atención. Quizá si estaba en presencia de alguna señora amiga íntima de su amo. ¡Era tan hermosa! ¡Tan simpática!...

—Si la señora gusta esperar, pudiera ser que llegara dentro de media hora.

Blanca aceptó este ofrecimiento. Necesitaba no tanto esperar cuanto descansar, tomar aliento.

En la esperanza de descubrir algo nuevo en la vida del hombre que era ya dueño de su corazón y a quién la suerte había colocado en condición de ser también dueño de su fortuna, dirigió la conversación con todo el artificio que ella poseía, pero José, con la reserva propia de sus años, no dejó escapar un solo concepto que pudiera comprometer a su antiguo y amado patrón.

En este momento sonó el timbre, cuyo botón quedaba a la entrada del corredor[740].

—¿Será alguna visita para el señor? –preguntó deteniendo a José para que no saliera de allí.

—No, debe ser algún importuno que viene donde mi amo –y salió a informarse.

Blanca oyó larga disputa sostenida por el visitante con José.

Así que se vio sola miró con ojos curiosos el dormitorio de Alcides.

Tal vez si allí encontraría algún papel, algún indicio que le revelara lo que aún esperaba que fuera no más que artificiosa ficción de Alcides.

Tal vez iba a descubrir una prenda, tal vez un retrato, un rizo quizá de ella que Alcides guardaba en oculto sitio y que esperaba hallar.

A todo evento, preferible era la realidad a la horrible duda que le torturaba el alma.

¡Es tan cruel dudar cuando tanto se ama!

Blanca penetró con paso apresurado hasta el centro de la alcoba y se detuvo sin atreverse a pasar adelante. Estaba pálida, helada, temblorosa.

---

740   En la primera edición en libro después esta oración, en un nuevo acápite, sigue lo siguiente: «Blanca palideció».

Nadie al verla, hubiese reconocido en ella a la altiva y coqueta Blanca Sol.

Llevose ambas manos al corazón; le parecía que de todos los objetos ina-
nimados se desprendía algo como el fluido magnético, o mejor amoroso, que
tiempo ha sentía a la vista de Alcides aunque no fuera sino viéndolo a la distancia. ¡Allí en aquella habitación hubiera ella querido pasar el resto de su
vida!...

¡El dormitorio del hombre amado! Mirolo ella con esa curiosidad, con ese
afán nunca hasta entonces sentidos. Le avino el deseo de recostarse en los co-
jines donde él diariamente se recostaría, de besar aquellos almohadones donde
aún se conservaba el ligero hundimiento producido por la cabeza de *él*. Sentía
un bienestar intenso, parecíale que la cadena de males que hacía tiempo
pesaba sobre su vida con inmensa pesadumbre hubiérase como por encanto
disipado. Un pañuelo vio allí y tendría su perfume, el perfume que él usaba;
Blanca llevolo a los labios y aspiró con delicia sintiendo el inenarrable[741] placer
que produce vértigos.

Después de corto momento, miró en torno suyo con mirada investigadora.

Un cuadro bellísimo colocado a la cabecera del lecho llamó su atención.
Acercose a mirarlo[742].

Estaba agitada y temblorosa como si temiera llegar a un descubrimiento
para ella muy horrible. Era un cuadro al óleo. El marco fijó su ansiosa mirada.
Con gran sorpresa reconoció uno de esos cuadros que el refinamiento del arte
ha ideado para ocultar un retrato bajo la apariencia de un cuadro. Comprendió que había algo que ella necesitaba ver.

Blanca conocía todos los secretos y resortes[743] y comprimiendo[744] un pequeño botón oculto entre las talladuras del marco éste se dividió en dos y
pronto quedó a su vista un retrato de mujer: era el de Josefina.

Esto era más de lo que ella necesitaba para comprender su desgracia al
lado de la dicha de Josefina.

El corazón le dio un vuelco y un vértigo pasó por su cerebro. De la palidez cadavérica pasó al rojo encendido, color de amapola.

Pretendió arrancar el cuadro, pero los cordones que lo sujetaban a la pared
resistieron; entonces con un golpe violento separó el retrato de Josefina, lo dividió con fuerza inaudita en mil pedazos y arrojándolo al suelo lo pisoteaba
cual si fuera no el retrato sino el cuerpo mismo de Josefina. —¡Así quiero despedazar[745] a esa infame, a esa pérfida mujer que me ha traicionado!... ¡Oh!
Dios mío, esto es más de lo que yo puedo soportar.

Y ebria, loca de indignación y rabia cayó extenuada[746] casi desfallecida
en el sillón que estaba colocado a los pies de la cama.

José, que al fin había terminado su larga disputa con el impertinente vi-

---

741 *Inenarrable*: indescriptible, inefable, inexpresable.

742 Este párrafo y la oración anterior forman un solo párrafo en la primera edición.

743 *Resorte*: en este caso, un tipo de tensor, especie de fleje o pieza para abrir algo.

744 *Comprimir*: apretar, pulsar.

745 En la primera edición en libro se lee *destrozar* por *despedazar*.

746 *Extenuado*: rendido, exhausto, exánime, cansado.

sitante, volvió a entrar al salón y al no encontrar a Blanca allí miró en el[747] dormitorio de su amo y vio a la señora reclinada en el sillón cubierto el rostro con ambas manos.

No debió estar José muy acostumbrado a estas mudas y elocuentes escenas, pues que, después de mirar largo rato, como si dudara de lo que sus ojos veían decía:

—¡Ajá... ajá! ¿Ésas teníamos?, —y luego movió la cabeza con intencional malicia juzgando haber llegado al más estupendo descubrimiento.

—¡Quién había de creerlo! Si parecía una gran señora y había sido una de tantas. ¡Pobrecita! Y parece muy desconsolada. Cuándo se casará mi patrón para que entre en el buen camino y no se ande en estos descarríos[748].

Y José dirigiose al interior de la casa a continuar sus ocupaciones sin abrigar temor alguno de haberse equivocado respecto a las amorosas intenciones de esta misteriosa visitante.

Después de corta meditación, Blanca se irguió, y ya algo más tranquila, púsose de pie resuelta a retirarse esperando no haber sido vista por el criado. Antes de salir miró hacia un pequeño escritorio de alcoba y vio una carta principiada en la que sólo estaba escrita la fecha y el nombre de la persona a quien iba dirigida.

Era carta para un amigo.

Blanca tomó la pluma y con pulso trémulo escribió estas apasionadas líneas:

Alcides: te amo y tú me odias. Te propones castigar faltas muy pequeñas con castigos inmensos. La ruina de mi fortuna que tú quieres labrar sería para mí poca cosa si no viniera acompañada de tu desprecio. He venido aquí a implorar tu perdón, a pedirte mi felicidad. ¿No podré esperar algo ya que todo mi porvenir depende de ti?...

Mañana ¿me esperarás? El corazón me dice que sí[749].

Y este papel en el que derramó tan sólo algunas gotas de la hiel[750] que se desbordaba de su corazón, escribiolo con pulso nervioso y al correr de la pluma.

Quiso volver a leerlo para corregir o agregar algo más, pero luego tiró el papel sobre el escritorio diciendo: —Cuando uno da una caída no puede estar pensando qué postura le conviene mejor. ¡No hay remedio, es necesario ir adelante!...

Y salió de casa de Alcides no sin haber enjugado alguna lágrima rebelde que más de una vez asomó a sus hermosos ojos.

---

747   Todas las ediciones ponen *al* por *en el*.
748   *Descarrío*: apartarse del camino.
749   Estas dos últimas oraciones forman parte del párrafo anterior en la primera edición en libro.
750   *Hiel*: (*fig.*) amargura.

- XXX -

Así que se vio en la calle pareciole sentir que su dignidad de mujer y su orgullo de gran señora habían sufrido enorme y espantable decrecimiento.

Caminaba dando traspiés cual si los transeúntes que la miraban leyeran en su frente que acababa de salir de casa de un hombre, ¡y del hombre que amaba a otra mujer!...

Al pasar por delante del templo de la Merced[751] le vino el deseo de orar, de elevar a Dios la plegaria más ferviente de su vida, la primera quizá que brotaba de su alma.

Su situación la encontraba tan desgraciada, tan horrible que sólo un milagro de la Virgen podría salvarla.

Blanca entró al templo y oró.

¿Qué le pedía a la Virgen? Que Alcides la amara, que su acreedor fuera mañana su amante, no encontraba otro recurso, ni contra su próxima miseria ni contra su propio corazón.

Les habló a Dios y a la Madre de Dios presentándoles su vida. Ella no era culpable, no se arrepentía de ninguna falta. ¿Acaso jamás le había sido infiel a su esposo? Su conciencia no la acusaba del crimen de adulterio. Verdad que acababa de salir de la casa del hombre que ella se proponía conquistar no sólo como un medio de recuperar su fortuna sino más aún como un medio de satisfacer una necesidad de su alma, pero Dios que veía su corazón la perdonaría.

¿A qué otro recurso podía ella apelar en tan aflictiva situación?; los hombres son tan interesados, tan egoístas que no había que esperar de Alcides concesión ninguna sino era a cambio de grandes favores.

¡La miseria! Qué cosa tan espantosa cuando se ha vivido en la holgura y el bienestar; cuando ya la costumbre arraigada obliga a mirar como necesidades indispensables lo que otras miran como lujo excesivo[752].

---

751   La Iglesia de la Merced es una de las iglesias más antiguas de Sudamérica y fue fundada en 1535 por Fray Miguel de Orenes. Actualmente se encuentra en el Jirón de la Unión no muy lejos de la Plaza Mayor de Lima.

752   En la primera edición en libro este párrafo forma uno solo con el anterior.

¡Cómo podría ella vivir sin coche ni criados, sin el confort[753] para ella y sus seis hijos, sus pobres hijos que ya veía en la miseria! Lloró tanto que sintió enrojecidos los ojos y horriblemente descompuesto el rostro, tanto que determinó permanecer allí más tiempo del que había pensado.

Felizmente su esposo estaría en su escritorio y no se ocuparía de ella.

Oyó que el reloj de la iglesia daba la hora. ¡Las doce del día! ¡Y ella había salido desde las nueve! Se asombró de que fuera tan tarde; no creía haber permanecido tanto tiempo en casa de Alcides.

De seguro que don Serafín la estaría esperando para almorzar.

Iba ya a ponerse de pie para partir cuando le vino una feliz idea.

Arrodillose nuevamente y con el fervor más sincero dijo: —Virgen Santísima, si salvas mi fortuna te prometo vestir el hábito de los Dolores[754] por el resto de mi vida; te prometo con toda mi alma renunciar al lujo y a todas las fiestas del mundo y entregarme al cuidado de mis hijos como la madre más amorosa, como tú lo fuiste con tu Hijo, mi Redentor; escucha Madre mía esta plegaria que desde el fondo de mi alma te dirije esta pecadora. Te prometo además, hacer todos los años el mes de María con tanto o mayor lujo que el que hasta ahora te he dado. Y si mi destino es que Alcides me salve, que él sea mi... *amante*...

Aquí la señora de Rubio se estremeció, hubiera querido recoger la palabra. —No, mi amante no será si tú me proteges... Pero sí, te pido que Alcides no se case con Josefina, con esa pérfida muchacha que yo protegía y que me ha traicionado. Que un rayo de tus manos la partiera ya que ha sido tan infame. En tus manos, Virgen Madre, pongo mi destino; guíame por el camino de mi felicidad que será el de mi salvación eterna...

Después de esta plegaria, salió del templo algo más tranquila con mil propósitos de enmienda y casi segura de que Dios y su Madre habían de intervenir para impedir el matrimonio de Alcides y quizá también para que se salvara su fortuna aunque fuera por medio del adulterio.

Se dirigió a su casa, iba pensando en la figura que haría ella vestida con hábito de los Dolores con una correa de hule a la cintura y el vestido llano sin adornos ni plegados.

Se sonrió imaginándose su estrafalaria figura con el hábito y el escudo prendido en el saco que había de ser holgado. Casi estuvo a punto de arrepentirse de su temeraria promesa. ¿Qué diría el mundo, qué dirían sus adoradores cuando la vieran vestida de beata con hábito y correa de hule?... Pero luego recordó que muchas otras como ella habían llevado el mismo traje sin que nadie manifestara grande admiración. Y en fin, con tal que la Virgen le hiciera el milagro pedido ella se resignaría a todo, lo esencial era impedir el matrimonio de Alcides[755].

Se proponía además, realizar grandes economías en el manejo de su casa, único medio de salvarse de la ruina que la amenazaba.

---

753   Todas las ediciones ponen *confortable* por *confort*.

754   Se refiere a la Virgen de los Dolores o La Dolorosa, también conocida como Virgen de las Angustias, título que se le da a la imagen de la Virgen María con Jesús muerto en su regazo o a otra forma de ella representando su dolor.

755   Este párrafo y el anterior forman uno solo en la primera edición en libro.

Los doscientos soles mensuales que el sostenimiento de su carruaje le demandaba bien podía economizarlos. Ella no caería jamás en el ridículo de cierta señora de la cual ella tanto se había burlado por haberle oído decir que «con tal de sostener el *coche particular*, ella economizaba un plato en la mesa y un traje en el vestido». Y Blanca riendo estrepitosamente decía que esa señora economizaba a favor del coche particular el lavado de la ropa blanca.

No, ella era bastante inteligente y comprendía que si el lujo da brillo y realce a la persona es sólo cuando se lo lleva con buen gusto y sin ridiculeces.

El jardinero que cuidaba de las plantas de los corredores y del salón de fumar podía suprimirse; ella vigilaría que el mayordomo regara las begonias y las demás plantas delicadas.

Muchos otros gastos como estos pensó que bien podría omitirlos[756].

Cuando llegó a su casa llevaba las mejores intenciones de regeneración económica y todo un plan de reforma para implantarlo desde luego; pero también oculto como un mal pensamiento llevaba el propósito de ir al día siguiente donde Alcides segura como estaba de alcanzar concesiones tantas que ya veía recuperada su fortuna y realizadas sus amorosas esperanzas.

Bajo la benéfica influencia de tan halagüeñas ideas, su espíritu, un tanto confortado, principió a abrigar la esperanza de ver trocarse los negros nubarrones que con espantosa rapidez iban oscureciendo el cielo de su porvenir en nubecillas doradas por el sol de la felicidad[757].

Pero ¡Dios mío! ¡Qué había sucedido en su ausencia! Don Serafín estaba pálido, tembloroso y salía a recibirla con aire amenazador como si la hubiera visto salir de la casa de Alcides.

No le dijo más que estas palabras:

—¡Ven! ¡Infame[758]!

Y asiéndola fuertemente por el brazo la llevó a su alcoba casi arrastrándola.

—Qué es esto Rubio, suéltame me haces daño; ¿pero qué sucede? ¡Cálmate!....

—¡Mira! Y don Serafín presentó ante los ojos de Blanca una carta que ella miró fría y atentamente; era carta de Alcides.

Una ligera palidez cubrió su rostro; procuró dominarse y con voz tranquila dijo:

—Bien, y ¿qué hay? ¿Esto es todo?

—Sí, esto es todo; lee y muérete de vergüenza —y le habló con inacostumbrado tono y con resuelto ademán puso ante los ojos de su esposa una carta que decía así:

> «Sra.: No venga Ud. mañana a mi casa; vendría Ud. demasiado tarde. El retrato que acaba Ud. de romper y que ha visto Ud. a la cabecera de mi cama pertenece a la que esta noche será mi esposa. Saluda a usted respetuosamente. — Alcides».

---

756   Esta oración forma parte del párrafo anterior en la primera edición en libro.

757   Este párrafo se añade a partir de la segunda edición en libro.

758   Esta línea y la oración anterior forman parte del párrafo que las antecede en la primera edición en libro.

Lo que no consiguieron las iras de don Serafín consiguiolo la carta de Alcides.

Blanca perdió su serenidad y tembló de rabia y desesperación; acercose a su esposo y con la voz opaca por la emoción dijo:

—Y bien ¿quieres explicación de esa carta?

—Sí, quiero saberlo para matarte.

—El que ha perdido estúpidamente su fortuna no tiene derecho a herirme a mí que quiero recuperarla, —contestó llena de indignación y rabia la señora de Rubio.

Don Serafín, que delante de su esposa siempre fue manso cordero, sintiose con el coraje del león herido cruelmente por su tiránico domador y, como la fiera que se lanza sobre su presa, así él asiéndola fuertemente por el cuello la arrojó contra uno de los muebles pretendiendo estrangularla[759].

—¡Canalla! ¿quieres asesinarme?

—Sí, quiero matarte —decía él fuera de sí [760]encendido el rostro de furor.

Era la explosión de sufrimientos largo tiempo comprimidos; era el amor siempre rendido y jamás correspondido; era el esposo amante que no pidió más que fidelidad y al fin encuentra que ni aun esto érale concedido. Sí, aquello fue verdadera explosión de resentimientos, de penas, de celos, de todo lo que él había sufrido, y sufrido en vano, para que al fin se le dijera que él había perdido estúpidamente su fortuna dejándole la resignación como único recurso a tan espantosa situación.

La muerte, sí, sólo la muerte podría castigar tantas injusticias y crueldades tantas[761].

Lucha tremenda, desesperada trabose entre ambos. D. Serafín con los ojos llameantes, el rostro lívido y los labios cubiertos de espuma pretendía estrechar con ambas manos el cuello de su esposa diciendo: —Ya no mereces vivir... muere ya que me has traicionado.

Nunca acentos tan indignados y furibundos salieron de los labios de tan amoroso marido[762].

Blanca comprendió que verdaderamente D. Serafín trataba de estrangularla y dio voces pidiendo socorro. Faustina llegó presurosa seguida de toda la servidumbre de la casa y volvió a salir despavorida[763] gritando[764]:

—El señor va a matar a la señorita ¡auxilio! ¡auxilio!

Blanca huyó desolada dejando en poder de los criados a D. Serafín que con su atiplada voz hablaba y gritaba desaforadamente.

Este suceso dio lugar a grande alborotó y movimiento en la casa. Los ve-

---

759   En la primera edición en libro, la última parte de este párrafo es levemente diferente: «...herido cruelmente por su tiránico domador y, lanzándose sobre su presa, la arrojó contra uno... estrangularla».

760   En la primera edición en libro se añade la conjunción copulativa *y* antes de la palabra *encendido*.

761   A partir de la segunda edición en libro se añade «y crueldades tantas» a esta oración.

762   Esta oración se añade a partir de la segunda edición en libro.

763   *Despavorido*: lleno de gran miedo, terror, temor.

764   En la primera edición en libro esta última oración forma un párrafo aparte.

cinos «de los bajos» acudieron temerosos de algún acontecimiento que demandara su auxilio.

Todos los circunstantes impusiéronse de lo acaecido y esto era inaudito.

El señor Rubio había pretendido estrangular a su esposa sin duda por el delito de adulterio.

Y D. Serafín que estaba fuera de sí, y a más, era violento e imprudente en todas las situaciones de su vida, no se guardó de vociferar, de gritar y echar a los cuatro vientos su deshonra.

Puso de jueces y testigos a los vecinos y criados; les refirió como él había amado a esa mujer, como jamás pensó en otra cosa que en complacerla, en verla feliz y todo ¿para qué?, para que ella le dijera que había perdido estúpidamente su fortuna, la fortuna de él, sí señor, porque ella vino a su poder sin un Cristo[765], o más claro, con mucho dinero que ella debía y que él pagó a sus acreedores.

Un señor gordo, que por más señas le debía tres meses de arrendamiento de la tienda que ocupaba, trató de consolarlo diciéndole: —Así son todas las mujeres, mientras más se desea agradarlas más ingratas se muestran. Ud. señor Rubio, es un hombre de muchos méritos y debe Ud. ponerse muy por encima de estas pequeñeces de la vida.

D. Serafín se paseaba en la habitación con fuertes y acelerados pasos.

Largo rato permaneció allí retorciéndose con furia los bigotes y acariciando en la mente siniestros planes de venganza y tremendos castigos para la culpable esposa.

Lenta y gradualmente recuperó la calma y la serenidad de ánimo[766].

Pasado el primer ímpetu colérico, que siempre era ciego y arrebatado[767], fácilmente se disipaban sus iras.

Se retiró a sus habitaciones.

Esperaba que Blanca llegaría a darle explicaciones de sus palabras o quizá a pedirle perdón de su falta.

Se recostó en el diván de su escritorio y exhaló largo y doloroso suspiro.

En este momento sintió languidez en el estómago, recordó no haber aún almorzado.

¡Y eran las dos de la tarde!...

Llamó tocando al timbre.

—Tráigame de almorzar aquí –dijo al mayordomo del servicio que acudió a la señal dada.

El criado se apresuró a servirle no sin asombrarse que después de la escena que acababa de pasar estuviera el señor pensando en almorzar.

D. Serafín almorzó con no mal apetito[768], eso sí, suprimió los huevos fritos

---

765 *Sin un Cristo*: sin un cuarto (moneda española antigua de cobre; por extensión, dinero).
766 La primera edición en libro presenta unas ligeras diferencias: «Lentamente recuperó la serenidad de ánimo».
767 A partir de la segunda edición en libro se agrega la conjunción copulativa *y* al principio de esta cláusula: «y que siempre era ciego y arrebatado».
768 En la primera edición en libro se agrega la conjunción copulativa *y* al principio del párrafo («Y D. Serafín almorzó con no mal...»).

por ser alimento demasiado bilioso y para neutralizar su bilis tomó una copita de *pose café*[769].

Cuando se levantó de la mesa, su espíritu había sufrido completa metamorfosis.

¿Dónde estaban sus siniestras ideas, su sed de venganza y todo aquel estado del alma producida por su exaltación nerviosa?

Recordó haber leído, no sabría decir dónde, lo que al concepto de los materialistas era el alma: combinaciones, vibraciones de la materia, secreciones del cerebro idénticas a cualquier otra secreción del cuerpo. Y a pesar del misticismo de sus creencias, que más de una vez lo llevaron a presentarse como *porta-guión*[770] en las procesiones religiosas, estuvo a punto de pensar como piensan los materialistas y negar la existencia del alma.

Lo que sí podía asegurar prácticamente era que el estado del alma depende directamente de las funciones del estómago.

Encendió un habano legítimo. El humo del buen cigarro contribuye en gran parte a disipar las penas de la vida, pensaba don Serafín.

Quiso volver a leer la carta de Alcides. Recordó que después de haberla leído Blanca él volvió a apoderarse de ella pensando que no debía desprenderse de lo que era el cuerpo del delito.

Sacó la carta del bolsillo del pantalón; estaba plegada, arrugada echa un burujón[771]; la desarrugó con cuidado, la leyó dos veces, antes no tuvo tiempo de leerla más de una vez.

¡Qué barbaridad! ¡Pero si es que la carta de Alcides era la mejor justificación de su esposa!...

¿Qué decía ese documento? ¡Que Alcides debía casarse aquella noche con Josefina!...

Luego era lógico y terminante que si se casaba con la costurera de su mujer, no había de ser porque prefiriera el amor de la una al de la otra; esto conceptuábalo él como la más estupenda insensatez.

Si Alcides hubiera tenido la más remota esperanza de conquistar el corazón de su esposa no había de ir a casarse con la costurera.

D. Serafín se colocó en esta disyuntiva: o Alcides era un tonto digno de exhibirlo como el mayor que puede existir en el mundo, o Blanca era inocente y digna de admiración, justo que el matrimonio de su más ferviente adorador implicaba el más terminante rechazo dado a las pretensiones de él.

Hasta le ocurrieron dudas sobre si efectivamente aquel día que él sorprendió a Alcides arrodillado a los pies de su esposa estaría verdaderamente pidiéndole la mano de Josefina.

Volvió a leer de nuevo la carta meditando cada una de las palabras y queriendo descubrir no sólo el sentido que Alcides había querido darles, sino también la intención con que habían sido escritas[772].

Verdad que también de esa carta se desprendía la horrible verdad de

---

769 *Pose café*: la pausa del café u para otra bebida.
770 *Portaguión*: persona designada a llevar el guion (pendón pequeño en las procesiones).
771 *Burujón*: bulto.
772 Este párrafo y los cuatro anteriores se agregan a partir de la segunda edición en libro.

haber ido Blanca a buscar a Alcides a sus propias habitaciones y que al darse
con el retrato de Josefina habíalo destrozado en mil pedazos, lo que bien pudiera ser por celos...

Pero en conclusión, lo claro y lógico que él deducía de todo aquello era no
haber sido jamás Alcides el amante de Blanca.

Luego hubo injusticia en sus palabras y mayor injusticia en sus acciones.

¡¡¡Él intentando estrangular a su esposa!!!...

¡Dios mío! A qué extremos pueden conducir los celos y la indignación...

Y lo más grave del caso era que Blanca, mujer vanidosa, altiva y engreída,
sería muy capaz de cualquier locura con tal de vengarse y castigarlo.

Pensó dejar pasar algunas horas hasta la noche para ir a buscarla y a pretexto de pedir explicación de las crueles palabras de ella llegar a una sincera
y eterna reconciliación.

¡Ah! ¡Hoy más que nunca lo necesitaba; hoy que la suerte despiadada lo
arrastraba hasta el borde de un abismo, del abismo de la miseria!

Se dirigió a su escritorio; quiso darle otro curso a sus ideas ocupándose
en arreglar algunas cuentas y recibos algo desordenados.

A duras penas llegó a fijar su atención en otro asunto que no fuera aquel
que embargaba su inteligencia.

A las siete de la noche pensó que, calmado el ánimo de su esposa y recuperada en ambos la serenidad de espíritu, deber suyo era ir donde ella.

Al tomar tal resolución acobardose horriblemente y se llenó de terror. Su
situación dificilísima presentósele clara y distintamente.

¿Qué excusas podría darle a su esposa?

¿Qué satisfacción cabía cuando Blanca se había defendido de él que ciego,
loco trataba de estrangularla?

¡Ah! Y después de todo, Blanca era inocente, lo adivinaba, lo presentía,
casi estaba convencido de no equivocarse[773].

La idea de que ella pudiera pensar en recurrir a alguna medida violenta
tal vez en una separación judicial alegando haber sido víctima de un conato[774]
de homicidio... ¡Oh! Esta horrible idea le ofuscaba la razón.

¡Perder a su esposa después de haber perdido su fortuna!... ¿Qué podía
haber en la tierra ni en el infierno comparable a esta desgracia?...

Pronto, pronto una reconciliación y si era necesario le pediría de rodillas
perdón por haber dudado un momento, sí, nada más que un momento de su
fidelidad.

Desechó todos sus temores y se dirigió resueltamente a las habitaciones
de ella.

Encontró a Faustina.

—¿La señora está en su dormitorio?

—No señor, salió temprano.

—¡Cómo! ¿A qué hora ha salido?

---

773   Esta última frase se añade a partir de la segunda edición en libro («casi estaba convencido
      de no equivocarse»).
774   *Conato*: intento.

—Antes de almorzar salió.

—¿No dijo a la hora que volvería?

—No, pero dejó una carta escrita.

—¡Una carta! Ahora mismo, dámela.

D. Serafín azorado, trémulo tomó de manos de Faustina esa carta de su esposa.

Abrió, leyó, mortal palidez se extendió en su rostro y un ligero temblor del labio inferior denotaba cuánta angustia había en su alma.

—Mi sombrero, dame mi sombrero... Se ha fugado con él... Yo debo matarlos... ¡Ah! ¡Ya es tarde!... ¡¡Ya es tarde!!...

Y don Serafín después de dar algunos pasos desconcertado y tembloroso cayó como herido por un rayo.

Y la carta que tal trastorno le causara era simplemente resultado de las extravagancias y astucias de Blanca.

Quiso castigarlo, vengarse de su osadía diciéndole: —Nuestro matrimonio está para siempre disuelto. Voy a unirme al único hombre que amo. Adiós para siempre.

¡Bárbara! mejor elección hiciera hundiéndole afilado puñal en el corazón.

Y en vez de irse a casa de Alcides, como supuso él, Blanca no había hecho más que irse a casa de su madre a donde estaba segura iría su esposo a pedirle mil perdones y retornarla al desierto hogar.

¡Ir a buscar a Alcides, ni aun como tentación se le ocurrió tal idea. ¡Para qué sino para morir de desesperación y dolor podía ir ella a donde el novio de Josefina!

Castigarlo a él, muy justo, puesto que se había atrevido a llevar sus manos a la garganta de su esposa con intenciones de estrangularla.

Pero es el caso que Blanca no contaba qué tan estupendo efecto pudiera producirle a don Serafín ese eterno *adiós* dado sin más fin que traerle un buen susto.

¡Ah! Dos horas más tarde él, presa de fiebre violentísima, deliraba con todos los síntomas de la locura.

Su razón herida de muerte con la pérdida de su fortuna no halló apoyo al encontrar perdido también el amor de su esposa.

Ocho días después los médicos declararon que don Serafín era víctima de incurable enajenación mental y pasó a ocupar una celda entre los locos furiosos de la Casa de Insanos.

En su violentísima desesperación pedía a gritos el castigo de su culpable esposa y pretendía forcejando furiosamente ir a estrangularla.

- XXXI -

Algunos días habían ya trascurrido después de aquel en que el señor Rubio, por orden de una junta de facultativos[775], había pasado a ocupar una celda en la Casa de Insanos; Blanca iba por las solitarias y polvorientas callejuelas que conducen al Cercado[776]; sola, meditabunda, llorosa cuando vio venir un lujoso coche tirado por un par de briosos alazanes[777].

Espesas nubes de polvo levantadas por el coche envolvieron en sus remolinos a la en otro tiempo altiva señora de Rubio. No por esto ella dejó de ver a dos personas que iban en el coche: —¡Es ella! ¡Ella en coche lujoso y yo a pie por estos callejones asfixiándome con el polvo de su coche!... ¡Yo en la miseria!... Ella en el más fastuoso lujo. ¡Dios mío! ¡Qué crimen he cometido que así me castigas!... y el llanto ahogó su voz.

A su vez Josefina decía a Alcides:

—¡Pobre Blanca! Irá a ver a don Serafín que, según dicen, ha venido a ocupar una celda entre los locos furiosos.

—¡Desgraciada mujer! Hoy vive humillada, deshonrada cuando en realidad ella no ha cometido sino faltas muy leves.

—¡Cómo! ¿Insistes en negarme que tú has sido uno de los amantes de la señora de Rubio?

---

775 *Facultativo*: médico.

776 El 16 de diciembre de 1859 se abre el manicomio del Cercado construido según los planos del arquitecto Cluzeau. Antes de esta fecha se mantenía a los orates hombres en el hospital de San Andrés y a las mujeres en el hospital de la Caridad de Santa Ana. El mal estado de los hospitales era escandaloso y las llamadas loquerías fueron calificadas por un director de la Beneficencia de «verdaderas pocilgas» donde había frecuentes accidentes. El Dr. José Casimiro Ulloa Bucelo (1829-1891), reconocida figura en su época y a quien se le debe la elaboración de nuevos sistemas en la asistencia de alienados en el Perú, propuso como sitio para un nuevo hospicio el lugar conocido con el nombre de la Quinta de Cortés. «Este local antiguamente servía de quinta de convalescencia o retiro de los padres jesuitas» (Muñiz, Manuel. *Asistencia pública de los enajenados. (Concurso para la construcción de un manicomio)*. Lima: Imp. «La Industria», 1897. pág. 120), propuesta que fue aceptada y donde se erigió el nosocomio. Pese a la falta de servicios adecuados, el manicomio del Cercado era considerado hacia fines del siglo XIX uno de los mejores en Sudamérica.

777 *Alazán*: caballo de pelo color más o menos rojo canela.

—Sí, insisto y te lo juro a fe de caballero.

—Sin embargo, era la voz pública.

—Te diré más, abrigo el íntimo convencimiento que ni uno solo de los que han sido designados como amantes de ella ha alcanzado ni aun a besar la orla[778] de su vestido.

—Pero cómo es posible que sucedan tales absurdos y tan estupendas injusticias.

Entonces Alcides explicó a Josefina cómo las excentricidades, la despreocupación y el *qué se me da a mí* con que Blanca desafiara *al qué dirán*, esa mano invisible de la opinión pública que tantas veces hiere ciega y estúpidamente, eran las causas de la deshonra de la señora de Rubio.

A la opinión de Alcides, Blanca no había cometido otra falta que jugar con eso que se llama la *reputación*, palabra elástica y acomodaticia[779] que unas veces es frágil y quebradiza cual si fuera de *pobre* cristal, y otras es fuerte y resistente cual si fuera de *rico* y macizo oro.

Para los que conocían, como Alcides, íntimamente la vida de Blanca las desgracias y la deshonra que la acompañaban no era sino el resultado fatal de aquella excepcionalísima *manera de ser* que ella tuvo en sociedad.

Alcides la condenaba como coqueta, disipada, malversadora, pero jamás la juzgó adúltera, ni mucho menos como liviana y fácil mujer.

La caída de Blanca Sol fue sonada y estrepitosa como la caída de un astro, del astro más brillante y esplendoroso que lucía el aristocrático cielo de la sociedad limeña.

Y las que la odiaban porque siempre se vieron inferiores a ella; las que, como la señora N. a la cual Blanca llegó a arrojar de su casa por indigna de rolarse con las señoras de su sociedad; ellas, en venganza de las ofensas y humillaciones sufridas, propalaban calumnias e inventaban historietas holgándose grandemente con la ruina y el total eclipse de la que por tan largo tiempo fue reina de los salones y tipo perfecto del buen gusto y la elegancia.

Larga y enérgicamente luchó Blanca contra la miseria que abriendo sus horribles fauces[780] acercábasele amenazando devorarla a ella con sus seis hijos.

Pero... no hubo remedio. Los agiotistas se llevaron los muebles y los acreedores se apropiaron de las fincas[781].

Ante la fuerza de los acontecimientos, se vio obligada a dejar su lujosa y elegante morada para ir con sus hijos a ocupar modestas habitaciones que sólo le costaban quince soles: eran de las llamadas *piezas de reja*.

Su menaje de casa quedó reducido a algunos modestos muebles y otros menesteres indispensables para su vida de indigente[782] a la que tan bruscamente había llegado.

---

778 *Orla*: «[o]rilla de paños, telas, vestidos u otras cosas, con algún adorno que la distingue» *(DRAE)*.

779 *Acomodaticio*: que conviene.

780 *Fauces*: parte posterior de la boca de los mamíferos.

781 En la primera edición en libro sigue a este párrafo el siguiente: «¡La miseria! ¡El trabajo! Qué cosas tan horribles cuando se ha vivido en el lujo y el derroche habitual».

782 La primera edición en libro *pobre* en vez de *indigente*.

Instalada en su nuevo y modesto domicilio, cuidó especialmente de procurarles a sus hijos cuantas comodidades y desahogos pudieran prestarles en la triste condición a la cual quedaba reducida.

Aunque estaba aturdida, desconcertada, sin darse cuenta de aquella sucesión espantosa de acontecimientos, prestaba atención a los quehaceres de su hogar.

Diariamente érale forzoso, para llenar urgentes necesidades, llevar algún objeto a la casa de préstamo llenando ella misma estas diligencias que le ocasionaban grandes contrariedades.

Cuando en la calle encontraba alguna persona conocida volvía la cabeza del lado opuesto y fingía no haberla visto.

Lentamente como recupera la razón un aletargado[783], así principió ella a volver de su estupor, de su atonía[784] reflexionando fríamente sobre su situación. Entonces una resolución enérgica se acentúo en su espíritu y horrorizada exclamaba «¡oh! ¡Y no hay remedio!»

Pensaba que tenía seis hijos a los que ella debía alimentar, vestir, educar... ¡Ah! y para llenar estos deberes necesitaba dinero, mucho dinero.

Del estupor del aturdimiento pasó al dolor extremado, a la desesperación, y su vida llena de penurias se le presentaba con sus continuos apuros, con su creciente desdicha en la que iría mal pasando su irremediable situación[785].

¡A qué recurso apelaría, a qué arbitrio se acogería cuando hubiera vendido todo lo que poseía vendible! ¡Cómo era posible que ella, sintiéndose sin fuerzas para ganar su propia subsistencia, pudiera subvenir a las necesidades ineludibles, apremiantes de sus hijos!...

Entonces se cubría el rostro con ambas manos y lloraba, lloraba amargamente.

Días hacía que tomaba algunas copitas de *pisco*; el aguardiente le reincorporaba el ánimo y disipaba las horribles ideas que se amontonaban en su cerebro.

La primera copa la tomó el día aquel que vio a Josefina y a Alcides en lujoso coche mientras ella iba a pie al Cercado.

¡Dos espectáculos horribles! ¡Josefina al lado de Alcides, del esposo amado, del mismo hombre que ella amaba!... y luego otro espectáculo más horrible. Don Serafín, encerrado en una celda, loco furioso pidiendo, demandando a gritos un arma, un puñal, un revólver para ir a matarla a ella.

Cada vez que este recuerdo se le presentaba corría y tomaba la botella, llenaba una copa y con la risa nerviosa y el acento de indecible amargura decía:

—A la prosperidad de mi porvenir —y se vaciaba de un solo trago toda la copa.

Al principio acompañaba estas desmedidas libaciones con estremecimientos y gestos producidos por la impresión del alcohol, pero luego fue disminuyendo la impresión recibida y había llegado a saborearlo tomándolo a cortos sorbos para gustar mejor de él.

---

783   *Aletargado*: persona que sufre de enajenamiento del ánimo.

784   *Atonía*: falta de vigor.

785   A partir de la segunda edición en libro se añade la última frase de este párrafo («...y su vida llena de penurias... su irremediable situación»).

Sus acostumbradas palabras, al tomar por la prosperidad de su porvenir, repetíanse con harta frecuencia a medida que más sombrías eran las lontananzas[786] de su mísera vida.

Su pobreza fue día a día tomando más alarmante aspecto y después de haber vendido sus ricos y lujosos vestidos, lo último que de sus pasadas grandezas le quedara, fue preciso principiar a vender la ropa blanca. Y en sus apremiantes apuros vendía a vil precio objetos valiosos.

Así, la prenda que había costado cuatrocientos soles se desprendía de ella por cuarenta y a este tenor fueron todas sus ventas.

Cuarenta soles sobre los que era preciso echar cuentas para que alcanzaran siquiera para ocho días.

Tanto para la lavandera, tanto para zapatos, tanto para la casa y después de cuatro o seis *tantos* le sucedía que perdía la cuenta y se le calentaba la cabeza.

Ella estaba acostumbrada a las cifras redondas, cuatro, cinco mil soles pagados por una alhaja, por un ajuar de muebles; pero aquello de dividir una cantidad para repartirla en porciones pequeñas haciendo al fin el milagro de que alcanzara para todas sus necesidades, ¡oh! eso era horrible, casi irrealizable.

Al fin un día le faltaron los vestidos. ¡Los había vendido todos!...

Ese día tomó más de una copa acompañándolas con esa indescriptible risa, con la risa del ángel caído. —Por la prosperidad de mi porvenir —decía y temblaba cual si en su mente se le presentara un cuadro horrible que la espantaba.

En todo el tiempo transcurrido desde que ocupaba esas piezas de reja se había negado a recibir visitas. Sólo una visita hubiera ella recibido y ésa no la esperaba: era la de Alcides.

De su antigua servidumbre sólo le quedaba una criada; ésta era Faustina que fielmente la acompañaba horrorizada también ella al ver cuán rápidamente es posible pasar del lujo, del fausto a lo que ya más que pobreza era miseria.

Faustina entendía en el manejo de la casa y Blanca cuidaba de los niños. El último contaba sólo un año y nueve meses. La edad de las gracias y de los más dulces encantos.

¡Por qué fatal sucesión de acontecimientos había podido vivir sin comprender, sin adivinar que a su lado, colgada de sus faltas, había tenido a la verdadera, a la imperdurable felicidad de la mujer!... ¡Por qué no había seguido los consejos de su esposo cuando le decía que debía consagrarles algo más de atención a sus hijos y un poco menos a la sociedad!...

Y después de estas tristes reflexiones, estrechaba contra su corazón y acariciaba con mayor fervor a su hijito, al menor, al que más frecuentemente estaba con ella.

Otras veces miraba enternecida a sus hijas; eran dos, las mayores. ¡Ellas

---

786 *Lontananza*: parte más alejada de un lugar.

sí que eran dignas de compasión! ¡Mujeres! ¡Pobrecitas!... Y las contemplaba arrasados los ojos en lágrimas.

Algunas veces pensando en el porvenir de sus hijas se sentía con fuerza, con gran valor para arrostrar las penalidades de la miseria y volver a la senda del deber, del bien para poder llegar a llamarse mujer virtuosa. Pero luego, aquella risa llena de hiel y despecho asomaba a sus labios y concluía por prorrumpir en una risotada diciendo: —¡Me había olvidado que la virtud no es un potaje que puedo poner a la mesa para que coman mis hijos!...

—Y pensaba que recobrar su antigua posición social le sería ya tan imposible como pretender tomar el cielo con sus manos. Sabía con cuánta publicidad se comentaban mil historietas referentes a ella, todas a cual más denigrantes para su honor y su buen nombre de señora. Sabía que la escena aquella con el agiotista inglés, horriblemente desfigurada y aumentada, corría de boca en boca. Fue, decían, a robarle las alhajas ofreciéndole pagarle con su amor. Y a este tenor mil otros lances que, en las oficinas ministeriales y en los establecimientos donde se reúnen los jóvenes alegres y desocupados, servían de tema a los que regocigábanse quizá demasiado al ver cuán irremediable era la caída y la total ruina de la que, hasta entonces creían que había insultado a la moral y desafiado a la *opinión* pública[787].

---

787   Este párrafo se agrega a partir de la segunda edición en libro.

- XXXII -

Al fin llegó un día en que Blanca Sol se vio sola, desamparada, humillada, hundida en la miseria y sin más recursos que sus propias fuerzas, o mejor, su propia belleza, y entonces profunda reacción operose en su alma. Y con mirada fría, calculadora dirigió su vista hacia el pasado y también hacia el porvenir.

¿Qué culpa tenía ella si desde la infancia, desde el colegio enseñáronle a amar el dinero y a considerar el brillo del oro como el brillo más preciado de su posición social?...

¿Qué culpa tenía de haberse casado con el hombre ridículo pero codiciado por sus amigas y llamado a salvar la angustiosa situación de su familia?

¿Qué culpa tenía si siendo una joven casi pobre la habían educado creándole necesidades que la vanidad aguijoneada[788] de continuo por el estímulo, consideraba como necesidades ineludibles a las que era forzoso sacrificar afectos y sentimientos generosos?

¿Qué culpa tenía si, en vez de enseñarle la moral religiosa que corrige el carácter y modera las pasiones, sólo le enseñaron la oración inconsciente, el rezo automático y las prácticas externas de vanidosas e impías manifestaciones?

¿Qué culpa tenía ella de haber aprendido en la escuela de la vida a mirar con menosprecio las virtudes domésticas y con admiración y codicia las ostentaciones de la vanidad?[789]

¡La sociedad! ¿Qué consideraciones merecía una sociedad que ayer no más, cuando ella se presentaba como una gran cortesana rodeada de sus admiradores, los que eran conceptuados por amantes de ella, la adulaba, la mimaba, la admiraba dejándole comprender cuánta indulgencia tiene ella para las faltas que se cometen acompañadas del ruido que producen los escudos de oro?

Y después de dirigirse a sí misma estas crueles preguntas, la señora de

---

788 *Aguijoneado*: estimulado.
789 Este párrafo se añade a partir de la segunda edición en libro.

Rubio miró sus manos delicadas que jamás se sirvieron de la aguja ni el dedal, miró su cuerpo siempre gentil y donairoso, miró sus labios rojos, aunque finos y delicados, rebosantes de voluptuosidad y sus ojos grandes llenos de vida y de pasión, y volvió a sonreír con la risa del ángel caído que desafía todas las iras divinas y todas las fuerzas humanas.

En adelante ya sabría lo que debía hacer.

Necesitaba otro género de vida puesto que era ya otra la atmósfera social en que debía vivir.

Si antes no tuvo más que muchos adoradores a quienes había despreciado, hoy tendría muchos amantes a quienes despreciaría aún más.

La vejez que paga bien la caricia vendida y la juventud que rodea entusiasmada a la mujer hermosa que quiere no huir del vicio sino precipitarse en sus brazos y busca aliados que la sigan y la impulsen adelante; esos y no otros serían en el porvenir sus recursos y sus elementos de vida.

Y ¿quién sabe si muriendo don Serafín, como era muy posible, ella llegaría a casarse con algunos de esos viejos ricos llegados a la caducidad que han menester de la juventud para llenar la tonicidad[790] de su organismo?

¿No tenía ella en sociedad más de un ejemplo de algunas de las que habían subido por este camino a la más alta posición social?

Si la sociedad la repudiaba porque ya no podía arrastrar coche ni dar grandes saraos y semanales recepciones, ella se vengaría despreciando a esa sociedad y escarneciendo a la virtud y a la moral.

Quiso hacer un examen de conciencia y rememoró toda su vida; sometió a juicio los acontecimientos y las personas que hubieran de alguna manera contribuido a lanzarla en su desgraciada caída.

Y cual si de tan justiciero proceso mental al que su conciencia la sometiera, resultaran otros culpables y ella sola inocente, de sus indignados labios brotó esta cruel exclamación:

—¡Miserables! ¡Si yo poseyera hoy mis cuatro millones de soles nadie se atreviera a pedirme otra virtud que la de mi riqueza!...

Una lágrima humedeció sus hermosas pupilas, lágrima que ella se apresuró a enjugar con rabiosa indignación como si a mengua tuviera llorar, como si el llanto fuera en esa circunstancia signo de debilidad y no signo de arrepentimiento. Su ceño se arrugó y su expresión sombría manifestaba que por su alma pasaban pensamientos amargos y proyectos horribles.

Llorar, ¿para qué y por qué? ¿Era acaso ella culpable?

No sentía el dolor del arrepentimiento sólo sí el coraje, la indignación de la víctima que se considera castigada con bárbara crueldad o inmensa injusticia.

Sentíase irresponsable de las faltas cometidas y fatalmente lanzada en la única senda que le fue dable seguir.

Recordaba a todas aquellas amigas suyas que, como ella, habían brillado

---

790   *Tonicidad*: «|g|rado de tensión de los órganos del cuerpo vivo» *(DRAE)*.

en la misma sociedad y conservaban siempre las consideraciones y homenajes que antes les tributaron. Y ésas habían cometido faltas muy graves y muy verdaderas y no como las suyas, supuestas y leves; leves, sí, puesto que ella jamás le fue infiel a don Serafín.

¿Por qué sucedía esto?

La señora de Rubio no trepidaba en definir esa anomalía con esta amarga frase:

—¡¡Yo he perdido mi fortuna y ellas la conservan todavía!!...

Luego pensó que, a seguir en la vertiginosa caída hacia donde la arrastraba la ruina irreparable de su fortuna, llegaría bien pronto hasta no encontrar más recurso que la mendicidad.

¡Vivir de limosna! ¡Qué horror! ¡Oh! ¡nunca, jamás descendería hasta ese extremo! Preferible era ir por otra senda a... En este punto el pensamiento de Blanca se detuvo sin atreverse a pronunciar ni aun mentalmente la palabra que definía su porvenir tal cual ella quería aceptarlo, y prorrumpió en una de esas carcajadas estridentes, henchidas[791] de indignación e impotente coraje.

Y volvió a su mente la comparación de otro día. Ella pobre como Josefina, más que Josefina, la mísera costurera que un día ella sacó de un entresuelo de la calle del Sauce...

Y en la altivez de su carácter juzgábase más degradada, muy más envilecida recogiendo humildemente las limosnas que sus amigas quisieran darle que buscando la riqueza por la senda en que ella se proponía buscarla.

¡Pues qué! ¿Acaso había llegado a la edad en que la mujer deja de ser un poder, una fuerza, una voluntad que se impone como ella estaba acostumbrada a imponerse? No, aún estaba joven, aún estaba hermosa y no llegaría jamás a humillarse ante aquellas a quien ella tanto humillara y otro tanto deslumbrara...

Largas horas pasaba urdiendo y combinando planes para el porvenir, para ese porvenir por cuya prosperidad tantas copas apurara, no de hiel sino de *pisco* comprado de la pulpería a veinte centavos la botella; y uno de sus proyectos era reunir en una sola noche a todos sus antiguos amigos, a sus más apasionados adoradores para decirles: —Aquí está Blanca Sol, la gran señora que tanto admirabais y codiciabais; aquí está flagelada por todas las infamias del gran mundo y contaminada de todas las llagas sociales. No he salvado de mi naufragio más que mi belleza; yo os la doy, no, es que necesito dinero y la vendo, la vendo al mejor postor[792]...

Y aquí sus ojos centellaban llenos de cruel despecho e indignación.

Y ellos, los que la elevaron cuando la juzgaban muy rica para después hundirla porque la veían pobre, ellos pagarían con su propio dinero sus veleidades e injusticias. Y ese dinero que tal vez provendría de las economías largo tiempo reunidas por algún enamorado próximo a ser un buen esposo, un padre de familia pasaría a sus arcas, a las arcas de ella para que pudiera sa-

---

791 *Henchido*: lleno, colmado

792 *Mejor postor*: persona que ofrece el mejor precio en una subasta o almoneda.

tisfacer sus hábitos de lujo contraídos desde la infancia y que por largo tiempo fueron la aureola radiosa[793] de su codiciada posición social.

Y con esa especie de peroración[794] que llegaría a ser como gran campanazo que tendría horrible resonancia en todos los salones de Lima, y pasando de boca en boca repetida por todas las de su clase, las de su alcurnia llegaría a los oídos de Alcides y tal vez él, hastiado de la insípida belleza de Josefina, vendría a buscarla a ella. ¡Oh! ¡Entonces quedaría vengada quitándole el marido a Josefina y arrojando un poco de fango[795] sobre esa sociedad que la repudiaba!...

Otro día pensó que antes de lanzarse en la nueva vida, que como resultado de su caída le era forzoso aceptar, debía probar si aún era posible reconquistar el corazón de él, de Alcides, al que a pesar de todos los acontecimientos amaba entonces más que nunca.

Los hombres son tan volubles, tan inclinados al mal que bien pudiera suceder que a pesar de su amor a Josefina quisiera sazonar su vida aceptando una querida.

Y de querida de Alcides se imaginaba estar menos prostituida que lo estuvo de esposa de D. Serafín.

El amor, sólo el amor podía a su concepto purificar, ennoblecer su vida.

Escribió una carta dirigida a Alcides, carta apasionadísima, romántica llena de sentimiento, de súplicas, de ruegos; le pedía que viniera a verla una vez, una sola vez. Le reprochaba su volubilidad recordándole su amor al que ella por su mal dio crédito y concluía diciéndole que Blanca Sol, aquella mujer que un día él juzgara como coqueta sin corazón, era la misma que hoy lo llamaba para caer en sus brazos rendida, ebria, loca de amor.

Alcides recibió la amorosa misiva, leyola con la sonrisa de la compasión y la indolencia del desinterés, y después de romperla en mil pedazos echó en olvido las súplicas de Blanca.

Ella no desesperó con esta nueva decepción y luego se dio a combinar otro nuevo proyecto aún más atrevido: dirigirse personalmente a él, buscar ocasión para hablarle.

Si antes, cuando todavía se creía una gran señora, tuvo valor para ir a buscarlo, cuánto más no debía de ir hoy que ya no era la misma de ayer.

Blanca sabía que Alcides salía todas las noches, unas veces solo, otras con Josefina para ir de visita a casa de algún amigo.

Pues bien, allá a la puerta de su casa iría ella a esperarlo cuando saliera.

Siguiendo este proyecto, a las nueve de la noche se dirigió a la calle de Boza.

Alcides salió aquella noche con Josefina.

¿Cómo fue que pudo dominarse hasta el punto de no arrojarse sobre su antigua costurera y morderla, destrozarla, comérsela viva!... ¡Oh! Ella misma no podía explicárselo.

Su corazón, aquel corazón que el mundo juzgaba insensible al amor, pa-

---

793 *Radioso*: brillante, que despide rayos de luz.
794 *Peroración*: conclusión.
795 *Fango*: barro.

reciole que iba a romperle el pecho, tan violentos fueron sus latidos. Alcides hablaba con Josefina y aunque Blanca no llegó a percibir las palabras, oyó aquellas modulaciones de su voz. ¡Ay! ¡Eran las mismas con que él tantas veces le había hablado de amor!...

¡Cuántos acontecimientos desde la última vez que ella lo tuvo arrodillado a sus pies aquel día que fue sorprendida por su esposo! ¡Cuántos acontecimientos y cuán desgraciados todos para ella!...

Miró fijamente a Alcides; podía verlo sin ser vista. Le pareció que había engrosado algo, pero conservando siempre su elegancia y gallardía.

A la noche siguiente volvió, pero algo más tarde; pensaba esperarlo no a su salida de la casa sino a su regreso a las once.

Era el mes de julio[796] y densa y menuda lluvia caía sin interrupción.

Blanca llegó a la puerta de la calle y se reclinó recostando el cuerpo contra el muro de la casa; estaba yerta[797] de frío y mojada por la lluvia.

A pesar de la expresión angustiada de su semblante, diríase tan hermosa como en sus felices y mejores días.

Cuando entre los transeúntes veía alguna persona de aspecto de «gente decente», echaba a caminar y luego volvía a su apostadero[798].

Esperó media hora; eran las once y media, él no debía tardar.

Alcides llegó una hora más tarde que de ordinario; no importaba, ella lo hubiera esperado toda la noche. Blanca iba preparada a hablar mucho, a manifestarle cuán felices podían ser, si él consentía en seguirla iba a abrirle su corazón, a pedirle su felicidad, a entregarle su porvenir. También se preparaba a exponerle toda una serie de ideas algo subversivas contra el matrimonio, contra esa obligación impuesta al amor a la que sólo almas vulgares pueden someterlo. ¡Ah! ella desplegaría toda su astucia, toda su inteligencia para seducirlo y... ¿quién sabe?... ¡Aún era posible salvar su porvenir y labrar su felicidad!

Por desgracia la elocuencia ni el bien decir jamás han sido manifestaciones propias del amor ardiente y apasionado, y a pesar de sus largos y estudiados proyectos no llegó Blanca a decirle a Alcides ni poco ni mucho de lo que ella ansiaba o hubiera podido hablar si el amor no hubiera paralizado su lengua.

Y lejos de conquistar el amor de Alcides, sólo llegó al más cruel rechazo.

Es que Alcides no estaba muy seguro de sí mismo y, al sentirse débil para resistir las seducciones de la mujer que tan tiránicamente lo dominara, quiso levantar entre los dos un muro y ese muro, no pudiendo ser su enérgica voluntad, sería su cólera, su indignación, su temor de caer nuevamente a los pies de ella y ver perdida su felicidad, malogrado su matrimonio; de aquí el que él le hablara con la matadora elocuencia de la indignación, del desprecio llevando su temeridad hasta decirle que, puesto que se andaba en pos de hombres con quienes prostituirse, buscara a otros, no a los que como él tenían una esposa amada que les ofrecía cumplida felicidad.

¡Ah! ¡Y es posible que tales palabras puedan oírse vertidas por el hombre

---

796   En la primera edición en libro se lee *junio* por *julio*.

797   *Yerto*: tieso, rígido.

798   *Apostadero*: sitio donde alguien se pone para un fin.

a quien se ama, como ella amaba a Alcides, y oírlas sin morir de dolor y desesperación!...

Blanca se alejó de aquel sitio con el semblante indignado y el aire resuelto
del que ve tocar a su término y resolverse definitivamente una situación de
largo tiempo insostenible.

Iba jurándose a sí misma no pensar jamás ni pronunciar una vez sola en
el resto de su vida el nombre de Alcides, de ese infame que había esperado
verla abatida por las desgracias para insultarla y despreciarla[799].

Sentía que las lágrimas desbordadas del corazón iban a llegar a los ojos,
pero ella las dominaba y en vez de llorar reía.

Pues, no faltaba más que ella, Blanca Sol, llorara y ¿por qué? Porque a un
hombre, a un miserable le había dado en gana insultarla. ¡Llorar por él!
¡Como si no hubiera en el mundo otros hombres!...

Aquella noche tomó no una sino muchas copas repitiendo; –¡A la prosperidad de mi porvenir!

Y cuando se fue a su lecho la casa daba vueltas; le parecía que todo
danzaba a su alrededor y sin poder desvestirse cayó como desplomada sobre
su lecho.

Al día siguiente, Faustina, al ver que la «señorita no se había acostado»
y adivinando lo sucedido, contentose con este triste comentario: —La desgracia es capaz de esto y mucho más.

Nuevos sinsabores aumentaron aquel día las penas de Blanca; Faustina,
muy compungida[800] y llorosa, le participó que con gran pena ella también dejaría la casa por serle del todo imposible seguir viviendo sin tener con qué
comprar zapatos y pagar el lavado de la ropa limpia.

—¡Te vas porque no he podido pagarte tus sueldos!...

—No, señorita, pero ya Ud. ve que...

—Tienes mucha razón, pero quédate hoy y mañana tendremos ya dinero.

—¿Es verdad lo que está Ud. diciendo?

—Sí, sí, quédate.

—¿Van a devolverle su fortuna?

—No me preguntes más, mañana tendremos mucho dinero.

—¡Ah! ¡Gracias a Dios!...

Entonces Faustina le refirió muchas cosas que por no afligirla le había
ocultado antes.

No era por falta de pago de sus salarios por lo que ella quería irse, no, es
que el pulpero de la esquina la amenazaba con llevarla a la Intendencia de Policía caso que ella no llegara a pagarle cincuenta soles que le debía; y esta enorme
deuda provenía de las mil necesidades que diariamente se originaban en la casa;
era el pan, eran las velas que muchas veces eran de sebo[801], eran las menestras[802]
para la comida y todo aquello que había necesitado y pedido al fiado.

---

799   En la primera edición en libro este párrafo forma uno solo con el anterior.

800   *Compungido*: afligido, apenado, atribulado.

801   *Sebo*: «[g]rasa sólida y dura que se saca de los animales herbívoros, y que, derretida, sirve
      para hacer velas, jabones y para otros usos» *(DRAE)*.

802   *Menestras*: en el Perú (y en Ecuador también) designan todas las leguminosas de grano
      secas como el frijol, el pallar, las lentejas, los garbanzos, etc.

Cuando en la noche los niños lloraban diciendo que tenían hambre no se había atrevido a pedirle dinero a la señorita ¡ay! Ella sabía que muchas veces no tenía ni un centavo y entonces pedía el pan a la pulpería.

Y a este tenor fueron las revelaciones de Faustina.

—Mañana pagaremos todas nuestras deudas —contestole Blanca.

Y al día siguiente pidió a un fondista[803] peruano le preparara una cena criolla queriendo así dar su primera protesta contra todo lo que llevara el sello de su nobleza, de su aristocracia. Los licores quiso que fueran buenos y abundantes; las cuentas de la cena como del servicio de mesa, que fue preciso alquilar, serían pagados dos días más tarde.

Y así la señora Rubio, con la expresión de profunda desesperación, con el pulso trémulo y mordiéndose los labios más como quien va a realizar crueles venganzas que como quien va a llegar a un fin deseado, escribió varias cartas: la primera era para un viudo rico, un ex—ministro que le había rendido homenajes furiosamente enamorado; otros muchos como éste fueron también llamados: los invitaba a su casa para una cena de íntima confianza[804].

Blanca no dudaba un momento que sus invitados llegarían alegres y esperanzados. ¡Pues qué! ¡Acaso los llamaba pidiéndoles auxilio, demandándoles amparo[805] y suplicando le tendieran la mano para levantarse de su caída!... Ella estaba bien segura que por el tenor de sus cartas dejaba adivinar bien claro que ella no decía: —¡Ven, ayúdame a salvarme!, –sino al contrario–: —Ven, acompáñame a perderme...

Y con su acostumbrada sonrisa decía: —¡Nos perderemos todos!...

También hubo mujeres invitadas: las vecinas del segundo piso, jóvenes y bonitas que según informes recibidos eran «mujeres de vida alegre».

—¿Se habrá vuelto loca Blanca Sol? –se preguntaban unas a las otras mirando y remirando una esquelita de la señora de Rubio en la cual las invitaba a tomar «una tacita de té» en compañía de amigos íntimos[806].

No, ella no había perdido el juicio, pero sí se preparaba a hacerle perder el juicio y la fortuna a muchos hombres.

Blanca no se equivocó, todos sus invitados acudieron presurosos.[807] Y ella los esperó vestida sencillamente con bata de casa como si quisiera manifestarles que esa invitación no era más que el principio de otras muchas que diariamente daría ella en su casa.

En la expresión de su semblante y en todo su porte había algo insólito, algo extraordinario: era el descaro[808], la insolencia de la mujer que quiere expresar con sus acciones lo que no puede decir con el lenguaje hablado.

Ya llegará el momento que lo diga todo, pensaba ella; y sus palabras

---

803   *Fondista*: persona que tiene una casa pública donde se sirve comida.

804   Este párrafo y el anterior forman uno solo en la primera edición en libro.

805   *Amparo*: protección.

806   En la primera edición en libro sigue a este párrafo el siguiente: «Y repetían: -Sí, Blanca Sol ha perdido el juicio como su marido».

807   A partir de la oración siguiente («Y ella los esperó vestida sencillamente con bata...») hasta los cuatro párrafos siguientes («¡Mañana habrá dinero para pagar mis deudas!...») se añaden a partir de la segunda edición en libro.

808   *Descaro*: desfachatez, desvergüenza.

fueron tomando el tinte subido que retrataba su pensamiento y sus designios.

 Y durante la cena ella dirigíase esta pregunta: —¿Qué pierdo esta noche? —Y se contestaba a sí misma: —¡Nada, puesto que el honor y mi reputación los he perdido ya! Pero si no pierdo nada puedo ganar mucho, mucho...

 ¡Mañana habrá dinero para pagar mis deudas!...

 Y después de la cena hubo grande algazara, loca alegría, cristales rotos, palabras equívocas y Blanca llegó hasta... ¡Silencio!...

 No se debe describir el *mal* sino en tanto que sirva de ejemplo para el *bien*.

FIN

Thank you for acquiring

BLANCA SOL
(Novela Social)

from the
**Stockcero collection of Spanish and Latin American significant books
of the past and present.**

Blanca Sol is one of a large and ever-expanding list of titles Stockcero
regards as classics of Spanish and Latin American literature, history,
economics, and cultural studies. A series of important books are being
brought back into print with modern readers and students in mind,
and thus including updated footnotes, prefaces, and bibliographies.

We invite you to look for more complete information on our website,
www.stockcero.com, where you can view a list of titles currently
available, as well as those in preparation. On this website, you may
register to receive desk copies, view additional information about the
books, and suggest titles you would like to see brought back into print.
We are most eager to receive these suggestions, and if possible, to
discuss them with you. Any comments you wish to make about
Stockcero books would be most helpful.

The Stockcero website will also provide access to an increasing
number of links to critical articles, libraries, databanks, bibliographies
and other materials relating to the texts we are publishing.

By registering on our website, you will allow us to inform you of
services and connections that will enhance your reading and teaching
of an expanding list of important books.

You may additionally help us improve the way we serve your needs by
registering your purchase at:
http://www.stockcero.com/bookregister.htm

CPSIA information can be obtained at www.ICGtesting.com
Printed in the USA
LVOW052111200812

295145LV00002B/242/A